Ulf Torreck
Escape Zone

PIPER

Zu diesem Buch

Das grelle Licht hatte den Vorteil, dass die Frauenleiche, die etwa in der Mitte der Zelle in einer großen Blutlache lag, dadurch etwas weniger surreal wirkte. Über der Brust und den Schultern war ihr Leib mit so viel Blut bedeckt, dass es auf ihrem schmutzig weißen Overall nahezu leuchtete. Man hatte der Frau den Kopf abgetrennt.
Martha hatte nie ein Problem mit dem Tod gehabt. Sie hatte an Führungen durch Bestattungsinstitute und Krematorien teilgenommen und vor einigen Jahren sogar bei einer Obduktion zugeschaut.
Und das, was jetzt in dieser riesigen Blutlache vor ihr lag, hatte für sie nichts mehr mit einem Menschen zu tun, sondern war nur noch gemartertes Fleisch.
Furchtbarer als den Anblick der kopflosen Leiche fand Martha jedoch das altmodische Küchenbeil, das in einer kleineren Lache aus Blut neben dem Kopf lag.

Ulf Torreck, geboren 1973 in Leipzig, hat schon in der Schule lieber Edgar Allan Poe als Goethe gelesen. Nach einer Lehre als Zimmermann studierte er Jura und arbeitete als Drehbuchautor. Seit 2008 schreibt Torreck hauptberuflich Romane.

Ulf Torreck

ESCAPE ZONE

Thriller

PIPER

Mehr über unsere Autoren und Bücher:
www.piper.de

Wenn Ihnen dieser Thriller gefallen hat, schreiben Sie uns unter Nennung des Titels »Escape Zone« an *empfehlungen@piper.de,* und wir empfehlen Ihnen gerne vergleichbare Bücher.

FSC
www.fsc.org
MIX
Papier aus verantwortungsvollen Quellen
FSC® C083411

Originalausgabe
ISBN 978-3-492-31751-1
März 2021

Dieses Werk wurde vermittelt durch die
Michael Meller Literary Agency GmbH, München
Redaktion: Lars Zwickies
Umschlaggestaltung: Sandra Taufer
Umschlagabbildung: Bilder unter Lizenzierung
von Shutterstock.com genutzt
Satz: psb, Berlin
Gesetzt aus der Freight Text Pro
Druck und Bindung: CPI books GmbH, Leck
Printed in the EU

Take a Selfie – fake a life!

Social-Media-Eintrag, ca. 2011

Everything you wish for lies
on the other side of fear.

Original von George Addair.
So verkürzt tauchte der Slogan ab 2013
in den Sozialen Medien auf.

Denn einer lügt bei jedem Abendmahl.
Aber Verlierer wissen: auch siegen
ist nur der Anfang einer anderen Qual.

Aus »Die Einsamkeit der Männer«.
Wolf Wondratschek, 1983

PROLOG // 5. JANUAR 2019

Okay, das sieht aus wie eine Gummizelle, dachte Martha, während sie sich in dem etwa zwanzig Quadratmeter großen Raum umblickte. Die Wände bestanden aus hellem, grobem Stoff, der offensichtlich über eine Dämmung gespannt worden war. Auch der Boden war von diesem Stoff bedeckt, obwohl das Dämmmaterial darunter dünner gepackt zu sein schien.

Zwei Strahler tauchten den Raum in grelles, ungesundes Licht, das in den Augen stach.

Das grelle Licht bewirkte, dass die Frauenleiche, die etwa in der Mitte der Zelle in einer großen Blutlache lag, dadurch etwas weniger surreal wirkte. Über der Brust und den Schultern war ihr Leib mit so viel Blut bedeckt, dass es auf ihrem schmutzig weißen Overall nahezu leuchtete. Man hatte der Frau den Kopf abgetrennt. Er lag einen Meter rechts von ihren Füßen am Boden. Ein unerhört bizarrer Anblick.

Martha hatte nie ein Problem mit dem Tod gehabt. Sie hatte an Führungen durch Bestattungsinstitute und Krematorien teilgenommen und vor einigen Jahren sogar bei einer Obduktion zugeschaut.

Und das, was jetzt in dieser riesigen Blutlache vor ihr lag, hatte für sie nichts mehr mit einem Menschen zu tun, sondern war nur noch gemartertes Fleisch.

Furchtbarer als den Anblick der kopflosen Leiche fand Martha das altmodische Küchenbeil, das in einer kleineren Lache aus Blut neben dem Kopf lag.

Was mache ich jetzt nur?, fragte sie sich.

Und weshalb kam ihr kein Mensch zu Hilfe, obwohl doch Hunderttausende User an ihren Handys, Tablets, Computern und Fernsehern zuschauten?

Fest stand: Sie war in einem Haus mit einem Killer gefangen, und sie hatte keine Ahnung, wie sie hier wieder herauskommen sollte.

Ich bin so was von am Arsch, dachte Martha. Die Leiche stank fürchterlich.

O Gott, dachte sie, *bestimmt halten mich die Zuschauer inzwischen erst recht für eine Psychopathin, weil ich wegen der Leiche nicht in Tränen ausgebrochen bin.* Aber sie konnte eben einfach ganz gut mit solchen Situationen umgehen. Das war ein Talent. Und vielleicht hatte das damit zu tun, dass ihr solche Scheiße ständig zustieß und sie sich fast schon daran gewöhnt hatte.

Wo ist der Ausgang? Ich muss hier raus. Und – fuck! – weshalb kommt niemand? Ich will, dass mich jemand hier herausholt! Ich brauche Hilfe. Superwoman gibt's doch nur in Comics! O Gott, und wenn ich die Nächste bin, hinter der der Killer her ist? Ich habe doch nichts, womit ich mich verteidigen könnte. Oder doch? Soll ich etwa das Küchenbeil …?

Martha atmete einige Male kurz nacheinander tief durch und versuchte, sich zu konzentrieren.

Auf dem Boden waren rote Stiefelspuren zu sehen.

Stammten die etwa von ihr? War sie in die Blutlache getreten?

Martha sank hastig auf die Knie, zog ihre Handschuhe aus dem Gürtel, in den sie sie vorhin geschoben hatte, und versuchte, damit die Sohle ihres rechten Stiefels zu säubern.

Natürlich war das völlig sinnlos, dachte sie. Dennoch konnte sie nicht anders, als weiter an der Schuhsohle herumzuwischen.

Die Leiche bewegte sich.

Sie hob sich ein wenig und fiel dann wieder zurück, hob sich erneut und fiel ein weiteres Mal zurück.

Martha war unfähig, sich zu rühren. Obwohl sie doch genau wusste, dass sie sich genau jetzt bewegen sollte. Und zwar von hier weg.

All das Weiß macht mich wahnsinnig, dachte sie.

Es erinnerte sie an diesen Tag im Sommer, als das alles begonnen hatte. Aber stimmte das überhaupt?

Wann hatte die ganze Scheiße eigentlich wirklich angefangen?

Dieses grelle Licht und das Blut, dachte Martha. *Ich will hier weg!*

Die Leiche bewegte sich wieder, diesmal jedoch heftiger als vorher…

I // 2018

BILLYBOY AUF CRYSTAL

1 // JUNI 2018

1 Die Glastüren des Blumengeschäfts waren geschlossen. Vor einer halben Stunde hatten die letzten Kunden den Laden verlassen. Das Geschäft lag im Erdgeschoss der zweitgrößten Shoppingmall von Leipzig und erinnerte mit seiner Glasfront an ein riesiges Aquarium.

Martha sah auf, als ihre Azubine Hildegard Schiller rief: »Der ist geil!« Dabei zeigte sie auf ihr Smartphone.

Es war so warm und feucht hier, dass Martha sich fühlte, als sei ihr Körper unter dem Kleid und der grünen Schürze mit einem Schmierölfilm überzogen.

»Hör ma! Was haben Kondome und Deutsche Bahn gemeinsam? Damit kommste immer zu spät!«, las Hildegard von ihrem Screen ab.

Martha warf einen Blick auf das Telefon. »Ja, ist lustig«, bestätigte sie wortkarg. Dann verließ sie den Verkaufsbereich und ging ins Lager, um die Altware zu sortieren, die noch frisch genug war, um morgen erneut angeboten zu werden.

Hinter dem Arbeitstisch lag ein Haufen grüner Biomüll, den Hildegard später zusammenkehren und nach draußen bringen würde. Die Luft war ganz besonders stickig.

Wenn es Martha oder Hilde hier zu warm wurde, öffnete eine von ihnen die Tür des Kühlraums, der sich im hinteren Teil das Lagers befand. In diesem Jahr war der Sommer so heiß, dass Martha die schwere Tür ab sieben Uhr abends praktisch ständig geöffnet hielt.

Martha war siebenundzwanzig und arbeitete seit drei Jahren in dem Geschäft im Leipziger Plattenbauviertel Grünau. Manchmal plagte sie das Gefühl, ihr Leben zöge völlig ereignislos an ihr vorüber. Dann überkam sie der Drang nach einer Tüte Gras oder einem Wodka. Sie war eins dreiundsiebzig groß, hatte schwarze Augen und aschblondes, halblanges Haar. Sie ging zu Dark-Wave- und Punkkonzerten und warf sich dafür in schwarze Klamotten aus Satin, Samt, Spitze oder Kunstleder. Ihr Tinder-Profil hatte sie vor drei Wochen gelöscht und sich vorläufig damit abgefunden, dass Sex zwar entspannend sein konnte, aber die meisten Kerle, die frau bei Tinder so aufriss, Arschlöcher waren.

»He, Hilde! Komm rüber!«, rief Martha.

Hildegard war neunzehn und Marthas Auszubildende. Sie trug Hotpants aus Denim und ein grünes T-Shirt unter der Schürze. Hilde war furchtbar dünn und einen Meter achtzig groß. Außerdem zählte sie zu den Superfans eines YouTube-Stars namens PatCheck, der blau gefärbte Haare hatte und berühmt geworden war, weil er an einer Tanzshow auf Pro7 teilgenommen hatte.

Hildegard stammte aus irgendeinem Nest im Eichsfeld, war katholisch und so heimatverbunden, dass sie jedes freie Wochenende zu Hause in ihrem Dorf verbrachte, wo sie sich im Garten ihrer Eltern krumm schuftete. Martha konnte sich nie merken, wie viele Geschwister ihre Azubine hatte.

Hilde trottete ins Lager. Ihr Gesicht wirkte dabei, als sei es eine Symbiose mit dem Bildschirm ihres Telefons eingegangen.

»PatCheck hat heute ’ne Videopremiere. Das ist was Fettes! Der Countdown läuft schon seit zwei Wochen«, plapperte sie vor sich hin.

»Leg das Ding weg! Hilf mir! Die Chefin kommt bestimmt gleich und holt die Einnahmen«, forderte Martha sie auf.

Hilde schob das Telefon unter ihre Schürze und sah dabei aus, als vollbringe sie eine Heldentat, die tragischerweise kein Mensch jemals angemessen zu würdigen wissen würde. Dann trat sie an den Tisch und griff nach einer der großen Scheren.

Aus der Haupthalle der Shoppingmall ertönten Rufe und eine Reihe von Geräuschen, die Martha nicht recht einordnen konnte.

Dort trieb sich regelmäßig eine Gruppe von Kids herum, die das kühle Innere der Mall als ihr Revier betrachteten. Sie waren berüchtigt dafür, Stress zu machen, sobald die Sicherheitsmänner auftauchten, um sie rauszuwerfen.

Hildes Handy gab plötzlich ununterbrochen Töne von sich.

»Scheibenkleister!«, fluchte sie und zog es wieder unter der Schürze hervor. »PatChecks neues Video ist draußen!«

»Steck’s weg, Hilde! Die Chefin!«

»Oi, Supi! Sieh mal, Martha! Das ist irgendwie voll deine Nummer hier!«

Hilde hielt das Handy hoch, sodass Martha den Screen sehen konnte. Darauf lief ein Videoclip. Eine Frau in einem weißen, wallenden Kleid floh durch einen nächtlichen Wald. Dabei wurde sie von einer Reiterschar verfolgt, die aus zwölf gespenstischen Wesen bestand. Dort, wo die Köpfe der Reiter hätten sein sollen, befanden sich jedoch ausgebleichte Tierschädel. Jeder Reiter schwang einen Säbel. Dazu ertönte düsterer Gothic Rock.

Martha war zu fasziniert von dem Clip, um die Augen abwenden zu können. Geigen holten die Gitarren ein, als die fliehende Frau von der gespenstischen Reiterschar gestellt und umringt wurde. Während die junge Frau im weißen Kleid verrückt vor Angst auf die Knie fiel, ritten die Schädelmänner in immer engeren Kreisen um sie herum.

»Ist das ein Trailer für ein Game?«, fragte Martha.

»Nee! Oder doch? Keine Ahnung!«, bekannte Hilde.

Der Säbel eines Geisterreiters durchschlug den Hals der Frau. Blut spritzte gegen die Kameralinse. Die Geigen und Gitarren des Soundtracks verstummten.

Die Kamera zoomte auf die kopflose Leiche. Aus ihrem Halsstumpf sprudelte Blut, das ihr Dekolleté und das weiße Kleid besudelte, während ihre Füße gegen den Waldboden trommelten.

Die Musik wurde wieder lauter und drängender, als einer der Reiter das Haupt der Toten aufhob, deren Augenlider dabei gespenstisch flatterten. Der Reiter warf den blutigen Kopf seinen Gefährten zu, die so lange damit Fangen spielten, bis einer von ihnen den abgeschlagenen Schädel auf die Spitze seines Säbels rammte und davongaloppierte.

Ein Schriftzug erschien auf dem Screen: *Wolfshorn – The Legacy*.

2

In der Eingangshalle des Centers lief Security-Mann Horst Sacke schwitzend und keuchend zwei Jungs in Hoodies hinterher. Einer der beiden blieb stehen und warf eine leere Radeberger-Flasche nach Sacke, der er gerade noch so ausweichen konnte. Dabei musste er jedoch sein Tempo verlangsamen, sodass die Jungs ihren Vorsprung vergrößern konnten.

»Sacke is Kacke!«, brüllte einer von ihnen und rannte noch schneller vor dem Sicherheitsmann davon.

Sacke hetzte den beiden keuchend hinterher, während sie auf die Aldi-Filiale zurannten, die gerade geschlossen wurde. Hinter der Filiale lag der zweite Mall-Ausgang.

Sacke war zweiundfünfzig, übergewichtig und trank zu viel. Dafür hatte er im Januar mit dem Rauchen aufgehört, und das spürte er auch. Er war sicher, dass er mindestens einen der beiden einholen und ihm die Fresse polieren könnte. Seit Wochen machten die Jungs sich einen Spaß daraus, Sacke und seine Kollegen von der Security zu provozieren. Aber jede Glückssträhne ging mal zu Ende.

Er sah, wie eine der Aldi-Kassiererinnen aus dem Geschäft trat und auf die noch unverschlossene Schwingtür am nördlichen Eingang der Mall zulief. Sie schob einen Papierkorb aus Metall und einen der großen Werbeaufsteller vor die breite Tür. Dann baute sie sich mit verschränkten Armen vor ihr auf.

Klar, dachte Sacke. *Das kommt davon, wenn ihr regelmäßig bei Aldi klaut.*

Drei weitere Frauen in blauen Kitteln rannten ebenfalls aus dem Geschäft und stellten sich neben ihre Kollegin.

»Die woll'n uns blockier'n! Renn, Danny!«, rief der erste Junge seinem Gefährten zu. Dann änderte er seine Taktik, schlug einen Haken und stürmte mit eingezogenem Kopf und rudernden Armen direkt auf Horst Sacke los.

Der andere Junge hielt inne und starrte seinen Kumpel erschrocken an.

Sacke fuhr schnaufend sein Lauftempo herunter und blieb schließlich breitbeinig stehen. Die Aldi-Frauen riefen irgendetwas, das für Sacke wie eine Anfeuerung klang.

Der zweite Junge rief »Scheeeiiiiiße!« und lief weiter Richtung Ausgang. Sein Kumpel jedoch rannte unbeirrt frontal auf Sacke zu.

Dreiundfünfzig Kilo beschleunigter Teenagerkörper schlugen in Sackes beachtlichen Bierbauch ein.

Der Aufprall reichte jedoch nicht aus, um Sackes hundertzwanzig Kilo Lebendgewicht zu Fall zu bringen. Obwohl der Sicherheitsmann stolperte und dabei bedenklich schwankte, hielt er sich auf den Füßen.

Sobald der Junge von Sackes Leib abprallte und mit einem überraschten Ruf zu Boden fiel, begann der Security-Mann blindlings auf ihn einzutreten. Die ganze Frustration, die sich in nahezu zwanzig Jahren Dienst angestaut hatte, entlud sich in diesen Tritten.

Sacke hörte erst damit auf, als eine der Aldi-Angestellten zu ihm gelaufen kam. »Horsti! Du bringst den ja um!«, rief die Frau.

Sacke schaute entgeistert auf den blutenden und wimmernden Jungen hinab. Dann hob er den Kopf und erblickte dessen Kumpel, der draußen vor der Mall stand und ihn durch die gläsernen Schwingtüren hindurch mit seinem Smartphone filmte. Die Aldi-Frau rieb sich mit schmerzverzogenem Gesicht ihr linkes Knie. Der Junge musste sie umgerannt haben.

3 Während Sacke noch den beiden Kids hinterherhetzte, stand Martha mit erhobenen Händen im Lager des Blumengeschäfts. Einige Meter von ihr entfernt hielt ein vermummter Mann seine riesige Pistole an den Kopf ihrer Chefin Denise Winter. Ein zweiter Mann starrte Hilde und Martha durch die groben Sehschlitze seiner Skimütze aggressiv an.

Martha hatte den beiden Typen vor zwei Minuten selbst die Tür zum Lagerraum geöffnet. Sie hatte angenommen, dass ihre Chefin Denise wie üblich zu bequem war, in ihrer Handtasche nach dem Schlüssel zu suchen und deswegen klopfte, damit Martha oder Hilde sie hereinließen.

Nur hatte Denise nicht allein vor der Tür gestanden. Zwei vermummte Männer drängten sich an sie, und einer der beiden hielt ihr eine riesige verchromte Pistole an den Kopf. Denise zitterte und war kreidebleich.

Der Mann mit der Pistole hatte Denise auf Martha zugestoßen, und ihr war nichts anderes übrig geblieben, als den Männern aus dem Weg zu gehen. Sie hatte gar nicht erst auf eine Aufforderung gewartet und ihre Hände sofort freiwillig gehoben. Hilde riss ebenfalls ihre Arme nach oben, sobald sie die Männer eintreten sah.

Die beiden Typen waren offensichtlich perplex darüber, dass sie hier auf zwei junge Frauen gestoßen waren. Für einige Augenblicke taten sie jedenfalls nichts anderes, als sich verwunderte Blicke zuzuwerfen. Dann schließlich brüllte der Kerl mit der Pistole: »Die Kasse, du Schlampe!«

Martha war seltsam erleichtert darüber, dass er die Stille im Lager endlich unterbrach. »Hilde, geh rüber! Mach die Kasse auf und hol das Geld!«, wies sie ihre Azubine an.

Auf der Jacke des zweiten Typs stand das Wort *Yakuza*,

der dünne blaue Pullover des Kerls mit der Riesenpistole war in fetter schwarzer Farbe mit dem Schriftzug *Camp David* bedruckt.

»Hilde? Beweg dich gefälligst! Hol jetzt das Geld!«, wiederholte Martha ihre Anweisung und nickte dabei in Richtung der Verbindungstür zwischen Lager und Verkaufsraum.

Während Chromknarre weiter Denise bedrohte, setzte sich sein Komplize in Bewegung und folgte Hilde in den Verkaufsraum. Wobei er zu Marthas Schrecken einen kleinen Revolver aus dem Hosenbund zog.

Marthas Chefin klammerte sich unterdessen an ihrer Handtasche fest, als hinge ihr Leben davon ab. Sie war vierundvierzig, mollig und mit einem Klempnermeister verheiratet. Sie musste gerade beim Friseur gewesen sein, denn ihre Haare waren frisch gefärbt.

Martha vermied es, dem Mann mit der Pistole in die Augen zu schauen. Anders als sein Komplize trug er keine Skimaske, sondern hatte sich ein mit bunten Totenköpfen bedrucktes Tuch vors Gesicht gebunden. Eine Reihe von Geräuschen aus dem Verkaufsraum deuteten darauf hin, dass Hilde dort die Kasse geöffnet hatte.

Kurz darauf kehrte sie zurück. Sie streckte ihre dünnen Arme dabei gerade und eng aneinander in die Höhe. Der Typ mit der Skimaske folgte ihr mit etwa zwei Schritten Abstand.

Der Skimaskenmann warf die Tür hinter sich zu, doch da sie wie üblich etwas klemmte, schloss sie sich nicht komplett.

»Alles cool!«, sagte er und hob eine Plastiktüte, die er in der linken Hand hielt, in die Höhe. Sie wirkte schwer. Hilde hatte offenbar selbst das Hartgeld aus der Kasse genommen und in die Tüte gefüllt. Darauf war ein fröhlicher bunter Blumenstrauß abgebildet, unter dem Denises Werbeslogan *Blume 300 – Wir sorgen für Ihr Lächeln* stand.

Der Typ mit der Chromknarre, den Martha wegen des Camp-David-Labels auf seinem Pulli »David« getauft hatte, nickte Skimaske zu.

»Das geht doch nicht! Ich muss doch Löhne zahlen«, sagte Denise leise.

»Schnauze!«, befahl David und wandte sich an Skimaske. »Drüben was gesehen?«

Skimaske schüttelte den Kopf. »Keiner da. Die Bullen brauchen vom Revier mindestens 'ne Viertelstunde bis hierher. Also selbst wenn die hier 'nen stillen Alarm haben, ist noch Zeit!«

»Eeene mene muh!«, sagte David und zeigte dabei mit seinem Pistolenlauf abwechselnd auf Hilde und Martha. »Welche Kuh ficke ich, und welche Kuh fickst du?«

Skimaske stellte den Beutel ab und zeigte mit seinem Revolver auf Hilde. »Die ist jung und eng. Die gehört mir!«

David wandte sich Martha zu und sah ihr in die Augen. Die Erregung in seinem Blick sorgte dafür, dass sich ihr Magen verkrampfte.

»Was issen jetzt?«, fragte Denise verwirrt.

Skimaske stieß Hilde brutal gegen die Schultern, sodass sie vornüber auf den Arbeitstisch zustolperte. Sie fing sich mit den Händen an der Tischkante ab und schaute verwirrt und ängstlich zu Martha. Skimaske schob seinen Revolver in den Hosenbund. »Los, Schlampe! Arsch hoch und Titten auf den Tisch!«

Martha erwiderte Hildes Blick, solange sie konnte.

Sie kannte diesen Blick. Genau so – voller Angst und merkwürdig hilfloser Ergebenheit – hatten die Vögel sie angeschaut, die sie früher im Schrebergarten ihrer Mutter aufgelesen hatte, nachdem sie in vollem Flug gegen die Glaswand des alten Gewächshauses geknallt waren.

»Ihr habt eure Kohle. Haut ab!«, sagte Martha.

»Was?«, entgegnete David.

»Du hast mich gehört! Nehmt die Kohle und verpisst euch!«

Skimaske versetzte Hilde einen Boxhieb in den Nacken. Sie stieß hart mit dem Bauch gegen die Tischkante. Skimaske nestelte seinen Reißverschluss auf und drängte dann seine freie Hand zwischen die Tischplatte und Hildes Leib. Dabei stieß er mit seiner Hüfte immer wieder gegen ihren Po. Hilde presste panisch die Oberschenkel zusammen. Vergeblich versuchte Skimaske seine Hand dazwischenzustoßen.

Er änderte seine Taktik, schob Hildes Schürze beiseite und riss an ihrer Jeans.

Hilde schrie auf.

David richtete den Lauf seiner Pistole auf Denises Kopf. »Ich knall die Alte ab, wenn die Nutte da nicht gleich ihre Beine breit macht!«

Voller Angst folge Hilde der Anweisung und nestelte panisch an Knopf und Reißverschluss ihrer Jeans herum, streifte sie dann etwas herab.

»Geht doch!«, sagte Skimaske, griff in die Gesäßtasche seiner Hose, zog daraus ein Kondom hervor, führte es zum Mund und riss die Verpackung mit den Zähnen auf. Dann holte er seinen Penis heraus und streifte routiniert das Kondom darüber. »Man will sich ja bei euch Huren nix holen!«

Hilde streifte ihre Hotpants panisch über die Hüfte.

Denise wirkte so verängstigt, dass Martha bezweifelte, ob sie noch wirklich erfassen konnte, was hier gerade geschah. Sie umklammerte weiter ihre Handtasche und bewegte ihren Oberkörper hin und her.

»Los, Fickstück! Beine breit und Möpse auf den Tisch! Wird's bald!«, befahl David Martha. Martha hatte das Gefühl, als würde die Gier in seinen Augen, die sie über den Rand seines bunten Tuchs hinweg ansahen, sie wie ein Säurebad umhüllen.

Martha war bereits einmal nur knapp einer Vergewaltigung entgangen. Die Erinnerung daran war immer noch schmerzhaft präsent und bot genügend Stoff für die Albträume, die sie hin und wieder heimsuchten.

»Eh, Schlampe! Los! Ran an den Tisch, dann deinen Arsch hoch und die Kackstelzen breit!«, wiederholte David seinen Befehl.

Martha schüttelte den Kopf.

Skimaske schloss die Augen und strich mit seiner Hand voller Vorfreude genüsslich über Hildes Po.

»Wenn du mich vergewaltigen willst, musst du mich schon umlegen«, sagte Martha zu David.

Sie war sicher, dass er jedes Wort verstanden hatte. Er schaute sie an, während er Denise in den Kopf schoss.

Der Körper ihrer Chefin flog gegen die Wand des Lagerraums. Eine Blutwolke bildete sich an der Stelle, wo Denise noch eine Sekunde zuvor gestanden hatte.

Skimaske ließ seine Finger von Hilde, riss die Augen auf und starrte entgeistert auf die Leiche.

»Starr mich nicht so an, Alter! Mach gefälligst hin und fick die Schlampe endlich!«, rief David seinem Komplizen zu und richtete anschließend seelenruhig den Lauf seiner Pistole auf Marthas Brust.

Martha ging mit erhobenen Händen drei Schritte rückwärts auf den Arbeitstisch zu. Dann nahm sie die Hände herunter, griff blitzschnell nach einer Schere und warf sie David ins Gesicht.

Er taumelte überrascht etwas zurück, riss dabei seine Waffe in die Höhe und feuerte zwei Schüsse in die Decke des Lagerraums ab.

Martha rannte an ihm vorbei zu Skimaske und rammte ihm ihr Knie in die Nieren. Er schrie auf, schlitterte von Hilde weg ein Stück weit an der Kante des Arbeitstischs entlang und fiel schließlich zu Boden.

David blutete aus einer Wunde an seiner Stirn, fing sich aber erstaunlich schnell wieder und feuerte seine Pistole erneut ab.

4

Unter den lauten Rufen der Aldi-Frauen und dem Wimmern des blutenden Jungen am Boden hatte Sacke den ersten Pistolenschuss überhört. Den zweiten nahm er jedoch wahr.

Er drehte sich um und lief ächzend in Richtung des Blumengeschäfts los.

Sacke hatte vor vielen Jahren eine Ausbildung bei der Volkspolizei absolviert und später regelmäßig an Schusswaffenlehrgängen teilgenommen. Während ihm Schweiß in die Augen lief, wurde ihm bewusst, dass die Schüsse, die er eben gehört hatte, von einer großkalibrigen Waffe stammen mussten. Was immer da vorging – er hatte lediglich seinen Schlagstock, um sich verteidigen zu können.

Trotzdem lief der dreiundfünfzigjährige unterbezahlte Wachmann Horst Sacke weiter auf die Schüsse zu.

5

Wieder hatte David beim Abfeuern seine riesige Pistole verrissen. Das Projektil durchschlug die Gipsplattenwand des Lagerraums und zerstörte im Verkaufsraum nebenan eine Kunststoffvase sowie eine der gläsernen Ladentüren.

Martha hatte aus einem Impuls heraus gehandelt, ohne sich dabei Gedanken über die Konsequenzen zu machen. Jetzt stand sie hinter der regungslosen Hilde am Ende des Tisches und wusste nicht mehr weiter.

David machte zwei Schritte auf Martha zu, stoppte, schaute auf das ziemlich große Loch in der Wand und wunderte sich offenbar immer noch, wie er Martha hatte verfehlen können. Während Chromknarre nun erneut auf sie anlegte, richtete Skimaske sich auf und trat ihr in die Kniekehlen. Martha schrie und stürzte rücklings auf Skimaske, der wütend auf der Suche nach seiner Waffe an seinem Hosenbund herumtastete.

Martha war zu verwirrt und erschrocken, um ihn daran hindern zu können.

Hilde war hinter dem Arbeitstisch ebenfalls zu Boden geglitten. Dabei hatte sie das Teppichmesser ergriffen, das sie sonst dazu benutzte, besonders hartnäckige Pflanzenstiele zu kürzen. Jetzt kroch sie auf Martha und Skimaske zu und schob dabei klackernd die Messerklinge aus dem Griff. Sie schnitt Skimaske zweimal rasch nacheinander in den Oberschenkel. Aus den Wunden spritzte Blut.

Skimaske schrie auf.

David hatte plötzlich keine potenziellen Ziele mehr vor dem Lauf. Von dort aus, wo er jetzt stand, konnte er keine der beiden Frauen am Boden hinter dem Arbeitstisch sehen.

Also lief er daran entlang auf das Menschenknäuel zu. »Kackfressen!«, brüllte er und sah Blut, das um eines der Tischbeine herum langsam über den grauen, glatten Fußboden floss.

6

Horst Sacke war völlig außer Atem, als er bei dem Blumengeschäft ankam. Trotzdem bemerkte er sofort die von dem Schuss zerstörte Eingangstür.

Obwohl er sich fühlte, als würde jeden Moment seine Lunge platzen, riss Sacke den Schlagstock aus dem Koppel und betrat über die Glassplitter hinweg das Innere des Geschäfts.

Kein Mensch war im Ladenbereich zu sehen.

Hustend und schwer atmend ging Sacke auf die Lagerraumtür zu. Plötzlich Schreie. War das eine männliche Stimme? Dabei hätten in dem Laden um diese Zeit eigentlich nur die beiden Frauen sein dürfen.

Sacke stieß die Tür zum Lagerraum auf. Er sah einen wimmernden Mann am Boden, der verzweifelt versuchte, hinter einem langen Tisch voller feuchter Blumen hervorzukriechen, während er zugleich seine Hände auf zwei stark blutende Wunden am Oberschenkel presste. Hinter dem Arbeitstisch, der den weitläufigen Raum beherrschte, sah Sacke die jüngere der beiden Floristinnen, die in einer Blutlache herumtastete.

Doch er kam nicht dazu, sich auch noch nach der zweiten Frau umzusehen, denn ein Mann mit einem bunten Tuch vor dem Gesicht richtete eine verchromte .45 Magnum auf ihn.

Normalerweise hätte er jetzt die Hände heben und sich ergeben sollen. Das war es schließlich, was man ihm und seinen Kollegen bei jeder Gelegenheit einschärfte: Niemand bezahlte sie dafür, dass sie den Helden spielten. Sie waren nur dazu da, die Idioten abzuschrecken, die glaubten, dass jede Kasse eine leichte Beute darstellte. Und ein toter Angestellter sorgte für mehr Papierkrieg als die Versicherungsmeldung über eine geklaute Million.

Horst Sacke hatte sein Leben lang immer Polizist werden wollen. Und auch wenn ihm vor vielen Jahren ein arschgesichtiger Wessi-Beamter die charakterliche Eignung für den Polizeidienst im Freistaat Sachsen abgesprochen hatte, verfügte Horst dennoch über das Herz eines zähen alten Hütehundes, der zumindest einen Fehler niemals beging: Er rannte grundsätzlich nicht vor einer Gefahr davon. Sondern stets auf sie zu.

Also schwang er seinen Schlagstock so heftig gegen die Stirn des Kerls mit der verchromten Angeberknarre, dass dieser zu Boden ging, wobei ihm seine Waffe aus der Hand glitt.

Horst hob die Pistole auf.

Während er mit dem Kerl beschäftigt war, verlor er Hilde aus den Augen. Also war er überrascht, als er sah, wie sie hinter dem Arbeitstisch schwankend aufstand und dabei einen Revolver in der rechten Hand hielt. Ohne irgendein Wort schoss sie dem blutenden Mann, der einige Meter vor ihr am Boden lag, in die Brust.

Martha, die ältere der beiden Floristinnen, kroch schreiend auf Hilde zu. Bevor sie ihre Kollegin erreichen konnte, richtete diese den Revolver bereits auf den Mann, den Sacke eben niedergeschlagen hatte.

Sacke war gerade Zeuge einer glasklaren Hinrichtung geworden. Er stand immer noch direkt neben dem zweiten Mann am Boden und damit genau in der Schusslinie dieser offenbar verrückten Blumenverkäuferin, die nicht einmal Hosen unter ihrer Schürze trug.

»O Gott! Nicht!«, rief Martha ihr zu.

Hilde, das gut katholische Kleinstadtmädchen, drückte ab.

Das Projektil drang in den Oberkörper des Typen ein, dessen Waffe Horst Sacke gerade in der Hand hielt. Der Leib des Mannes schien zunächst einige Zentimeter vom Boden aufgeworfen zu werden. Er fiel wieder zurück und riss dabei seine Augen so weit auf, wie Horst es niemals für möglich gehalten hätte. Hellroter Blutschaum quoll aus seinem Mund.

Sacke handelte rein instinktiv, als er die schwere verchromte Pistole auf Hilde richtete und abdrückte.

2 // JULI

7 Frank-Rudolph Bautz legte sein iPhone 11 Pro beiseite und steckte sich eine Zigarre an. Er fand sein Büro zu klein. Die Butze würde sich blitzschnell mit Qualm füllen. Früher hatte er in Büros gearbeitet, in denen vier Männer den ganzen Abend lang rauchen konnten, ohne dass irgendjemand auf die Idee gekommen wäre, man befände sich in einer ostdeutschen Großstadt voller Industriesmog.

Die Zeiten hatten sich geändert. Doch Bautz hing der Vergangenheit nach. Früher hatte er es unbehelligt von Twitter-Aktivistinnen mit jeder der Moderatorinnen, die inzwischen den deutschen Talkshow-Markt dominierten, entweder in seinem Büro oder auf dem Rücksitz einer Produktionsfirmenlimousine getrieben, seine Manneskraft war seinerzeit legendär gewesen. Dabei fiel ihm ein, dass er mit der Lesbe vom Zweiten doch nichts gehabt hatte. *Dennoch, kein schlechter Schnitt*, dachte er.

Trotzdem konnte er froh sein, dass er nicht wie sein Geschäftspartner Kevin Olsen, alias PatCheck, in einem dieser rundum einsehbaren Glaskäfigbüros residierte, in denen es keinerlei Privatsphäre gab. Dann doch lieber diese etwas bessere Kammer von einem Einzelbüro.

Bautz warf einen Blick auf seinen Breitling-Chronografen und verzog spöttisch den Mund. Bis zum Ende des Clipcountdowns waren noch mindestens zehn Minuten Zeit. Sollten die da draußen sich gegenseitig die Köpfe rund streicheln, bis es so weit war. Er war schon zu lange im Geschäft, um sich noch von der Premiere eines dreiminütigen Videoclips nervös machen zu lassen. Selbst dann nicht, wenn dieser Clip ungesunde 64000 Euro Produktionskosten verschlungen hatte.

Es klopfte. Nele, eine der Start-up-Praktikantinnen, steckte ihr Gesicht samt grau gefärbtem Haarschopf herein. »Herr Bautz? Wir brauchen Sie fürs Milestone-Shooting!«

Er blies eine besonders große Wolke Zigarrenrauch in Richtung des Grauschopfs. Sie gehörte zu jenen, die sich für das Büro so merkwürdig geschlechtslos kleideten, als seien sie nicht sicher, ob sie eines Tages echte Frauen werden oder sich für immer in einer Zwischenwelt aus halb kindlicher Unbestimmtheit einrichten wollten. Dazu dann noch diese tiefgrau gefärbten Haare. *Ein Graus*, dachte Bautz.

»Milestone-Shooting? Nie gehört«, gab er zu.

»Für die Instaseite. Das muss ja upgeloadet werden, sobald wir die erste Kiste Klicks geedget haben!«, erklärte Nele.

Insta, erinnerte sich Bautz, war diese Foto-App, auf die alle gerade so scharf waren. Oder hieß die TikTak oder TikTok? Egal.

Jedenfalls schien es keine Ausreden mehr dafür zu geben, der Kleinen nicht nach draußen zu folgen.

Draußen, das war ein zweihundert Quadratmeter großes Büro mit hohen Fenstern, die zu einem der Innenhöfe hinaus gingen, in dem sich ein Café befand. Außerdem gehörten noch ein Filmstudio und einige Schnitt- und Animationsarbeitsplätze zu den Räumlichkeiten von Pat-Checks Firma.

An einer der Wände hing ein drei mal zwei Meter großes Poster. Darauf waren zwölf Reiter mit ausgebleichten Tierschädeln zu sehen, deren Anführer triumphierend das abgeschlagene Haupt einer dunkelhaarigen Frau schwang. Über der Darstellung der Reiter stand in Frakturschrift *Wolfshorn – The Legacy*.

Bautz fand das Poster zu brutal. Zumal er die Darstellerin kennengelernt und auf Anhieb gemocht hatte. Der Anblick ihres bleichen, blutigen Kopfes verstörte ihn deshalb jedes Mal aufs Neue. Doch Kevin Olsen hatte ihm versichert, dass er besser wusste, worauf seine Fans abfuhren. Weshalb Bautz aufgehört hatte, sich über das Poster zu beschweren.

Mit seinen zweiundsechzig Jahren war Bautz mit Abstand der Älteste von den acht Leuten im Büro. Die meisten von Kevins Mitarbeitern waren gerade mal Anfang zwanzig. Nach Bautz war Kevin der Zweitälteste. Obwohl man ihm seine zweiunddreißig Jahre nicht ansah, stach er mit seinen grünblauen Haaren und der nach links gedrehten Basecap aus der Traube seiner Teammitglieder dennoch zumindest optisch deutlich heraus.

»Nur noch eine Minute bis Launch!«, rief Kevin Bautz zu und blickte sofort wieder auf den Flachbildschirm, den auch alle anderen jetzt anstarrten.

Zwei dieser stets seltsam asexuell gekleideten Mädchen begannen laut die letzten dreißig Sekunden bis zum Ende des Countdowns herunterzuzählen. Drei andere stimmten mit ein, bis schließlich alle mitmachten. Nur Bautz hielt den Mund und blickte auf den dreigeteilten Screen. In einem Drittel der Darstellung war Kevins YouTube-Channel zu sehen, in einem anderen die *Wolfshorn*-Website. Den dritten und größten Teil des Bildschirms nahm jedoch ein Zähler ein, der die Klicks auf das Video im YouTube-Channel und die der Website erfassen würde.

Niemand sprach mehr von dem Milestone-Shooting, dessentwegen Nele ihn eben aus seinem Büro und von der Zigarre weggeholt hatte.

Das Video ging online.

Alle starrten wortlos und gespannt auf den Bildschirm.

Der Zähler blieb störrisch bei null stehen.

Bautz verspürte ein unangenehmes Ziehen in der Magengrube.

Plötzlich sprang der Zähler des Clips von null auf 2.345. Blieb da einen Moment hängen. Dann begannen auch die Klickzahlen der Website zu klettern. Von zehn auf zweihundert. Verharrten dort für einen Augenblick.

Verdammte Scheiße, ich will meine Zigarre weiterrauchen, dachte Bautz. *Das hält ja kein Mensch aus hier.*

Der Zähler des Clips begann plötzlich wieder zu laufen.

Als er die 700000-Marke überstieg und dann deutlich langsamer weiterlief, brach Kevins Team in Jubel aus.

»He, alter Mann!«, lachte Kevin ihn schrecklich gesund und zuversichtlich an. »Das war unser bester Videolaunch ever!«

»Gratuliere!«, entgegnete Bautz und schob seine Daumen hinter die Weste seines dreiteiligen Anzugs. »Und jetzt?«

»Milestone-Shooting! So wie das da läuft, müssen wir

uns beeilen, damit wir das Foto bei Insta noch vor der ersten Million Klicks oben haben!«

»Okay!«, antwortete Bautz. Er fühlte sich, als hätte ihm eine der Nutten, die er sich früher oft aufs Hotelzimmer bestellt hatte, einen Blowjob verweigert, obwohl er gerade frisch geduscht aus dem Bad gekommen war.

Zusammen mit vier anderen, die in Kevins Kernteam irgendwie wichtig waren oder von der Fotografin für fotogen gehalten wurden, trotteten sie in das Studio hinüber, stellten sich vor einer weißen Wand auf, streckten alle den rechten Daumen hoch und grinsten blöd in eine Kamera.

Mit meinem Anzug muss ich auf dem Bild rausstechen wie der Fernsehturm zwischen Funkmasten, dachte Bautz.

»Achthundertfuffzig!«, rief einer der Jungen ins Studio herüber.

»Geil!«, lachte die Grauhaarige neben ihm, die es aus für Bautz nicht nachvollziehbaren Gründen geschafft hatte, ebenfalls als fotogen durchzugehen.

»Eine Runde Mate!«, rief Kevin ins Büro.

»Schampus!«, brüllte Bautz. Mit Mate anstoßen zu müssen, war nun wirklich zu weit unter seiner Würde.

Sie alle gingen nacheinander ins Büro zurück, während einer der Jungs das gerade geschossene Bild an seinem Tablet bearbeitete und dann bei Instagram hochlud.

»Fuck!«, rief eins der Mädchen, während sie auf ihr Handy starrte. »Wir haben gerade HaerteTests letzten Cliplaunch übertroffen!«

Bautz entdeckte auf einem der Tische eine Flasche Moët. Und weil er keinem der Kids zutraute, diese unfallfrei zu öffnen, übernahm er das gleich selbst. Er löste Folie und Sperrdraht und hielt die Flasche von sich weg. Der

Korken poppte gegen eins der Fenster. Aus der Flasche quoll Champagnerschaum, und Bautz stellte fest, dass kein Glas greifbar war.

Kevin kam zu ihm. Er hatte ein Glas und eine geöffnete Flasche Mate dabei.

»Da!«, sagte er, reichte Bautz das Glas und stieß mit ihm an, sobald Bautz es gefüllt und die Flasche abgestellt hatte.

»Prost. Das hier war ein Erfolg!«, sagte Kevin lächelnd.

»Na, hoffentlich!«, antwortete Bautz und trank.

»Jetzt bist du dran.«

»Kein Problem!«, entgegnete Bautz.

»Insta ist unter Erwartung!«, rief die grauhaarige Nele. »Rihanna hat gerade ein neues BH-Design gelauncht!«

Kevin sah zu ihr hinüber. »Insta ist nur Drittmarkt. Das holen wir schon wieder auf!«

Wenn ich heute noch ein einziges Mal das Wort Launch höre, bin ich entweder reif für einen Amoklauf oder für eine spontane Koksparty, dachte Bautz grimmig.

»Wir müssen nachher noch über das Sponsorenmeeting sprechen«, sagte Kevin.

»Klar«, entgegnete Bautz, griff sich die Schampusflasche und ging zu der Zigarre in sein Büro zurück.

Unterwegs hörte er, wie Nele einem der Jungen etwas von einem möglichen Terrorangriff mit mindestens einem Toten und mehreren Schwerverletzten in Leipzig erzählte. *Diese Scheißwelt, in der wir alle leben*, dachte Bautz.

In seinem Büro hing kalter Zigarrenrauch. Bautz setzte sich auf die Schreibtischkante, zündete die Zigarre wieder an und schaute auf das vergrößerte Foto eines recht verfallenen Gutshofes mit einem großen Park voller alter Bäume, das an der Wand neben der Tür hing. Auf dem Bild stand

Gut Wolfshorn. In diesen verfallenen Mauern und löchrigen Dächern steckte fast die Hälfte seines Vermögens. Er war sicher, dass bis vor etwa einer Dreiviertelstunde höchstens zweihundert Menschen je davon gehört hatten.

Neben dem Luftbild des Guts hing eine Zeichnung des Schweizer Architekturbüros Beat Tolino & Cie., Weltmarktführer in der Konzeption von Labyrinthen. Er scrollte durch das Kontaktverzeichnis seines iPhones, bis er auf den Namen Thomas »Lucky« Koslinsky stieß.

Bautz und Lucky kannten sich seit Ewigkeiten. In Bautz' Augen war Koslinsky ein Genie für Kamera- und Übertragungstechnik. Vor allem aber war er ein Genie, das billig zu haben sein würde, weil Lucky bis vor drei Monaten wegen einer ziemlich dummen Sache im Knast gesessen hatte.

Bautz wählte Koslinskys Nummer und wartete ab, bis dieser sich meldete.

»Lucky?«, sagte er dann. »Bautz hier. Ich habe einen Job für dich.«

»Da musst du dich aber hinten anstellen, Bautz. Mein Auftragsbuch ist voll.«

Blöder alter Trick, dachte Bautz. Und lächelte.

8

Jonas durfte das Arbeitszimmer seines Vaters nur selten betreten. Dasselbe galt für seine Mutter und seine kleine Schwester Natascha-Larissa. Alle anderen Räume im Haus sowie drüben in den Fertigungshallen und Büros standen ihnen jederzeit offen. Theoretisch sogar die der beiden Hausbediensteten. Aber nicht das Arbeitszimmer.

Für Jonas war es der männlichste Raum, den er kannte, mit der ledergepolsterten Tür, den Gemälden von Segelschiffen, wuchtigen alten Möbeln und dem großen Schreibtisch, auf dem sich scheinbar immer nur Aschenbecher, Tischfeuerzeug, Zigarrenabschneider, die beiden Montblanc-Füllfederhalter und die schwarze Unterschriftenmappe befanden.

»Ich habe deine Scheine gesehen, Jonas«, sagte sein Vater jetzt zu ihm. »Beeindruckend war das nicht. Du weißt, dass wir dir jede Freiheit lassen, die du brauchst. Aber nur unter der Bedingung, dass du trotzdem entsprechende Leistungen erbringst. Die Zweitbesten landen auch bei den zweitbesten Jobs, Junge.«

Jonas setzte sich auf den Besucherstuhl im Raum. Sein Vater trug heute den grauen Anzug und die gelbe Krawatte. Das war seine Uniform. Freitags wählte er schon mal eine grüne Krawatte, gelegentlich auch eine rote zum dunkelblauen Anzug.

»Die Hausarbeit in Gesellschaftsrecht ist bei den anderen auch unfair bewertet worden. Fast alle im Semester haben die zur Zweitbewertung eingereicht. Ich übrigens auch. Das ist mein Recht.«

Sein Vater knipste das Ende einer Zigarre auf und steckte sie an. Es war eine von den schmalen, langen. Keine von den großen, die er sonst gern nach dem Essen rauchte.

»Beschwerden sind was für Faulpelze. Du bist mein Sohn. Mein Sohn beschwert sich nicht. Der sorgt dafür, dass es erst gar keinen Grund für eine Beschwerde gibt.«

»Ohne die falsch bewertete Hausarbeit wäre ich Jahrgangsbester.«

»Hätte, wäre, könnte. Das sind Worte für Verlierer. Die

Firma ist in den letzten dreißig Jahren um zwei Drittel gewachsen. Sie braucht einen ganzen Mann an der Spitze. Wenn du schon mit dem Druck einer Hausarbeit oder Klausur nicht umgehen kannst, wie soll das dann erst werden, wenn viertausend Jobs von deiner Performance im Vorstand abhängen?«

»Ja, Vater. Tut mir leid.«

Sein Vater schaute ihn lange an. Jonas kannte diesen Blick nur zu gut. Er löste tiefe Unsicherheit und Furcht in ihm aus.

Immer noch.

3 // SEPTEMBER

9 Martha zog eine Handvoll Münzen aus ihrer Jeanstasche und ordnete sie auf dem Tisch neben ihrem Handy zu drei Stapeln. 18 Euro waren alles, was sie für den Abend übrig hatte.

Sie saß vor dem *Killywilly*, einem beliebten Irish Pub an der Kneipenmeile von Leipzigs Südvorstadt. Es war 18 Uhr an einem Freitagabend, und die meisten der übrigen Tische waren ebenfalls belegt.

Martha hatte sich hier mit Hilde verabredet, die jedoch zu spät kam.

Nach dem Überfall und dem Tod ihrer Chefin Denise hatte sich kein neuer Betreiber für den Blumenladen gefunden. Obwohl es viele Jobangebote für Floristinnen gab, hatte Martha bisher keins davon in Erwägung gezogen. Denn eines Morgens stellte sie fest, dass sie Anblick und Geruch frischer Schnittblumen nicht mehr ertragen konnte. Dr. Franziska Geyer, die Psychologin, die sie betreute, hielt das nicht für ungewöhnlich und war zuversichtlich, dass es mit der Zeit besser werden würde. Aber wer stellte schon eine Floristin ein, die den Geruch von Blumen nicht mehr ertrug?

Martha hatte nichts anderes gelernt. Zwar käme eine Anstellung als Verkäuferin in einem Geschäft infrage, das keine Pflanzen verkaufte. Doch wollte sie das? Ganz gleich, was man verkaufte, es würde dort immer eine Kasse geben. Und darum bestand auch jederzeit die Möglichkeit, dass irgendein Monster versuchte, deren Inhalt zu stehlen.

Die beiden Räuber waren tot. Ihre Azubine Hilde würde wahrscheinlich für den Rest ihres Lebens leicht behindert bleiben. Und Sacke, der Wachmann, der auf Hilde geschossen hatte, während diese auf den Kerl mit der Chromknarre ballerte, sah sich mit einem Ermittlungsverfahren wegen schwerer Körperverletzung konfrontiert. Polizei und Staatsanwaltschaft werteten Hildes Schuss allerdings als gerechtfertigte Notwehr. Es war klar, dass sie ohne eine Strafe davonkommen würde.

Martha trank einen Schluck von der eiskalten Cola und schaute auf die belebte Straße hinaus. All die Leute, die hier unterwegs waren, wirkten so unbeschwert. Das Leben konnte schon ein Arschloch sein.

Hilde kam, begrüßte Martha überschwänglich und setzte sich. Sie trug den linken Arm noch in einer Schlinge und berichtete, dass sie ihn vielleicht nach einer weiteren Operation und monatelanger Reha eines Tages wieder teilweise bewegen könnte. Angesichts dessen wirkte sie überraschend entspannt und trank schnell nacheinander zwei große Guinness.

Martha hatte sich eine Tüte gedreht und zu viel Gras unter den Tabak gemischt, sodass die Wirkung der Droge etwas stärker war als erwartet.

Hilde dachte gerade darüber nach, ob sie sich einen Cocktail bestellen sollte. Von Marthas Tüte hatte sie nichts abhaben wollen. Hildes Optimismus regte Martha auf. Aber sie war nun mal völlig von diesem naiven Gottvertrauen durchdrungen. Hildes Optimismus ging sogar so weit, dass sie ungefragt Lösungsvorschläge für Marthas augenblickliches finanzielles und psychisches Tief entwickelte. Aktueller Favorit war, dass Martha sich für eine Gameshow bewerben sollte, die Hildes Lieblings-Youtuber PatChecker veranstaltete und bei der es angeblich 300.000 Euro Preisgeld zu gewinnen gab.

»Du bist doch fit, Martha, das knackst du ganz easy!«, sagte Hilde gerade, während sie schon wieder auf ihrem Handy herumscrollte, um Martha zu zeigen, worum es bei dieser Gameshow ging. »Die Show wird zwar erst im Januar stattfinden. Aber die Bewerbungsfrist endet schon am kommenden Montag. Du musst dich also beeilen.«

Martha genoss die Leichtigkeit, die ihr das Gras verschafft hatte, und sah deswegen gerade keinen Grund, Hildes Eifer zu dämpfen.

»Warte, ich hab's gleich!«, sagte Hilde. »Ist wirklich nice. Und du kannst da auch einen ganzen Tag bei PatChecker und seinem Team in Berlin abhängen!«

Okay, na klar, dachte Martha. Nichts wollte eine Frau im Angesicht der Pleite lieber, als einen ganzen Tag lang mit einem YouTuber abhängen, der bestimmt keinen feuchten Froschfurz darauf gab, wen er in sein Büro holte, um Selfies mit ihm zu machen.

»Ha! Da isses! Hör zu!«, sagte Hilde und begann so laut von ihrem Handy vorzulesen, dass die Nachbartische selbst durch den Gesprächs- und Straßenlärm jedes Wort mitbekommen mussten.

Martha schaute auf den Handyscreen. Die Website, die

Hilde darauf geöffnet hatte, hieß *Wolfshorn* und gehörte Hildes Lieblings-YouTuber.

Unter dem verstörend brutalen Headerfoto von einer geköpften Frau tauchte zunächst ein Video auf. Sobald Martha den Clip sah, fiel ihr wieder ein, warum ihr der Name *Wolfshorn* so bekannt vorkam. Es handelte sich um jenes ziemlich gruselige Video, das Hilde ihr kurz vor dem Überfall gezeigt hatte. Jetzt waren unter dem Clip noch einige Informationen eingefügt worden. Darunter war die Aufforderung zu lesen, sich für die »härteste Survival-Show Europas (wahrscheinlich des Planeten!)« zu bewerben.

»Nee, Hilde, das ist doch bloß was für Opfer«, winkte Martha ab.

Doch Hilde bestand darauf, dass sie weiterlas.

Offenbar suchte man acht Kandidaten – vier Frauen und vier Männer –, die sich in zwei Gruppen durch das angeblich »komplizierteste Labyrinth seit der Erfindung des Ariadnefadens« kämpfen und dann das »gruseligste Horrorhaus der Weltgeschichte« betreten würden, um sich dort über mehrere Schwierigkeitslevels hinweg zu einem Raum durchzuschlagen, in dem ein Preisgeld von 300 000 Euro auf den Sieger wartete. Wobei es angeblich völlig egal war, ob man das Ziel in der Gruppe oder als Einzelkämpfer erreichte. Auf dem Weg durch das Labyrinth und das Gutshaus galt es, einige Hindernisse zu überwinden. Außerdem würde man die Kandidaten mit Actioncams ausstatten, um während der ganzen Show einen Livestream auf PatCheckers YouTube-Kanal zu gewährleisten.

»Dschungelcamp für Arme«, sagte Martha.

»300000 Euro! Da musste lange im Laden stehen, bis du so viel Kohle zusammenkriegst«, widersprach Hilde.

»Da kriecht man durch Schlammlöcher oder wird mit Pferdeäpfeln beworfen. Und es sind fremde Kerle dabei, die einen begrapschen und dann auf den letzten Metern wahrscheinlich sogar irgendeine Treppe runterwerfen, damit sie nur als Erster an das Geld kommen. Und das wird alles live ins Netz gestreamt? Das ist doch bescheuert!«

»Woher willste das denn alles wissen, Martha? Für mich klingt das eher wie eine Art Quizshow. PatCheck ist total cool. Der macht so ’ne Sexismuskacke nicht! Außerdem liest du ständig Bücher über Satanisten, Gespenster und Monster und so. Du hättest easy studieren können, so clever, wie du bist! Ich weiß gar nicht, weshalb du nicht schon längst bei *Wer wird Millionär?* mitgemacht hast! Außerdem biste berühmt. Die können dich gar nicht ablehnen!«

»Berühmt? Ich? Quatsch!«, entgegnete Martha entrüstet.

»Na klar! Du warst doch in der *BILD*-Zeitung, in der *MorgenPost*, bei *Tag24*, und bei *Exklusiv* auf RTL warst du auch.«

Martha hatte das Medieninteresse an ihr nicht für Ruhm gehalten. Ruhm war für sie zwar nichts grundsätzlich Negatives. Aber dass die Klatschzeitungen sie eine Weile lang als »Deutschlands mutigste Floristin« feierten, hatte ihr bisher nichts als Ärger eingebracht. Das ging so weit, dass ihre Sachbearbeiterin im Jobcenter der Meinung gewesen war, Martha solle ihr Geld mit Talkshowauftritten verdienen, statt dem Staat auf der Tasche zu liegen. Sie schien regelrecht neidisch gewesen zu sein. Dabei hatte es für die beiden Nachmittagstalkshows, zu denen man sie eingeladen hatte, noch nicht mal ein Honorar gegeben. Die RTL-Sendung war sogar noch schlimmer gewesen; das Kamerateam hatte sie völlig überrumpelt und ihr ein Statement abgenötigt, welches die Moderatorin dann auch noch völlig verdreht interpretierte.

Hildes Cocktail kam. Die Bedienung legte eine Serviette auf den Tisch und stellte das Glas darauf ab. Sie trug ihr Tablett zwei Tische weiter, und Martha blickte ihr nach. Gerade als sie sich wieder Hilde zuwandte, machte die ein Foto von ihr.

»Ey! Was war das denn?«

»Nichts«, lachte Hilde und tippte auf ihrem Handy herum, ohne dass Martha sehen konnte, was sie tat.

»Wehe«, drohte sie, weil sie ahnte, was Hilde da gerade anstellte.

»Zu spät!«

O Gott, dachte Martha, *die hat mich doch jetzt nicht wirklich für dieses Dschungelcamp für Arschlöcher registriert!?*

»Das hat du nicht getan!«

Hilde lächelte und nickte. »Doch! Du bist registriert!«

Martha war außer sich.

»Was willste jetzt machen, hm?«, rief Hilde immer noch lachend. »Behinderte schlägt man nicht!« Sie wies mit der Hand, in der sie noch immer das Handy hielt, auf ihren steifen Arm.

»Du bist so brunzblöde, Hilde! Wahrscheinlich können die jetzt mit meinem Foto und meinen Daten machen, was die wollen!«

»Ach was! Daten? Ich an deiner Stelle würde mich ja eher vor der armen Bettina fürchten. Das Gut ist verflucht!«, neckte Hilde sie.

Die Geschichte von Wolfshorn stand unter dem Video. Angeblich spukte es dort. Im Frühjahr 1743 hatte der Gutsherr Friedrich von Hagensberg seine frisch angetraute holländische Braut Bettina von Arnhem auf sein Gut in Brandenburg gebracht. Wo sie zunächst glaubte, an Langeweile sterben zu müssen, bis sie feststellte, dass ihr Angetrauter es mit sämtlichen Bäuerinnen und Mägden der Umgebung trieb. Bettina war *not amused* darüber gewesen und begann ihrerseits eine Affäre mit dem sexy Gutsverwalter Maximilian von Strauch, dem besten Freund ihres Mannes. In ihm fand sie die große Liebe ihres Lebens. Doch Gatte Friedrich kam den beiden eines Tages auf die Schliche und forderte Maximilian zum Duell, bei dem er seinen Gegner mit einem Blattschuss niederstreckte. Bettina rächte sich für den Tod ihres Geliebten und vergiftete Friedrich allmählich mit einem mysteriösen Pulver, das sie aus Holland kommen ließ. Nur blieb ihr kaum Gelegenheit, ihre Rache auszukosten. Denn noch in derselben Nacht, als ihr Gatte starb, erschien die mythische »Wilde Jagd« vor ihrem Gut.

Martha wurde aus dem Text unter dem Clip nicht ganz schlau, was das eigentlich war. Jedenfalls bestand die Gruppe ausschließlich aus Männern. Sie waren zornig auf Bettina, weil sie ihren untreuen Gatten umgebracht hatte. Also jagten sie Bettina aus dem Haus und hetzten sie dann bis zu einer alten Buche im Park, wo einer von ihnen ihr den Kopf abschlug, auf seinen Säbel rammte und dann mit seinen Spießgesellen in die Winternacht davonritt.

Seitdem spukte die arme Bettina angeblich während der Raunächte als kopfloser Geist im Gutshaus umher.

Hilde legte das Telefon weg, griff nach ihrem Glas, prostete Martha damit zu und trank.

Martha griff nach ihrem Guinness. »Sobald ich zu Hause bin, lösche ich das, und dann trag ich *dich* da ein!«, drohte sie.

»Behinderte nehmen die nicht«, erwiderte Hilde und bestellte einen weiteren Cocktail.

Martha betrachtete die Kleingeldstapel auf dem Tisch. Dann seufzte sie, öffnete ihren Tabakbeutel sowie die kleine Dose mit dem Biogras und drehte sich eine zweite Tüte.

»Mein großer Bruder sagt, das Zeug macht unfruchtbar«, grinste Hilde.

Die hat eindeutig zu viel getrunken, dachte Martha, während sie Graskrümel über den braunen Tabak streute.

»Wer will schon Kinder in diese beschissene Welt setzen?«, antwortete Martha und leckte das Paper an.

»Ich!«

Martha drehte die Tüte fertig und war gerade dabei, sie anzustecken, als sie drei Rehe aus der Körnerstraße heraus laufen sah. Die eng beieinander plötzlich stehen blieben und die Gäste des Pubs beäugten.

Fuck, dachte Martha und legte die Tüte wieder weg.

»Ey, siehst du das auch? Rehe«, flüsterte Hilde.

Okay, ich bin zwar ganz schön am Arsch, dachte Martha erleichtert. *Aber Gespenster sehe ich wenigstens noch nicht.*

10

»Wallah, Bro. Clusterfuck mit der Klausur, hab ich gehört«, sagte Maximilian von Habeck.

Er saß neben Jonas auf dem Hochsitz und setzte gerade wieder das Zeissglas an, um nach den Rehen zu sehen, die seit Tagen von den Forstarbeitern angefüttert wurden.

Max war Erbe eines Immobilienimperiums, hatte ein Eliteinternat besucht und anschließend sofort ein längeres Praktikum in einer Privatbank in London absolviert, bevor er zurückgekehrt war, um in München BWL zu studieren.

Seit einiger Zeit versuchte er krampfhaft, wie ein Gettokid zu reden, sobald er Jonas sah. Was ihm natürlich nicht gelang, weil selbst das Hauspersonal, das Max' Eltern in ihren Villen beschäftigte, aus dem soliden unteren Mittelstand stammte und Max' Vater außerdem darauf achtete, dass es zumindest über Hochschulreife verfügte und ein dreizehntes Monatsgehalt bekam.

»Du hörst dich scheiße an, Max. Lass das. Red normal mit mir«, antwortete Jonas, der Max beinahe als seinen Freund betrachtete.

»Oi, wir sind heute empfindlich!«

»Mein Vater macht mich fertig mit seinem scheiß Leistungsdruck. Ich komm mir vor wie lebendig begraben. Meine Mutter hält es für Asthma. Isses aber nicht.«

»Mein Vater ist zurzeit auch kein Kuschelbär. Wir mussten viel Wald einschlagen lassen. Die Trockenheit, der scheiß Klimawandel und so. Die Holzpreise sind im Keller.«

Max' Familie zählte zu den größten Waldbesitzern Deutschlands.

»Tut mir leid«, entgegnete Jonas.

»Ja. Wird schon.«

»Okay.«

Max schaute wieder durchs Fernglas auf die Krippe.

»Und? Ist da was?«, fragte Jonas nervös.

»Zu früh. Aber dauert nicht mehr lange. Scharf drauf, deine Unschuld zu verlieren?«

Nein, eigentlich ganz und gar nicht, dachte Jonas, der zwar die Jagdprüfung vor zwei Jahren bestanden, aber sich bislang hatte darum drücken können, irgendein Tier töten zu müssen. »Der Jagdschein gehört zum Anzug, Junge«, pflegte sein Vater zu sagen. »Auf der Jagd werden in diesem Land die wirklich wichtigen Geschäfte eingefädelt.« Ab und zu machte er dann auch noch einen Witz darüber, dass die private Jagd den letzten Anlass darstellte, bei dem man als Unternehmer vor parasitären Bankern und halbseidenen Unternehmensberatern noch sicher war.

Schon Jonas' Urgroßvater hatte mit Max' Urgroßvater Geschäfte gemacht. Wenn auch in beiden Familien niemand wirklich gern darüber sprach, welche Deals das gewesen waren. Jonas ging im Stillen davon aus, dass diese Geschäfte wohl etwas mit den Nazis zu tun gehabt haben mussten.

»Ich fick meinen Alten übrigens demnächst – big time«, sagte Jonas.

Max setzte das Fernglas ab. »Hast du die Au-pair gepoppt, oder was?«

»Wir haben keine Au-pairs. Ich hab mich bei einer Reality-TV-Show beworben. *Wolfshorn – The Legacy*.«

»Shit, Man! PatChecker? Brave, Alter!«, antwortete Max und wirkte ehrlich beeindruckt. »Dafür könnte dein Vater dich enterben.«

Jonas zuckte mit den Achseln. »Mein Leben. Wird Zeit, dass er das endlich mal kapiert.«

Max hob die Hand und brachte Jonas zum Schweigen. Er griff nach dem Drilling und legte ihn auf der Kante des Hochsitzes an.

Jonas folgte seinem Beispiel und richtete ebenfalls seine

Waffe aus. Max' Vater hatte den alten 98er Repetierer bewundert, als Jonas damit im vergangenen Jahr zum ersten Mal bei einer Treibjagd erschienen war. »Solides Handwerk. Fünfzigerjahre, was? 7,92 mal 57er Kaliber. Da ist bestimmt noch ein Wehrmachtslauf aufgesetzt worden. Unverwüstliches Material. Kann man heute gar nicht mehr kaufen.«

Jonas war stolz darauf gewesen, hatte bei dieser Jagd aber dennoch ein halbes Dutzend Gelegenheiten für günstige Schüsse verstreichen lassen. Max hatte es registriert und ihn deswegen zwar aufgezogen, es aber keinem der übrigen Jäger verraten. Wofür Jonas ihm dankbar gewesen war.

Max entdeckte die Tiere an der Krippe zuerst. Jonas konnte sehen, wie er sich konzentrierte, den Atem anpasste, die Nackenmuskeln verspannte und die Füße fester gegen den unregelmäßigen Boden des Hochsitzes stemmte.

Weil er wusste, dass Max ihn aufziehen würde, sollte er dieses Mal nicht wenigstens einen Schuss abgeben, nahm Jonas eins der Tiere ins Visier, richtete die Waffe aber so weit nach links aus, dass er es ganz sicher verfehlen musste. Das Reh bewegte sich. Jonas schoss.

Max schoss ebenfalls.

Unten vor dem Hochsitz heulten die Hunde auf.

»Ich Plattschuss. Du hast angeschweißt. Wirst du ausgehen müssen. Trotzdem, horrido, Bro!«

Wenn es um den Wald oder die Jagd ging, bestand Max auf Fachsprache, die für Jonas nur teilweise nachvollziehbar war. Aber er hatte wohl trotz aller gegenteiligen Bemühungen das Tier getroffen und war nun relativ fassungslos darüber.

Sie leinten die Hunde ab und gaben ihnen Anweisungen. Die Tiere hetzten los.

Jonas und Max folgten ihnen etwa einen halben Kilometer ins Unterholz. Verletztes Wild zu finden und zu erlösen, hatte oberste Priorität, weswegen Max sein eigenes geschossenes Stück beiseiteließ, um Jonas zu begleiten.

Das Tier hatte sich ausgelaufen und war zwischen einigen alten Tannen verendet. Max betrachtete es und winkte seinem Freund dann zu. Jonas erinnerte sich kaum an das Ritual mit dem Zweig und dem Blut des erlegten Tiers. So ließ er es gleichgültig über sich ergehen und hieß die Schuldgefühle, die in ihm aufkamen, willkommen. Sie waren der Preis dafür, dass er zu töten gewagt hatte. Doch nach den Schuldgefühlen empfand er auch Stolz und Erstaunen über die eigenen Fähigkeiten. Etwas so Komplexes und fremdartig Wildes wie dieses Reh töten zu können, hob ihn aus der grauen Masse heraus, dachte er. Töten zu können, war nichts für Zweitbeste und Verlierer.

Er erinnerte sich an den Blick seines Vaters. Jenen ganz *besonderen* Blick. Und zum ersten Mal in seinem Leben glaubte Jonas, dass er vielleicht stark genug war, ihm widerstehen zu können.

Vielleicht, dachte er, war es kein zu hoher Preis gewesen, dass er dieses Tier hatte töten müssen, um zu dieser Erkenntnis zu gelangen.

11

Thomas »Lucky« Koslinsky betrat einen Spätverkauf in der Leipziger Karl-Liebknecht-Straße.

Er grüßte Ahmed, den grauhaarigen Besitzer, griff sich

zwei Bier aus einem Kasten Sternburger, zahlte und setzte sich dann an einen der drei Tische, die Ahmed auf den Bürgersteig gestellt hatte.

Bis vor einigen Wochen war sein Spitzname Lucky nur noch ein sarkastischer Witz gewesen. Denn Koslinsky war sich ganz und gar nicht so vorgekommen, als würde er vom Glück verfolgt. Dann hatte ihn Bautz, das alte Schlitzohr, angerufen, um ihm diesen Job in der Brandenburgischen Wildnis anzubieten. Zwar hatten sie sich dann auf ein Honorar geeinigt, das weit unter Luckys üblichem Tarif lag – aber wenigstens gab es einen Vorschuss, und nach seiner Runde im Knast rannten ihm die Auftraggeber momentan nicht gerade die Tür ein.

Vor der Tür standen zwei junge Männer in Skinny Jeans, grauen Hoodies und Basecaps und unterhielten sich laut genug, um Lucky damit zu nerven.

»Haste gehört? Die Rehe beim Killywilly? Irre, oder? In der Zeitung stand, die wären aus dem Park gekommen und hätten es dann bis zur Karli geschafft.«

»Ja«, antwortete der andere. »Die Bullen haben sie dann in der Shakespearestraße abgeknallt.«

»Wichser!«

Die beiden steckten sich Zigaretten an und rauchten.

Lucky öffnete an der Tischkante eins der beiden Sterni-Biere und trank. Es war 11:30 Uhr, und er wusste, dass es für Bier eigentlich noch zu früh war.

Vor vier Wochen war er zu Bautz nach Berlin gefahren. Dabei hatte der ihm erläutert, was bei dem Wolfshorn-Gig von ihm erwartet wurde.

Technisch war es kein ganz einfacher Job. Aber bei Bautz und Kevin Olsen spielte Kohle offenbar gerade keine Rolle.

Also konnte Lucky zumindest bei der technischen Ausstattung mit dem Besten rechnen. Ein bisschen anders sah es mit der Unterbringung aus. Denn weil sie wegen einer bürokratischen Verzögerung erst Ende Oktober damit beginnen konnten, das Hotel auszubauen, in dem später ihre Gäste wohnen sollten, standen für die Streamingshow, die sie im Januar planten, nur zwei Baucontainer als Personalunterkunft und Technikzentrale zur Verfügung. Lucky hatte schon an mieseren Orten gearbeitet. Das war also nichts, worüber er sich wirklich den Kopf zerbrach. Für Teile der empfindlichen Technik, die er brauchte, war das schon schwieriger.

Lucky war vierundvierzig Jahre alt und hatte außer seinem Job nicht viel mehr vorzuweisen als einen ramponierten Ruf, eine ziemlich leere Einzimmerwohnung und monatliche Alimentezahlungen an eine Frau und ein Kind, die er beide kaum kannte. Die meisten Männer in seinem Alter, mit seiner Qualifikation und Berufserfahrung verfügten über ein Haus, ein festes Einkommen, eine Familie und mindestens sechs Wochen bezahlten Urlaub im Jahr.

Mann musste nun wahrlich kein Genie sein, um festzustellen, dass er einiges aufzuholen hatte. Nur war das nach seinem Gefängnisaufenthalt und den Unsummen, die er damals für den Anwalt abgedrückt hatte, realistisch betrachtet inzwischen nahezu ausgeschlossen. Jedenfalls solange kein Wunder geschah, was allerdings höchst unwahrscheinlich war. Und zwar schon deswegen, weil Thomas »Lucky« Koslinsky sein Leben lang immer zuerst an sich selbst geglaubt hatte, bevor er so weit gegangen wäre, auch das eine oder andere Wunder für grundsätzlich möglich zu halten. Sowieso kamen Wunder nun auch nicht gerade mit heulenden Sirenen und einer blinkenden Neonaufschrift »Surprise!« daher.

Trotzdem fand er, dass ihm längst genau der Lebensstandard zustand, den andere in seinem Alter genossen. Seit ihm Bautz in Berlin mit seinem Projekt die Ohren abgekaut und er gesehen hatte, dass dieser YouTube-Knabe wirklich nur so im Geld schwamm, war Lucky überzeugt gewesen, dass irgendwo in diesem Gig genau jene Gelegenheit stecken musste, die er brauchte, um sich endlich finanziell zu sanieren.

Er hatte sich lange den Kopf darüber zerbrochen, bis er zu einer Lösung kam. Sie war riskant. Aber praktikabel. Sie fußte auf drei Erkenntnissen, derer Lucky sich absolut sicher war.

Bautz würde auch bei dieser Nummer nach denselben Prinzipien arbeiten, die ihm früher als Showproduzent und Reality-TV-Macher so gut gedient hatten. Deswegen würden in dem Gutshaus tatsächlich mindestens zwölf Stunden lang 300000 Euro in bar herumliegen.

Außerdem würde Bautz – weil er nun mal nicht aus seiner Haut konnte – die Kandidatenwahl so zinken, dass als Teilnehmer in erster Linie nur Leute infrage kamen, die während des Games das größtmögliche Drama garantierten. Also Kandidaten, die entweder ein bisschen naiv, grundsätzlich zickig oder einfach blöd waren. Keiner von denen hatte eine Chance, das Spiel zu gewinnen.

Aber Bautz würde auch mindestens zwei Kandidaten auswählen lassen, denen er durchaus zutraute, das Preisgeld zu holen. Diese beiden Teilnehmer würden mindestens so ruchlos, egoistisch und entschlossen sein wie Bautz selbst.

Worauf es bei Luckys Plan ankam, war, diese Kandidaten möglichst früh zu identifizieren und dann unschädlich zu machen.

Er war sicher, dass ihm das gelingen würde. Aber weil Bautz darauf bestand, dass während der Show auf dem Gut mindestens zwei weitere Angestellte den Ablauf überwachten, existierte immerhin die Möglichkeit, dass die sich der Umsetzung seiner Pläne in den Weg stellten. Also musste er von Anfang an dafür sorgen, dass genau dies nicht passieren konnte.

Er sah jetzt den Mann, wegen dem er heute Morgen hierhergekommen war, die Straße herab auf den Späti zukommen. Er wirkte unförmiger und dumpfer, als Lucky ihn in Erinnerung hatte. Trotzdem erkannte Lucky ihn sofort wieder, als er vor einigen Monaten sein Foto in der *Morgenpost* gesehen hatte.

»Mensch, Alter! Wie lange ist das denn her?«, begrüßte Lucky Horst Sacke, den Wachmann aus dem Allee-Center.

12

Martha schaute durchs Küchenfenster ihrer Wohnung in den Hinterhof hinaus, trank Kaffee und dachte darüber nach, was sie mit dem Rest ihres Lebens anfangen sollte. Ihre Therapeutin Dr. Geyer war zufrieden mit Marthas Fortschritten und drängte darauf, dass sie begann, konkrete Pläne zu schmieden und sich zwang, wieder regelmäßig unter Leute zu gehen.

Vielleicht sollte sie ihr Abitur nachholen. Ihre Betreuerin vom Jobcenter hatte ihr einen langen Vortrag darüber gehalten. Martha könnte demnach sogar BAföG bekommen und zur Not noch eine Aufstockung vom Amt. Mit dem Geld würde sie bestimmt irgendwie auskommen. *Aber was dann?*, fragte sie sich. Ihr fiel ja nicht mal eine Fachrichtung ein, für die sie sich wirklich interessierte. *Scheiße*, dachte sie, *bin ich wirklich so langweilig, dass ich nicht mal einen Traum für meine Zukunft habe?*

Ihr Telefon klingelte. Eine Berliner Nummer.

»Hallo?«

»Martha? Ich darf doch Martha sagen, oder? Du, wir würden dich gern für unsere Show im Januar buchen. *Wolfshorn – The Legacy*, die härteste Survival-Show Europas. Dafür hattest du dich ja beworben. Als Promi bekommst du bei uns natürlich einen Special-VIP-Status, und ich kann dir jetzt schon für deine Teilnahme eine Aufwandserstattungspauschale von tausend Euro zusagen.«

Was?, dachte Martha.

»Da wir den Kandidatenlaunch der Longlist bereits Anfang August anteasern und dazu noch einige Mediaperformances von unseren Special-VIP-Candidates benötigen, melden wir uns auch so verhältnismäßig früh bei dir, um eventuelle Schedule-Clashes abzuklären.«

Waren das diese YouTuber, für deren Projekt Hilde sie angemeldet hatte? Weshalb redeten die von Honorar und Special-VIP-Status?

»Ähm, ich bin kein Promi. Ich bin Floristin.«

»Ja, toller Beruf, muss ich sagen, Natur und Pflanzen, den ganzen Tag mit Menschen umgehen, richtig nice. Aber du bist ja Germanys mutigste Blumenverkäuferin, Wahnsinns-Exposure damals, *BILD* und RTL und alles. Sehr impressive. Du, wenn du ein bisschen Zeit hast, dann geh ich mit dir gleich mal den Schedule durch!«

Diese Stimme war nicht unangenehm, fand Martha. Aber was sie sagte, klang eher nach Hipster-Medien-Denglisch. Nicht ihre Welt, dachte sie. Aber tausend Euro waren richtig viel Geld.

»Zuerst mal noch etwas Finanzielles. Falls du es bis in die Shortlist der Kandidaten schaffst, steht dir noch ein Garantiehonorar von dreitausendfünfhundert Euro zu. Für deinen zusätzlichen persönlichen Aufwand.«

13

Mats Fleck wartete in einem abgeranzten Aufnahmestudio in Frankfurt am Main auf die Visagistin. Nebenan laberten drei Verkäufer in H&M-Anzügen die Kameras eines TV-Verkaufskanals zu, dessen Einschaltquoten wahrscheinlich so niedrig waren, dass sie als nicht mehr messbar galten.

Eine graublaue Plastikplane bedeckte seinen Oberkörper. Durch die offene Garderobentür sah er, wie drei junge Frauen in hautengen roten Latexkleidern zum Set liefen. Eine von ihnen blieb stehen und lächelte zu ihm hinein.

Mats erwiderte ihr Lächeln und schaute dann wieder in den von bauchigen Glühlampen umgebenen Spiegel. Mats war vierunddreißig, hatte dunkles Haar, blaue Augen und eine auffallend weiße Haut. Vor sechs Jahren hatte er *The Fame Factory* gewonnen, eine Reality-TV-Spielshow, an der Bautz als Produzent beteiligt gewesen war. Es hatte zwar nur zwei Staffeln davon gegeben, doch sie hatte ihn trotzdem vorübergehend als Reality-TV-Star etablieren können. Eine Handvoll gut platzierter Sexaffären, einige Shootings für einen bekannten Designer sowie ein paar Nebenrollen in Fernsehfilmen später war Mats ganz ordentlich im Geschäft gewesen.

Doch es war ein Geschäft für junge Männer. Und er war eben längst nicht mehr jung. Jedenfalls nicht so jung und naiv wie die Konkurrenz. Außerdem war er deutlich teurer als die Konkurrenz, und man hatte ihm durch die Blume zu verstehen gegeben, dass sein Gesicht zu ausdruckslos glatt sei, um noch für die Werbeaufträge großer Agenturen oder Firmen in Betracht gezogen zu werden. Schon seit einiger Zeit entwickelte sich der Trend in Richtung diverser, eher sperriger Werbegesichter, die jene junge urbane Zielgruppe angeblich besser ansprachen, auf die es alle Agenturen und Labels mit einem nennenswerten Werbebudget gerade abgesehen hatten.

In zwanzig Minuten sollten die da draußen so weit sein, dachte er. Heute war der zweite Drehtag für den Werbespot einer großen Fleisch- und Wurstmarke. Drei Jahre lang war Mats deren Promiwerbeträger gewesen. Doch man hatte den Vertrag nicht verlängert. Dieser Spot würde der letzte sein, und neue Angebote gab es nicht.

Bautz' Angebot, an dieser Gameshow teilzunehmen, war ziemlich überraschend gekommen.

Mats' Abstieg zum Gaststar bei Supermarkt-Eröffnungen in Castrop-Rauxel oder Chemnitz-Ebersdorf würde sich zwar noch zwei oder drei Jahre lang hinziehen. Doch er war offenbar unausweichlich, und Mats hatte längst nicht genug Geld auf der hohen Kante, um sich endgültig zur Ruhe zu setzen. Falls er sich nicht bald eine gut betuchte Gattin angelte oder eine eigene Firma aufbaute, würde er wieder in der Versenkung verschwinden. Und alles, was ihm dann von seinen paar Jahren Ruhm noch bliebe, wären wacklige Erinnerungen.

Selbst wenn er sich – aus reinem Selbstrespekt – noch zierte, Bautz' Angebot zu beantworten, würde er es letztendlich gar nicht ablehnen können.

Bautz und sein Partner Kevin Olsen hatten einen brandenburgischen Kuhstall und dessen Park zu einem einzigen großen Labyrinth samt einigen bösen Dummenfallen ausbauen lassen. Dort wollten die beiden im Frühjahr des nächsten Jahres dem großen Escape-Room-Hype folgen und sich als neueste Themenpark-Sensation vor den Toren Berlins etablieren. Soweit Bautz' Plan. Mats fand ihn auch gar nicht so schlecht. In jeder größeren Stadt gab es mittlerweile diese Escape Rooms. Man zahlte Eintritt, ließ sich dafür in irgendeine Bude einschließen und bekam ein paar verrätselte Hinweise vorgesetzt, wie man es wieder heraus schaffte. Denen ging man dann nach, um entweder den Schlüssel zum Ausgang oder den Übergang zum nächsten Spiellevel zu finden, wo die Nummer mit neuem Schwierigkeitsgrad wieder von vorn begann.

Aber ein solch schnöder Escape Room war Bautz und Olsen natürlich zu wenig. Sie hatten ein komplettes Gut mit Park, Nebengebäuden und Gutshaus zu einer regelrechten Escape Zone ausgebaut und das alles angeblich durch eine Computersimulation laufen und testen lassen. Das Ergebnis war, dass selbst physisch und psychisch fitte Besucher mindestens acht Stunden bis zum Ausgang brauchten. In etwa einem Jahr sollte der Publikumsbetrieb dort offiziell starten.

Um ihr Projekt bekannt zu machen, planten Bautz und Olsen diese Survival-Show, die sie live ins Netz streamen wollten. Acht Kandidaten, die acht Stunden Zeit hatten, um sich durch das Labyrinth zum Gutshaus und dort von Etage zu Etage bis zum Ausgang mit dem Preisgeld zu kämpfen.

»Du bist mein Joker, Mats«, hatte Bautz gesagt. »Weil du nämlich dafür sorgen wirst, dass ein paar Hunderttausend mehr angefettete Hausfrauen dem Livestream zuschauen werden. Du hast den Bums bei den Weibern und den richtigen persönlichen Background dafür, mit deiner Zeit bei der Army und all dem Heldenzeug.«

Damit hatte er Mats an eine Zeit in seinem Leben erinnert, die er definitiv lieber vollständig vergessen hätte. Über die Armee und seinen Einsatz in Afghanistan sprach Mats nicht gern, und er nahm es jedem übel, der es dennoch tat.

Bautz hatte ihm dreißigtausend Euro Garantiehonorar für seine Teilnahme an der Survival-Show zugesagt. Was angesichts von Mats' aktuellem Marktwert beinahe eine realistische Summe darstellte. Aber ein lumpiger Livestream bedeutete einen Abstieg für Mats, und dafür reichten die dreißig Riesen absolut nicht aus. Falls Bautz ihn wirklich wollte, dann hatte er ihm gefälligst den Sieg und den Löwenanteil des Preisgeldes zu garantieren, dachte Mats. Und er ahnte, dass Bautz von Anfang an genau damit gerechnet und deswegen sein Honorar so niedrig kalkuliert hatte.

Die Visagistin kehrte zurück. Sie war Mitte dreißig, blond, ziemlich groß, und ihrem Gesicht war anzusehen, dass sie mit ihrem Leben mehr angefangen hatte, als nur Reality-TV-Stars aufzuhübschen. Sie hieß Helena, und Mats fand sie um Welten attraktiver als die frischen, ekelhaft zuversichtlichen Latex-Schicksen, die ihm später garantiert ein Ohr darüber abkauen würden, wie gut sie in den Cast irgendeiner Daily Soap passten.

4 // OKTOBER

14 Das Großraumbüro mit den Fliesen an den Wänden und der Neonbeleuchtung erinnerte Martha an ein Leichenschauhaus. Selbst die etwa dreißig Leute, die gerade in Kevin Olsens Firma ihrem Job nachgingen, vermochten diesen Eindruck nicht vollständig zu verwischen.

Andererseits war Martha auch nicht hier, um sich für eine Anstellung zu bewerben, sondern weil man ihr tausend Euro Aufwandsentschädigung überwiesen hatte. Und darum war sie durchaus bereit, eine Menge Unannehmlichkeiten über sich ergehen zu lassen.

Eine von Kevins Angestellten öffnete Cola- und Mateflaschen und stellte Gläser auf dem langen Konferenztisch in der Mitte des Büros bereit. Eine zweite Angestellte begann damit, die vierzehn Kandidaten zu dem Tisch zu scheuchen. Sobald alle sortiert und mit Getränken versorgt waren, hielt Kevin eine kurze Ansprache, die hauptsächlich aus Höflichkeitsfloskeln bestand.

Martha ließ den Blick schweifen und betrachtete den ältesten Mann im Büro. Er hieß Bautz, war Kevins Geschäftspartner und rastete seine Blicke gerade auf dem Busen einer Kandidatin namens Iris Tischoff ein, die Martha vorhin so vehement mit irgendeiner Esoterikthese genervt hatte, dass sie vor ihr geflüchtet war. Bautz' gierige Blicke auf deren Oberweite fand Martha dennoch abstoßend.

»Ihr alle hier seid Teil unseres Projektes«, verkündete Kevin. »Was wir hier vorhaben, ist weltweit einmalig. Wir sind dabei, Geschichte zu schreiben!«

Na klar, dachte Martha und fragte sich zum x-ten Mal, welches Finanzloch sie mit Kevins Geld zuerst stopfen sollte.

Zehn Minuten später stand sie in einer Garderobe vor zwei jungen Frauen namens Betty und Nele, die für Maske und Outfits der Kandidaten zuständig waren.

»Okay, du bist ganz schön groß. Eins vierundsiebzig? Eins sechsundsiebzig?«, fragte die füllige Betty.

»Eins fünfundsiebzig«, antwortete Martha.

»Dreh dich mal«, forderte Nele sie auf. »Langsam.«

Martha drehte sich.

»Cool, du kriegst das rote Johnny-Klein-Kostüm. Das steht dir bestimmt!«

Betty verzog abschätzig den Mund. »Das war aber eigentlich für Melanie, die Sängerin, vorgesehen...«

»Nee, das ist schon okay so, Betty. Die Sängerin steht zwar weiter vorn auf dem Gruppenfoto, aber ihr Personal-Mission-Statement ist länger. Und Johnny Klein zahlt weniger für das Product-Placement als Kyle & Burger. Die sind doch sowieso besser im Geschäft, jetzt, wo Kyle für H&M was macht«, entgegnete Nele.

Man konnte von Kevins Crew halten, was man wollte, aber ihre Finanzierungsmodelle hatten sie drauf, stellte Martha widerwillig beeindruckt fest. Sie fragte sich, was

Johnny Klein wohl dafür zahlte, dass die beiden sie in sein rotes Outfit packten.

»Rot steht mir nicht! Schwarz ist bunt genug für mich«, verkündete Martha und griff nach einem von drei schwarzen Oberteilen, die sie auf der Garderobenstange entdeckte.

»Nee, nee, dir steht Rot wirklich auch!«, wehrte sich die füllige Betty.

Martha hielt ihr das schwarze Oberteil vors Gesicht. »Das. Ist mir egal, wer dafür zahlt.«

»Kevin ist das aber nicht egal«, entgegnete Betty garstig.

Martha hätte kaum irgendetwas gerade so egal sein können wie Kevins Meinung zu ihrem Outfit. Das ärmellose Top und das Jackett des roten Kostüms, das Betty ihr aufdrängen wollte, fielen sehr kurz aus. Und Martha hatte durchaus gute Gründe, weshalb sie seit dem Überfall ausschließlich Oberteile und Jacken mit langen Ärmeln trug.

Es dauerte einige Minuten, bis Martha sich in einer beängstigend engen Umkleidekabine die schwarze Bluse und den ebenfalls schwarzen Kunstlederrock übergestreift hatte, woraufhin eine Maskenbildnerin sie in Empfang nahm, die ihr die Frisur richtete und ein zurückhaltendes Make-up verpasste.

Währenddessen schaute Martha bedingt interessiert zu, wie Melanie Künzel, Sängerin, Dolmetscherin, Personality-Coach und potenzielle Showteilnehmerin, sich bei den Fotografen und Videoleuten einschmeichelte, die später von jedem der Longlist-Kandidaten ein Interview aufzeichnen würden.

Melanie war auch die Erste, deren Vorstellungsvideo aufgezeichnet wurde. Sie war Ende dreißig, blond und mittelgroß, trug Kleidergröße 38, hatte einen sinnlichen Schmollmund und eine niedliche Stupsnase. Die oberen vier Knöpfe ihrer Bluse waren geöffnet.

Die Aufnahmen fanden in einem kleinen Studio im hinteren Bereich von Kevins Büros statt.

Nachdem die Maskenbildnerin fertig war, ging Martha zu dem kleinen Studio im hinteren Bereich des Großraumbüros und schaute Melanies Interviewaufzeichnung zu.

Melanie wusste offensichtlich sehr genau, wie sie sich vor der Kamera zu verhalten hatte, um gut rüberzukommen. Die machte so etwas nicht zum ersten Mal, dachte Martha, während sie ein wenig aufgeregt dabei zuschaute, wie Melanie Kevin Olsens Fragen beantwortete.

Melanie erwähnte wiederholt ihre Band, ließ dabei die Namen von Promis fallen, die sie angeblich kannte oder mit denen sie zusammenzuarbeiten plante, und reckte außerdem ständig ihren Busen in die Kamera.

Du meine Güte, dachte Martha, *gegen die Melanie-Flirtshow kommt keine andere an.*

»Hartmann & Hartmann, voll deren Style«, flüsterte Mats Fleck plötzlich in Marthas linkes Ohr. Er stand mit vor der Brust verschränkten Armen neben ihr und lächelte sie an.

»Was?«, flüsterte Martha.

Mats löste den rechten Zeigefinger von seinem Bizeps und wies damit auf Melanie. »Hartmann & Hartmann sind Coaches für Reality-TV-Darsteller. Körperhaltung, Stimmtraining, Make-up und Rhetorik. Ich war da mal Gastdozent. Melanie hat sich das hier was kosten lassen.«

Sein Eau de Toilette zählte zur Fraktion sensibler Mann mit Zedernnote. Martha hätte gerade jetzt ein Vollbad in dem Zeug nehmen können, so sexy fand sie es auf Mats' Haut.

»Hm, ich bin bloß wegen des Honorars hier«, flüsterte Martha zurück und versuchte, zusammen mit dem Anblick seines muskulösen Oberkörpers auch Mats' Duft zu verdrängen. Aber scheiterte kläglich daran.

»Sie hat den Drill schon gut drauf. Aber das wirkt trotzdem alles zu aufgesetzt bei ihr. Du kommst bestimmt viel natürlicher rüber. Das mögen die Zuschauer. Besonders die Frauen. Nachher bloß nicht übertreiben, nimm dir viel Zeit für deine Antworten. Kevin ist kein Idiot. Er lässt dich vor der Kamera nicht fallen.«

Martha nickte.

Kevin stellte Melanie gerade eine neue Frage: »Oh, wow! Du bist nicht nur Sängerin, Bandleaderin und Dolmetscherin, sondern auch Coach?«

Melanie erwiderte, dass sie tatsächlich seit einiger Zeit neben ihrer Tätigkeit für die Band auch als Teamcoach sowie als Mediatorin für Start-ups tätig war und erwähnte wiederholt, wie viel Freude ihr der Job angeblich machte.

Kevin beendete die Aufnahme. Melanie erhob sich von dem Barhocker, warf Kevin ein Lächeln und eine Kusshand zu und stolzierte dann auf ihren High Heels perfekt ausbalanciert auf Mats und Martha zu.

»Here she comes ...«, grinste Mats.

15

Bautz trank Wasser aus einem Plastikbecher, in dem Eiswürfel schwammen. Er sah über den Tisch, an dem sich das Team versammelt hatte. Auf einem Flachbildschirm an der Wand hinter ihnen liefen die Clips der Kandidaten in Dauerschleife.

Kevin hatte zwar seinen Followern garantiert, dass sie darüber abstimmen dürften, welche Kandidaten aus der Longlist an der Show teilnehmen sollten. Aber das war selbstverständlich eine Lüge gewesen. Denn für Bautz und Kevin stand zu viel auf dem Spiel, als dass sie die Auswahl der Showteilnehmer Kevins Followern überlassen hätten.

Kevin beriet mit Nele gerade darüber, wie die Kandidatenclips zeitlich so platziert werden konnten, dass sie in kurzer Zeit genug Klicks einsammelten, um vom YouTube-Empfehlungsalgorithmus bevorzugt zu werden. Sodass die Clips ohne weitere Manipulation von Kevins Crew schließlich genug Likes einsammelten, um den Followern gegenüber die Auswahl genau dieser Kandidaten als Mitspieler bei der Show rechtfertigen zu können.

Bisher stand nur Mats »The Body« Fleck als Teilnehmer fest. Von allen Kandidaten war er der bekannteste, also würde er auch ohne Manipulation der Algorithmen genug Likes und Followerstimmen einsammeln. Da sah Bautz keinerlei Probleme.

»Also, wir brauchen einen Idioten als Sympathieträger. Den haben wir mit diesem Wirt, der pleiteging. Persönliche Schicksale mit tragischer Note finden die Zuschauer immer geil!«, sagte Bautz, zog das Foto von Ralph Krause-Winter, eines Enddreißigers mit blondem Dreitagebart, aus dem Bilderstapel und legte ihn in die Mitte des Konferenztisches. Ralph hatte alle im Team bei seinem Vorstellungsvideo mit seiner Schlagfertigkeit und Selbstironie beeindruckt.

Anschließend suchte Bautz auch Mats' Foto heraus und legte es neben das Foto des Wirtes.

Keiner widersprach ihm.

Sie setzten ihre Beratung fort, bis neben den Bildern von Mats und Ralph zwei weitere Fotos lagen. Eins davon zeigte Herbert Sahler, einen dreiundfünfzigjährigen arbeitslosen Bauarbeiter, der mit seinem anhaltinischen Dialekt in Kombination mit einer gewissen Weltfremdheit exakt den Prollfaktor bediente, den Bautz sich erhofft hatte.

Das letzte Foto zeigte den nerdigen Jurastudenten Jonas Klinger, von dessen sensiblem Jungengesicht Bautz vermutete, dass es in allen Frauen im Büro unbewusste Muttergefühle geweckt hatte.

Weder Jonas noch der Wirt oder der arbeitslose Mauer schienen ihm fit genug, um es in weniger als sechs bis sieben Stunden durch das Labyrinth bis ins Gutshaus und dort dann bis zum Ausgang mit dem Preisgeld zu schaffen. Bautz und Kevin hatten schließlich mindestens acht Stunden Livestream auf YouTube zu füllen, um darin all die Werbespots platzieren zu können, die bisher gebucht worden waren. Sollte einer der Kandidaten sich zu schnell zum Ausgang durchschlagen, hätten sie ein Problem.

Bautz nahm sich vor, auch Mats noch einmal gesondert deutlich zu machen, dass er sich während der Show gefälligst Zeit zu nehmen hätte. Für das Team stand von Anfang an fest, dass Mats letztlich das Rennen machen würde.

Bautz war zufrieden mit dem Verlauf der Männerauswahlrunde. »Die sind also gesetzt?«, fragte er in die Runde. Obwohl ihm nicht alle zuzustimmen schienen, nickte

Kevin die Auswahl ab, was alle übrigen Anwesenden ausreichend zu überzeugen schien.

»Jetzt zu den Frauen?«, fragte Betty.

»Ja«, entgegnete Bautz, holte einmal tief Luft und machte sich auf Stress gefasst.

Doch bis sie zu der Entscheidung zwischen Iris Tischoff, der Esoterikerin, Martha Benndorf, der angeblich mutigsten Floristin Deutschlands, und der Sängerin Melanie Künzel kamen, verlief die Diskussion überraschend gesittet und effizient.

»Was ist mit der Floristin Martha? Die sollte ja fest gebucht sein. Aber du hattest bei ihr Zweifel, Betty?«, fragte Kevin.

Betty zuckte mit den Achseln. »Na ja, weißte, die hat doch irgendwie immerhin auf einen Menschen geschossen, oder? Das ist schon heftig, finde ich. Was ist denn, wenn die auch während der Show ausfällig wird?«

Herrgott, regte Bautz sich im Stillen auf, *die hat aber auch gar nichts begriffen*. Er sah Betty an. »Wir veranstalten keinen Kindergeburtstag. Sondern eine Survival-Show. Da brauchen wir Action! Außerdem ist die fotogen und sieht aus wie die junge Faye Dunaway.«

»Wer ist Faye Dunaway?«, fragte ein Junge mit einer umgekehrt aufgesetzten Basecap.

»Die Natalie Portman von vor fünfzig Jahren«, entgegnete Bautz und fügte hinzu: »Martha ist auf jeden Fall dabei.«

Betty wirkte beleidigt.

»Melanie, die Sängerin, brauchen wir auch. Das Blumenmädchen hat die doch gleich von der ersten Minute an gehasst. Zickenkrieg macht Quote«, meinte Kevin.

»Nee, die Olle ist toxisch«, widersprach Basecap.

»Genau deswegen ist die für uns Gold wert«, entgegnete Bautz.

»Team Melanie!«, sagte ein anderer von Kevins Mitarbeitern.

»Hier auch!«, bestätigte Betty. »Eine ganz starke Frau, die war beeindruckend, fand ich. Was die alles kann, Sängerin, Dolmetscherin – und Coaching macht sie auch!«

Bautz warf ihr einen sarkastischen Blick zu. »Deine Frauensolidarität in allen Ehren, wirklich. Aber eine alte Reality-TV-Casterregel lautet: Wenn dir Leute mit mehr als drei Jobs kommen, die mit Medien oder Kunst zu tun haben, aber mit keinem davon bisher Erfolg hatten, dann deutet das entweder auf Talentlosigkeit, heftigen Narzissmus oder beides hin. Aber für uns ist die trotzdem geil. Narzissten bringen immer Leben in die Bude.«

Kevin sah ein gewisses Konfliktpotenzial zwischen Betty und Bautz dräuen, weswegen er in die Hände klatschte. »Two down, two to go, Leute! Die M&Ms sind Eye Candy. Gut für die Male-Teen-Zielgruppe. Die macht 37 Prozent aus. Aber uns fehlt noch was für die Frauen über dreißig. Die machen nämlich 25 Prozent unserer Zielgruppe aus. Wir brauchen eine Kandidatin, mit der selbst Käthe Meier, Hausfrau in Unterpfaffenhofen, connecten kann.«

»Die Esoteriktante vielleicht? Iris Tischoff?«, schlug Basecap vor.

Er hielt das Foto einer vierzigjährigen Frau mit braunen Augen, einem dunkelblonden Wust aus Naturlocken und einem schmalen Gesicht mit spitzer Nase und einem großem Mund hoch.

Iris mochte nicht ganz so fotogen sein wie Melanie oder

Martha. Aber sie wirkte auf eine unverkrampfte Art genau richtig schräg, um sympathisch rüberzukommen.

»Dafür, dass die so schlank ist, hat die krass große Hupen, oder?«, merkte Basecap an.

»Hupen? *Really*? Sexist!«, giftete Nele.

»Was meinst du, Bautz?«, wandte sich Kevin an seinen Partner. »Ist die nun was für die Hausfrauenfraktion?«

»Nur für die besser betuchte. Aber die müssen wir ja auch bedienen. Typ Zahnarztfrau mit Elektrozweitwagen. Die nehmen wir.«

»Okay«, verkündete Kevin seine Entscheidung.

»Und jetzt brauchen wir noch eine Bitch!«, sagte Nele.

»Hä? Ich dachte, die Bitch sei die Floristin?«, fragte Betty erstaunt.

»Nee, die ist doch keine Bitch. Die ist das natürliche und toughe Mädel von nebenan. Die Sängerin ist die Bitch. Aber wir müssen noch den Proll-Bitch-Faktor bedienen. So was wie Kim Kardashian, nur hässlicher und in Deutsch.«

»Kim Kardashian ist doch nicht prollig! Die ist bloß eine erfolgreiche Frau, die ihre Meinung sagt«, widersprach Nele empört und erntete dafür beifälliges Nicken und Murmeln ihrer Teamkolleginnen.

»Haben wir so was wie diese Nazi-Proleten-Oma aus *stern TV*?«, fragte Betty.

»Du guckst *stern TV*?«, fragte Kevin überrascht.

»Nur auf YouTube.«

»Nichts mit Nazis! Das ist der Super-GAU bei der Presse«, widersprach Bautz.

»Aber die Proll-Bitch soll trotzdem hässlich sein, oder?«, fragte Basecap.

»Unbedingt«, antwortete Kevin.

Basecap durchwühlte die Fotos der übrigen Frauen auf der Longlist. »Die hier!«, rief er und hielt eins davon hoch. »Legt mir mal ihr Video auf den Screen.«

Kevin tippte einen seiner Mitarbeiter an, der nach kurzer Suche auf seinem Tablet den Clip auf dem riesigen Flatscreen abspielte.

Nachdem der Clip einmal durchgelaufen war, las Basecap die Daten der Kandidatin von der Rückseite ihres Fotos ab. »Elisabeth Reinhard, 48, Kantinenköchin, zweifache Mutter, geschieden, lebt in Bernburg, Sachsen-Anhalt.«

»Mann, wir haben jetzt schon Melanie aus Friedrichshain und Martha aus Leipzig. Wenn dann noch Sachsen-Anhalt dazukommt, wird die Ossi-Quote im Frauenteam aber so richtig übererfüllt«, gab Kevin zu bedenken.

»Dafür stammt die Esoteriktante aus Hannover, und beim Männerteam kommt nur Mats aus dem Osten«, beschwichtigte Bautz.

5 // NOVEMBER – DEZEMBER

16 Lucky Koslinsky schlug den Kragen seines grünen Fieldjackets hoch und zog den Kopf ein. Einige kalte Regentropfen trafen seine Stirn und Wangen, während er auf dem winzigen Balkon seiner Wohnung stand und rauchte. Er blickte auf den schlammigen Trampelpfad vor dem Haus und dann zu der Baustelle, wo sich die beiden Kolonnen rumänischer Bauarbeiter in ihre Schlafcontainer zurückgezogen hatten und untermalt von etwas, das sich wie französischer Hip-Hop anhörte, ab und zu mal Plastikflaschen eines Aldi-Billigbiers aus dem Containerfenster auf einen bereits ziemlich großen Haufen warfen.

Vorausgesetzt, das Wetter machte ihm keinen Strich durch die Rechnung, würde Bautz die Umbauarbeiten im Gutshaus und im Park pünktlich abschließen können. Was bedeutete, dass Lucky tatsächlich zu seiner Chance auf die 300000 Euro Preisgeld kam. Und das war der maßgebliche Grund für seine aktuelle Zufriedenheit.

Er kannte sämtliche Fallen, die die Mitspieler auf Gut Wolfshorn zu überwinden hatten, um zum Ausgang mit dem Preisgeld zu gelangen.

Seit knapp einer Woche stand die Liste der Showteilnehmer fest. Die M&Ms – Melanie und Martha – waren echte optische Leckerbissen. Aber auch diese Iris würde in dem weißen Overall, den alle Spieler tragen mussten, sexy aussehen.

Luckys Kippe war zu Ende geraucht. Er drückte sie aus und warf den Stummel auf den Gehweg. Dann ließ er seinen Gedanken freien Lauf. Und die kreisten hauptsächlich um starke Beruhigungsmittel. Lucky hatte sich intensiv mit den Medikamenten beschäftigt und war noch nicht ganz sicher, welches davon exakt die Wirkung hatte, die zur Umsetzung seines Plans nötig war.

Bei der Baustelle lieferten sich drei der Rumänen einen Wettbewerb im Weitpinkeln. *Na viel Spaß*, dachte Lucky. *Ihr holt euch hoffentlich wegen dieser kindischen Scheiße keine Erkältung.*

17

Bautz war vor dem Weihnachtsempfang des Medienboard Berlin-Brandenburg bei einem Bekannten zum Vorglühen in der Zweitwohnung eines Kölner Filmregisseurs eingeladen. Der unterhielt sich in seiner großzügigen Wohnküche gerade mit einer Kamerafrau über die Vorzüge von Gasherden im Vergleich zu Elektroherden.

Bautz interessierte das ungefähr so sehr wie die durchschnittliche Flughöhe von Eiderenten, also krallte er sich an seinem Glas fest und hielt dabei halbherzig ein Auge auf die Wodka-Vorräte des Regisseurs, an denen er sich später noch zu bedienen gedachte.

Vorhin hatte ihn ein molliges Mädchen in einem blauen Plisseerock und einem grauen Shirt gefragt, ob er ihr ein Interview für ein Sachbuch über weiße alte Männer geben wolle. Bautz erkannte sie von ihren Fotos. In letzter Zeit tauchte die Plisseerockbraut häufig in Zeitungen auf, in die er höchstens mal hineinschaute, wenn er annehmen musste, dass er selbst darin erwähnt wurde.

Er hatte ihr gesagt, dass er es unverschämt fände, hier von ihr mit solchen Anfragen belästigt zu werden, und sich anschließend darüber ausgelassen, dass Frauen nicht die Einzigen seien, die diskriminiert würden.

Woraufhin die Plisseerockbraut ihm ihre Visitenkarte zuschob und darauf bestand, dass er »schon irgendwie süß sei in seiner Ignoranz«.

Bautz wünschte ihr zum Abschied, dass ihr Twitter-Account demnächst gelöscht würde. Das schien sie getroffen zu haben.

Seitdem stand er allein herum und behielt den Wodka im Auge. Heute Nachmittag hatte ihn einer seiner Klatschreporterkontakte auf ein beunruhigendes Gerücht hingewiesen, das angeblich seit einiger Zeit über Mats Fleck kursierte. Schon möglich, dass sein Kontakt sich einfach nur hatte wichtigmachen wollen. Klatschreporter waren sowieso notorisch unzuverlässig.

Bautz fragte sich trotzdem, ob er das Gerücht ernst nehmen sollte oder nicht. Am Ende des Tages, dachte er, war Mats als ehemaliger KSK-Soldat ein hoch qualifizierter Mörder, der nachweislich ein halbes Dutzend Kills vorzuweisen hatte. Aber er war eben auch das Gesicht von *Wolfshorn* und der Einzige, dem er es zutraute, dieses widerspenstige Blumenmädchen wieder auf Reihe zu stoßen, das vor einigen Tagen einfach so die Teilnahme an der Show abgesagt hatte.

Bautz wurde aus seinen Gedanken gerissen, als sein Telefon klingelte. Es war 18 Uhr, und er war dabei, sich stilvoll zu betrinken, weswegen er keinen Bock darauf hatte zu telefonieren.

Die Nummer, die auf seinem Screen erschien, war jedoch als wichtig markiert und gehörte zu einem Menschen namens Meyer vom Ordnungsamt Senftenberg, an den Bautz sich jedoch beim besten Willen nicht erinnern konnte.

Er nahm das Gespräch an und versuchte dem Wortschwall zu folgen, der ihn nun traf.

Es ging um einige zusätzliche Notausgänge im Labyrinth, die das Bauamt in Senftenberg vorgeschlagen hatte. Doch Bautz war es gelungen, sie den Bedenkenträgern wieder auszureden. Warum dieser Typ plötzlich wieder darauf herumhackte, entzog sich Bautz' Verständnis.

Herr Meyer aus Senftenberg holte Luft und verschaffte Bautz so endlich die Möglichkeit, zu Wort zu kommen.

»Wir haben die Vorschläge des Bauamts geprüft, Herr Meyer. Aber wir mussten uns wegen der zusätzlichen Kosten letztlich dagegen entscheiden. Jeder dieser zusätzlichen Notausgänge kostet uns ein kleines Vermögen, und unser Architekturbüro hat ein Sicherheitskonzept erstellt, das vom Bauamt ja auch akzeptiert wurde …«

»Das ist mir bewusst, Herr Bautz«, fiel Meyer ihm ins Wort. »Aber ich stamme selbst aus der Gegend um das Gut Wolfshorn. Ich kenne die Verhältnisse dort besser als meine Kollegen vom Bauamt. Aufgrund besonderer geografischer Gegebenheiten kommt es dort gerade im

Januar und Februar regelmäßig zu hohen Schneeverwehungen. Der Zaun, der Ihr Labyrinth einschließt, ist zwar hoch genug, um die schlimmsten Verwehungen abzufangen. Aber sollten mehr als zwanzig Zentimeter Schnee pro Quadratmeter fallen und dazu ein steifer Wind wehen, was durchaus nicht unwahrscheinlich ist, dann kann dieses Labyrinth zu einer Falle für jeden werden, der sich gerade darin aufhält. Sie brauchen diese zusätzlichen Notzugänge. Und zwar für den potenziellen Einsatz von Rettungstrupps genauso wie für die Teilnehmer Ihrer Show.«

Was hat dieser Kerl nur mit seinen Schneeverwehungen?, fragte sich Bautz. Wolfshorn lag in Brandenburg, nicht in der Tundra oder irgendeinem Hochgebirge.

»Aber Herr Meyer, schon mal etwas von Global Warming und Klimawandel gehört? Wahrscheinlich ist es Anfang Januar auf Wolfshorn so warm, dass unsere Player sich während der Show eher vor einem Hitzschlag fürchten sollten. Außerdem könnte ich die Umbauten gar nicht mehr realisieren lassen, unsere Show startet nämlich bereits in wenigen Tagen.«

»Sollten meine Bedenken von Ihnen nicht ernst genommen werden, kann ich die Genehmigung dafür immer noch widerrufen lassen!«

Bautz fand Meyers Drohung niedlich. Wer auch immer dieser Knilch war und wie auch immer seine Nummer in Bautz' Handyspeicher landen konnte – er verfügte vielleicht über genug bürokratischen Bums, um falsch geparkte Traktoren abschleppen zu lassen.

Aber Bautz hatte die Nummer des brandenburgischen Ministerpräsidenten auf seiner Kurzwahl-Liste. Also drückte er Herrn Meyers Anruf einfach weg.

Er entdeckte die Plisseerockbraut, die sich mit zwei Gläsern und einer Flasche naturtrübem Bio-Orangensaft den Wodka-Vorräten des Hausherrn näherte. Bautz war nicht bereit, sie ihr kampflos zu überlassen.

18

Marthas Vorstellungsclip auf YouTube hatte inzwischen unfassbare 250000 Klicks und ein paar Tausend Kommentare gesammelt. Doch sie hatte aufgehört, diese zu lesen, nachdem sie feststellen musste, dass sich die meisten davon auf ihr Aussehen oder ihre vermutlichen sexuellen Vorlieben bezogen.

Einige ihrer Bekannten rissen zwar Witze darüber, dass sie jetzt endgültig auf dem Weg zum Weltruhm sei, aber im Großen und Ganzen hielt sich ihr Spott in Grenzen. Was Martha durchaus zu schätzen wusste. Dabei ahnte keiner von ihnen, dass sie vor zwei Tagen ihre Teilnahme an der Wolfshorn-Show abgesagt hatte.

Bislang war zwar nicht einmal eine Bestätigungsmail von Kevins Team auf ihre Absage eingetroffen. Trotzdem betrachtete Martha dieses Kapitel als beendet.

Sie hatte es in letzter Zeit vermieden auszugehen. Heute Abend jedoch besuchte sie das Konzert einer Band namens Die Kammer in der Moritzbastei, auf das sie sich schon seit Monaten freute. Die Band war gut, und nach dem Auftritt stand Martha neben einigen anderen Gruftis im Innenhof des Clubs und Kulturzentrums, rauchte eine Zigarette und spekulierte darauf, etwas von der Tüte abzubekommen, die ein Tontechniker namens Rainer gerade am benachbarten Stehtisch baute.

Während des Konzerts war ihr Handy selbstverständlich ausgeschaltet gewesen. Als sie es jetzt wieder aktivierte, stieß sie auf eine Voice-Message von Melanie Künzel, die sie dafür beglückwünschte, dass sie den Mut gehabt hatte, ihre Teilnahme an der Show abzusagen. Angeblich war Melanie ebenfalls absolut empört und niedergeschlagen von der Welle an Sexismus und Verachtung, die den weiblichen Kandidaten in den Kommentaren unter ihren Vorstellungsclips entgegenschlug. Allerdings, erklärte Melanie, dürfte sie selbst sich leider nicht den Luxus gönnen, die Show abzusagen. Denn sie brauchte die Exposure für ihr neues Album. Ihre Band und das Label waren auf jede Promo-Möglichkeit angewiesen.

Du Heuchlerin, dachte Martha, *bist doch bloß froh, dass du jetzt die Queen Bee bei der Show geben darfst.* Dennoch war sie einmal mehr froh über ihre Entscheidung. Sie löschte Melanies Nachricht und zog gierig an Rainers Joint, als der auf seiner Wanderung um den Stehtisch schließlich bei ihr ankam.

Ihr Telefon klingelte. Eine unbekannte Nummer. Martha war unsicher, ob sie sich melden sollte. Aber weil alle am Tisch sie entweder neugierig oder verwundert ansahen, tat sie es, trat dabei allerdings einige Schritte beiseite, damit die anderen ihr nicht zuhören konnten.

»Ich bin's, Mats. Erinnerst du dich an mich?«

»Klar.«

»Ich bin in Leipzig, im Steigenberger am alten Handelshof. Hast du Lust auf einen Drink, falls du in der Nähe bist? Wir sollten uns mal unterhalten.«

»Ich bin bei der Show ausgestiegen.«

»Ich weiß. Deswegen wollte ich ja mit dir sprechen.«

Mats Fleck interessierte sich dafür, ob sie an der Show teilnahm? Das kam Martha seltsam vor. Aber sie hatte nicht vergessen, dass er auf rein körperliche Art so ziemlich der sexiest Man war, den sie kannte.

»Ich komme vorbei«, antwortete sie und warf einen langen, etwas traurigen Abschiedsblick auf die Runde an dem Stehtisch, wo Rainer bereits einen neuen Joint baute.

Martha trug ein langärmeliges schwarzes Shirt mit einer gehörnten Fledermaus darauf, dazu einen roten Lederrock, dicke rote Strumpfhosen mit Löchern, rote Doc-Martens-Stiefel und einen schwarzen Lackmantel mit silbernen Metallknöpfen. In einem Luxushotel in München oder Stuttgart hätte das Hotelpersonal sie in diesem Aufzug wahrscheinlich recht zurückhaltend behandelt. Im Leipziger Steigenberger war das unwahrscheinlich. Hier war man Gothics gewohnt.

In der luxuriösen Hotelbar befanden sich vier Frauen und zehn Männer. Jede der Frauen verfolgte Marthas Eintritt und bis auf einen taten es auch sämtliche Männer. Sie spürte, wie ihr die Röte ins Gesicht stieg.

Die Aufmerksamkeit zumindest der Frauen erhöhte sich noch einmal mehr, sobald Mats an seinem Tisch bei dem offenen Kamin aufstand und Martha entgegenkam, um ihr den Mantel abzunehmen.

»Cooles Outfit. So unauffällig hier in dem Laden!«, begrüßte er Martha, nachdem er ihr *très français* Küsschen auf beide Wangen gegeben hatte. Was sie erneut ein wenig erröten ließ. Woraufhin sie sich innerlich darüber aufregte, dass sie errötete.

»Ach, die sind den Style hier gewohnt«, sagte sie. »Zum Gruftifestival an Pfingsten ist der Laden jedes Jahr ausgebucht. Da laufen die Gäste noch ganz anders herum als ich.«

»Okay«, lachte Mats. »Was nimmst du? Cocktail? Wein?«

Martha warf einen Blick zur Bar, wo all die Flaschen und Gläser sie plötzlich verwirrten. Also beschloss sie, keine unnötigen Risiken einzugehen, und bestellte Wodka Orange. Mats orderte einen Whisky Sour. Der Kellner erkundigte sich, ob er vielleicht das Angebot an exklusiven Zigarren einsehen wolle.

Mats schüttelte den Kopf.

»Die Dame möchte allerdings«, sagte Martha und ließ sich die entsprechende Karte geben. Selbst falls Mats die Rechnung nicht übernahm, hielt sie dies für die beste Gelegenheit seit Langem, richtig auf den Putz zu hauen. Das Leben war scheiße genug.

Nach dem ersten Schluck Cocktail war Martha so weit, dass sie die pikierten Blicke der übrigen Gäste fast sogar genoss.

»Alles gut?«, fragte Mats.

»Na ja, die da drüben scheinen sich zu fragen, ob ich direkt aus dem Puff komme. Aber das ist deren Problem.«

Mats lachte. »Schon möglich. Aber ich bin sicher, dass zumindest die Männer dann gern wissen wollen, aus welchem.«

Das brachte wiederum Martha zum Lächeln. »Du willst mich überreden, wieder bei der Show einzusteigen, oder?«

»Ja. Aber nicht nur das.«

»Was denn sonst noch?«

»Hängt davon ab, ob du wieder einsteigst.«

»Hast du dir mal die Kommentare unter den Vorstellungsclips angesehen? Das ist so was von eklig! Was soll das noch werden, sobald die Show gestartet ist? Muss ich mich danach vor all den Freaks verstecken? Hab ich dann überhaupt noch ein Leben? Ich war nur dabei, weil die mir ein Garantiehonorar versprochen haben, wenn ich es auf die Shortlist der Kandidaten schaffe. Das haben sie gezahlt, und das habe ich mir verdient. Aber bevor es so weit kommt, dass ich vor ein paar Hunderttausend Live-Zuschauern meinen Kopf in ein Glas voller Maden stecke, hebe ich lieber jetzt die Hände und bin aus der Nummer raus.«

»Das ist kein Dschungelcamp. Bautz erwartet nicht, dass wir in ein Loch voll Kängurukacke springen. Vielleicht müssen wir irgendwann volle Bierkästen aufeinanderstapeln, Wände raufklettern oder Türen einschlagen, um in die nächste Runde zu kommen, aber keine Kängurukacke anfassen!«

»Wer garantiert dir das?«

»Keiner!«, gab er zu. »Aber ich habe den Vertrag gelesen und unterschrieben. Falls Bautz und Kevin uns in Känguruscheiße versenken oder uns Hammelpenisse vorsetzen wollen, reicht die Versicherungspolice, die sie für ihre Show abgeschlossen haben, nicht aus. Dass du dich nicht nackt zeigst, lässt sich klar vertraglich regeln. Genauso wie ein gewisser Schutz nach der Show. Ein guter Freund von mir hat eine Finca auf Ibiza. Dort findet dich kein Mensch. Ich kann mit ihm reden, damit er sie dir nach der Show für ein paar Wochen überlässt. Er sucht sowieso ständig Housesitter, weil er sein Anwesen nicht bei Airbnb oder als Ferienhaus anbieten will.«

Der Kellner brachte Marthas Zigarre, eine schmale Petit Corona. Auf dem kleinen Teller lagen außerdem Zedernholzstreichhölzer sowie ein silberner Zigarrenabschneider.

Der Kellner sah Martha dabei zu, wie sie die Zigarre zwischen den Fingern drehte, anschnitt und zwischen die Lippen streckte, woraufhin er sie ihr mit einem der Zedernholzstreichhölzer ansteckte.

Mats wirkte beeindruckt von ihrer Expertise im Umgang mit der Havanna. Sie stieß einige Rauchwölkchen aus und lehnte sich zurück.

»Seit ich sechzehn bin, gönne ich mir jedes Jahr zum Geburtstag und zu Weihnachten eine wirklich geile Zigarre«, erklärte Martha.

»Gibt's einen speziellen Grund dafür?«, erkundigte sich Mats.

»Ja. Mein Vater. Er ist kurz vor meinem fünfzehnten Geburtstag abgehauen und hat Zigarren gehasst«, belog ihn Martha, weil sie angetrunken und auf Mats' Reaktion gespannt war.

»Hm, rauchen aus Rache? Irgendwie strange. Aber nachvollziehbar.«

»Eben«, sagte Martha.

»Wir beide sind die Gesichter von *Wolfshorn*. Falls ich meine Karten clever ausspiele, könnte das ein großer Karriereschritt für mich werden. Größer, als Bautz denkt. Du bist was Besonderes, Martha. Du könntest im Reality-Showbusiness wirklich was werden. Gerade, weil du so authentisch rüberkommst und diese spezielle Backgroundstory hast. Was hältst du davon, dass wir uns zusammentun und das Preisgeld teilen? Hundertfünfzigtausend sind ein ganz gutes Startkapital. Wenn du dann noch fünf bis sechs Jahre in dem Zirkus mitspielst, könntest du Millionärin sein, bevor du vierzig wirst. Ich kenn das Business. Ich könnte dich managen.«

Martha war von dem Angebot überrascht. Um Zeit zu gewinnen, blies sie Rauchwolken aus ihren Nasenlöchern. »Nee, Reality-TV ist nichts für mich. Aber wenn du wirklich sicher bist, dass wir nicht in Kängurukacke springen oder uns für Kevins blöde Show ausziehen müssen, überlege ich mir zumindest das mit dem Preisgeld vielleicht noch mal.«

Mats wirkte erleichtert. »Nicht, dass ich was dagegen hätte, wenn du deine Meinung änderst – aber mich würde schon interessieren, womit ich deinen Sinneswandel ausgelöst habe.«

Martha nahm die Zigarre aus dem Mund und rollte sie ein paarmal zwischen den Fingern. »Na ja, wenn es mir zu viel wird, kann ich während der Show ja immer noch aufgeben, oder? Außerdem hat mir Melanie heute dazu gratuliert, dass ich ausgestiegen bin. Sie ist eine hinterfotzige Krähe. Ich gönne ihr nicht, dass sie gewinnt. Außerdem bin ich arbeitslos und habe das Geld nötig.«

Einerseits fühlte es sich gut an, wieder im Spiel zu sein. Andererseits verspürte Martha aber auch einen Stich von Verachtung für sich selbst, dafür, dass sie so rasch ihre Meinung geändert hatte. Aber sich das eigentlich trotzdem sogar noch verdammt gut anfühlte.

Weil er sicher war, am Ziel zu sein, verzichtete Mats darauf, ihr zu sagen, wie bösartig und nachtragend Bautz sein konnte, sollte sich ihm jemand in den Weg stellen, den er im Grunde nicht respektierte. Und Martha würde Bautz niemals respektieren, und zwar schon alleine deswegen, weil sie eine Frau war und noch dazu aus einer Gegend stammte, deren Bewohner er grundsätzlich verachtete.

19

Horst Sacke öffnete in seiner Zweizimmerwohnung in Leipzig-Grünau eine Flasche Ur-Krostitzer Bier und ließ sich dabei von einer MDR-Schlagershow berieseln, in der jeder entweder eine rote Zipfelmütze trug oder eine Kerze in der Hand hielt.

Vor drei Wochen hatte die Staatsanwaltschaft ihm mitgeteilt, dass das Verfahren gegen ihn eingestellt worden war. Das alles war schon verrückt gelaufen, dachte er, trank einen Schluck Bier und schaute zu, wie Schlagersänger Bernhard Brink eine Glühweintasse umherschwenkte.

Sackes Firma hatte ihn im Sommer entlassen. Aber inzwischen hatte er einen Arbeitsvertrag mit dieser YouTuber-Firma abgeschlossen.

Lucky hatte ihm gestern erzählt, dass ausgerechnet Martha Benndorf, die Floristin aus dem Allee-Center, eine der Kandidatinnen der Show war, die sie im Januar auf dem Gut Wolfshorn veranstalten würden.

Sacke fragte sich, wie er mit ihr umgehen sollte, wenn sie sich während der Show begegneten. Würde sie ihn überhaupt wahrnehmen? Immerhin war Martha stets freundlich zu ihm gewesen.

Lucky hatte ihm zwar versichert, dass er kaum direkten Kontakt zu den Teilnehmern haben würde, weil er hauptsächlich dafür angestellt worden war, das Gelände zu kontrollieren. Trotzdem fühlte sich Sacke bei der Aussicht, Martha wiederzusehen und mit ihr sprechen zu müssen, nervös.

Obwohl sein Vertrag mit diesem Wolfshorn-YouTuber nur für die Dauer der Show galt, hatte man ihm bei seinem Bewerbungsgespräch in Berlin eine Festanstellung in Aussicht gestellt. Der Typ, mit dem er sprach, hatte sogar angedeutet, dass man vom Frühjahr an ein ganzes Team

Sicherheitsleute einstellen wolle. Sollte Sacke sich bei der Show als zuverlässig erweisen, käme er sogar für die Leitung dieses Teams infrage.

Hier in Leipzig hielt ihn im Grunde auch gar nichts mehr. Außer vielleicht der Mietvertrag für seine Wohnung und die drei oder vier Typen, mit denen er regelmäßig morgens vor dem Lidl an der Stuttgarter Allee einen Frühschoppen abhielt. Aber Männer, die vor Supermärkten regelmäßig einen Umtrunk abhielten, würde er auch in Brandenburg finden.

»Du säufst zu viel«, hatte ihm seine Ex-Frau oft vorgeworfen. Aber Sacke war überzeugt, dass er sein Level jederzeit mühelos herunterschrauben konnte, falls das nötig werden sollte.

Er schaute auf die beiden leeren Bierflaschen, die zwischen dem Sofa und dem schwarzen Couchtisch von Möbel Boss standen.

Ach, was soll's, dachte er. Gleich war Mitternacht und damit der zweite Advent. Ein Grund zu feiern!

Er stellte die Bierflasche ab, ging zur Schrankwand, holte eine halbvolle Flasche Nordhäuser Doppelkorn sowie ein Glas aus dem Barfach und schenkte sich einen Kurzen ein, den er gleich hinunterkippte. Und weil man auf einem Bein schlecht stehen konnte, legte er gleich noch einen zweiten und dritten nach.

Aus dem Fernseher erklang die Titelmelodie des *Polizeiruf 110*. Sacke warf einen mäßig interessierten Blick auf den Bildschirm. Eine alte Folge mit Jaecki Schwarz als Hauptkommissar Schmücke. Obwohl er die Folge schon kannte, trug er Kornflasche und Glas zum Couchtisch, ließ sich aufs Sofa fallen und stellte den Ton lauter.

Er schlief nach dem vierten Bier und dem sechsten Kurzen ein und erwachte rechtzeitig zum Wetterbericht. Die Wetterfee dämpfte die Hoffnung auf weiße Weihnacht, deutete aber an, dass in den ersten Tagen nach dem Jahreswechsel eine sibirische Kaltfront einen heftigen Temperatursturz in ganz Ostdeutschland auslösen könnte.

Sacke war zu schläfrig und angetrunken, um voll zu erfassen, was die attraktive Frau sagte. Immerhin war er klar genug, um über die geleerte Nordhäuserflasche und all die Bierflaschen auf dem Couchtisch zu erschrecken.

Vielleicht lag ihm das Trinken schlicht im Blut. Sein Vater hatte auch viel getrunken. Doch dass er an diesem Abend so viel gekippt hatte, lag bestimmt nicht nur an der angeborenen Säuferneigung, sondern hatte vor allem damit zu tun, dass er im Sommer auf dieses Mädchen in dem Blumenladen geschossen hatte. Sie war fast noch ein Kind gewesen. Und er hatte es nur einem Zufall zu verdanken, dass sein Schuss sie lediglich verletzt und nicht getötet hatte.

Nur Monster schossen auf Blumenverkäuferinnen, dachte Sacke. Es fiel ihm schwer, sich damit abfinden zu müssen, dass er ein Monster war.

20

Das Meer im Winter zu sehen, war gut, dachte Jonas. Es war kalt und wirkte grundsätzlich feindselig. Aber es war auch ständig in Bewegung, fraß unablässig am Strand und würde nicht zufrieren. Außerdem scherte sich das Meer nicht um Weihnachten, Silvester und all den Kitsch und die falschen Verheißungen, die damit einhergingen.

Corinna von Kaulitz kam auf Jonas zu. Sie war eins achtundsiebzig groß, brünett und hätte auch ein Model sein können, so gut, wie sie aussah. Vor einigen Jahren hatte sie ein Designstudium in London absolviert und führte inzwischen ihr eigenes Label. Das Haus, in dem die Party stattfand, gehörte ihr. Oder vielleicht auch ihren Eltern. Wahrscheinlich eher ihren Eltern, entschied Jonas. Denn die Einrichtung wirkte irgendwie schwermütig und altbacken. Corinna war aber das genaue Gegenteil von schwermütig und altbacken.

»Wie man hört, hat dich dein Vater doch nicht enterbt«, sagte Corinna.

»Seine Anwälte haben ihm davon abgeraten. Dafür erwartet er, dass ich gewinne«, antwortete Jonas nervös. Bisher war er selten von Frauen wie Corinna wahrgenommen worden.

»Dein Vater hat wirklich seine Anwälte eingeschaltet?«

Jonas nickte. »Ich weiß von zwei Gutachten. Aber es könnten auch mehr gewesen sein. Er hat seit zwei Monaten kein Wort mehr mit mir gesprochen.«

»Und wirst du?«

»Was? Mit ihm reden?«

»Nein. Wirst du gewinnen?«

»Weiß nicht«, antwortete Jonas.

Das reetgedeckte Haus, in dem die Party stattfand, lag auf Sylt spektakulär in unmittelbarer Strandnähe. Ohne Max wäre Jonas niemals hierhergekommen. Seine Eltern hatten ihm den Unterhalt gekappt, also hatte Jonas seinen fünf Jahre alten Mercedes ML verkaufen müssen und stand ohne Auto da. Der Kofferraum von Max’ Porsche war so klein, dass sie Mühe hatten, ihr Gepäck darin unterzubringen. Die Einladung zur Party verlangte Black Tie, und Jonas hatte sich in seinen Smoking geworfen.

»Dein Vater ist ein Idiot, Jonas. Sogar die Mullahs benutzen Instagram und YouTube. Social Media ist hier, um zu bleiben. Ich habe meine erste eigene Kollektion im Herbst praktisch nur über Instagram und mit Influencern verkauft«, sagte Corinna.

»Deine Eltern sind Medienunternehmer. Mein Vater ist oldschool. Wir stellen Schrauben, Dübel und Bohrmaschinen her. Dazu braucht keiner Facebook oder Insta.«

»Wer sagt denn, dass du die nicht auch über Social Media verticken kannst? Momentchen, ich geb dir mal meine Büronummer. Sobald du mit der Show durch bist, sollten wir zeitnah mal einen Latte trinken.«

Jonas tippte Corinnas Büronummer und anschließend ihre zweite, angeblich nur halb geschäftliche, Handynummer in sein Telefon. Er fand es strange, dass sie Begriffe wie »Momentchen« benutzte. Sie winkte ihm zu und verschwand in einer Gruppe Menschen, die deutlich älter waren als Jonas. Und auch älter als Corinna.

Zwanzig Minuten später landete er neben Max erneut auf der Terrasse. Eine Kellnerin trug ein Tablett mit Cocktails herum. Max bediente sich und reichte auch Jonas einen Whisky Sour.

»Corinna, die Göttin, hat dich wahrgenommen. Was ist passiert?«

»Sie will Schrauben und Dübel über Instagram verkaufen«, antwortete Jonas.

»Shit.«

»Ja, fuck«, antwortete Jonas grinsend. Er wusste, dass Corinnas Eltern ihr Vermögen mit Klatschmagazinen gemacht hatten. Für Klatschreporter war ein rebellierender Unternehmersohn wahrscheinlich Gold wert. Aber Jonas bezweifelte, dass Corinna sich dafür hergab, ihre Bekanntschaft für eine Story in einem der Magazine auszuschlachten. Sie verkaufte schließlich Mode und war keine Journalistin.

»Ach, Bro, weißte, dass wir Besitz in Brandenburg haben. Ich kenn da wen im Katasteramt in Senftenberg«, wechselte Max das Thema.

»Und?«

»Wolfshorn liegt in Brandenburg. Dort benutzen die noch Windows XP in den Ämtern. Die haben einfach nicht genug Geld oder Personal, um auf was Besseres umzustellen.«

Jonas wusste, worauf Max anspielte. Das Betriebssystem XP konnten sogar Achtjährige hacken. Das Netz war voll von Anleitungen dazu. Die Baupläne des Gutshauses mussten zumindest bei den Bauämtern der Gemeinde oder des Landkreises eingereicht werden. Vielleicht hatten PatChecks Leute sie ja sogar per Datentransfer oder gar Mail eingereicht. Dann lagen sie irgendwo auf einem total unsicheren Server.

»Alter, das wäre aber unfair den anderen Playern gegenüber.«

»Ey Bro, was sind denn das für Töne? Entweder willste gewinnen oder nicht.«

»Hör auf ihn«, lachte Corinna ihm zu. Erschrocken stellte Jonas fest, dass sie neben ihnen stand und zuhörte.

Jonas hatte noch nie mit einer Frau geschlafen, und mit der Teilnahme an der Show hatte er seinem Vater gegenüber alles auf eine Karte gesetzt. »Sex ist was für Männer, Junge«, hatte der ihm oft gesagt. »Die Belohnung dafür, etwas geleistet zu haben. Und was hast du in deinem Leben schon geleistet?« Dann hatte er ihn fast immer mit diesem ganz besonderen Blick bedacht und leise aufgefordert, sich über die Schreibtischkante zu beugen – um jene zwölf Schläge zu empfangen, mit denen er Jonas ständig willkürlich bestrafte, seit er elf Jahre alt geworden war. Jonas fragte sich, wie Max reagieren würde, sollte er je den Mut aufbringen, mit ihm darüber zu reden.

Seine Schwester Natascha-Larissa schlug sein Vater nie. Ihre Strafe bestand für gewöhnlich darin, zwanzig Minuten lang auf grobem Salzkies zu knien und dabei laut aus der Bibel vorzulesen.

21

Der mit roten Plastikkugeln und Strohengeln geschmückte Weihnachtsbaum war das Beste an diesem sonst trostlosen Raum, der ganz in Hellgrau und Beige gehalten war.

»Alle Jahre wieder, was?«, sagte die Schwester und zeigte auf einen Garderobenständer, an dem nur ein einzelner schwarzer Schal hing.

»Ja, guten Rutsch auch für Sie«, sagte Martha.

»Na ja, ich hab heute hier Nachtdienst. Allein!«, antwortete die Schwester.

Martha hängte ihren nassen Mantel an den Garderobenständer und ging durch den Warteraum zum Zimmer ihrer Mutter.

»Hallo, Mama«, sagte sie, als sie das Zimmer betrat. Doch die schmale Frau in dem gelben Frottee-Bademantel reagierte nicht.

Martha setzte sich in den Besucherstuhl und hielt dann

schweigend volle vier Stunden lang die Hand der Frau, der sie ihre Existenz verdankte.

Sie beide schauten an der Gardine vorbei und zwischen den Gitterstäben hindurch in den von einigen Straßenlampen beleuchteten Park hinaus.

Das hier war ein Ort für lebende Gespenster, die nur deswegen noch von einer Handvoll Krankenschwestern betreut wurden, weil man diese dafür bezahlte. Und nicht etwa, weil irgendjemand noch die Hoffnung hegte, einer der Insassen könnte je wieder gesund werden.

Vor neun Jahren war Sylvia Benndorf eines Morgens aufgewacht, hatte sich Kaffee gekocht und für die Busfahrt zur Arbeit fertig gemacht. Sie zog ihre Schuhe an und war gerade auf dem Weg zur Wohnungstür, als ein Blutgefäß in ihrem Hirn platzte. Es dauerte zwölf Stunden, bis Martha sie fand und einen Notarzt rief.

Seit sechs Jahren lebte sie nun hier in diesem Heim. In den ersten zwei Jahren war Martha sich bei ihren Besuchen wie ein unwillkommener Eindringling vorgekommen. Inzwischen sah sie ein, dass es Sylvia völlig egal war, ob statt ihrer Tochter ein gestreiftes Kamel neben ihr in dem Besucherstuhl saß. Trotzdem fand Martha, dass es sich heute Abend beinahe gut anfühlte, die Hand ihrer Mutter zu halten.

Irgendwo drehte jemand eine Musikanlage auf, aus der Partyschlager erklangen. Hinter dem vergitterten Fenster leuchtete vereinzeltes Feuerwerk auf.

Früher brachte Martha zu ihren Besuchen ein Buch mit, aus dem sie Sylvia vorlas und so tat, als erwarte sie, dass die begreifen könnte, was sie vorlas. Inzwischen hatte sie das aufgegeben.

Sie hatte die vergangenen Tage in der Deutschen Nationalbibliothek verbracht und dort alles über Labyrinthe nachgelesen, was sie finden konnte. Es gab nicht viel, was sie im Vorfeld über die Aufgaben herausfinden konnte, die sie bei der Show erwarteten. Doch darüber, dass die Kandidaten ein Labyrinth überwinden mussten, um zum Gutshaus, dem Ausgang und dem Preisgeld zu gelangen, hatte man kein Geheimnis gemacht.

Labyrinthe hatten schon immer der Unterhaltung gedient oder waren Bestandteile religiöser Rituale. In jedem Fall hatten sie den Effekt, das Zeitgefühl derjenigen zu verändern, die sich in ihnen bewegten. Das Labyrinth auf Wolfshorn zu bauen, hatte sicherlich viel Geld gekostet. Und weder Kevin noch Bautz kamen Martha wie Menschen vor, die Geld verschwenden würden. Daraus schloss sie, dass für die Kandidaten mindestens ein Problem mit dem Labyrinth darin bestand, dass es sie viel Zeit kosten würde, es zu überwinden. Und Zeit würde für jeden Showteilnehmer kostbar sein.

Vielleicht, dachte sie, hatte ein Labyrinth überwinden zu müssen sogar ein bisschen etwas von einem Besuch hier bei ihrer Mutter.

II

SCHNEE

6 // 5. JANUAR 2019

4:55 bis 11:59 Uhr

22 Horst Sacke erwachte und erinnerte sich nur noch bruchstückhaft an den gestrigen Nachmittag und Abend. Er war ziemlich früh ins Bett gegangen, sodass er sich heute morgen – von einem leichten Kater abgesehen – frisch und erholt fühlte.

Es war 4:56 Uhr.

Zeit aufzustehen?

Er war gestern mit seiner Reisetasche und einem Rollkoffer am Bahnhof in Brandenburg von Lucky abgeholt worden, der ihn anschließend in einem Lada Niva zum Gut gekarrt hatte. Während der Fahrt erklärte Lucky ihm, dass sie bis zum Beginn des »großen Zirkus« allein auf dem Gelände bleiben würden. Später würde dann zusammen mit den Kandidaten eine Mitarbeiterin aus dem Hauptbüro eintreffen, die gemeinsam mit ihnen für den reibungslosen Ablauf der Show sorgen sollte. Sie war hauptsächlich als Unterstützung für Lucky gedacht und würde die Mitspieler betreuen und interviewen, die während des Spielverlaufs ausgeschieden waren.

Sacke reagierte einsilbig auf Luckys Erläuterungen. Aber Lucky gehörte zu den Leuten, die in einem Auto einfach nicht die Klappe halten konnten. »Die haben überall gespart und hatten nicht genug Zeit für die Umbauten«, erklärte Lucky. »Deswegen sind wir in zwei Baucontainern untergebracht. Nicht sehr gemütlich, die Dinger, aber ist ja erst mal nur für heute Nacht und morgen. Ist 'ne Heizung drin. Erfrieren musste da nicht. Blöd ist nur, dass die bloß an eine Dusche und ein Klo gedacht haben. Die sind in meinem Container. Der ist bisschen größer als deiner. Musste eben mal hinter den Busch geh'n, falls die Blase zu sehr drückt.«

»Hm«, kommentierte Sacke und schaute aus dem Wagenfenster auf die trostlos flache Landschaft hinaus.

Später führte Lucky ihn über das Gelände. Allerdings nicht ins Gutshaus. Die Tour dauerte dennoch fast zwei Stunden. Am Ende wunderte Sacke sich laut darüber, weshalb sie die Show nur zu dritt betreuen würden. Immerhin waren dabei acht Mitspieler in teilweise unzugänglichem Gelände und gefährlichen Situationen unterwegs. Er fragte sich, ob man ihnen bei einem Unfall rechtzeitig helfen könnte.

»Mensch, Horst, ich habe hier die wahrscheinlich beste Internetleitung Brandenburgs zur Verfügung. Außerdem gibt's Handys und Funk. Der Notarzt vom nächsten Krankenhaus braucht keine zehn Minuten bis hierher, und der Rettungshubschrauber aus Senftenberg ist sogar noch schneller. Was willste denn noch? Hast du 'ne sexy Krankenschwester erwartet, mit der du hier flirten kannst?«

Die beiden Container, in denen sich neben den Schlafbereichen auch Sackes Büro und Luckys Technik befanden, waren etwas außerhalb des Labyrinthzauns aufgestellt worden. Luckys Container war mehr als doppelt so groß wie der von Sacke. Wenigstens war die Toilette von außen zu erreichen, sodass Horst nicht gezwungen war, bei jedem Gang aufs Klo an Lucky vorbeilaufen zu müssen. Luckys Container enthielt eine Menge für Sacke unfassbar kompliziert wirkende Geräte. Am beeindruckendsten fand er fünf riesige Flatscreens, die auf zwei Arbeitstischen verteilt waren. Unter dem größeren der beiden Tische standen zwischen allerlei Kabeln und Boxen vier Kästen Bier, wie Sacke sehr wohlwollend zur Kenntnis nahm. Ein Teil des Containerinneren war abgetrennt worden. Dort befanden sich wohl die Schlafbereiche für Lucky und das Mädchen aus Berlin, dachte Sacke. Sein eigener Container enthielt einen Arbeitsplatz mit zwei Flachbildschirmen, einem Festnetztelefon und einem Funkgerät. Doch sein Bett stand offen sichtbar an einer der Wände.

Lucky erklärte Sacke, dass er an seinem Arbeitsplatz nahezu denselben Livefeed von den Kameras im Haus und dem Labyrinth sehen konnte wie er selbst, dass aber der Videofeed, den Sackes Arbeitsplatz empfing, im Gegensatz zu dem von Lucky nicht nach außen gesendet würde. Sackes Feed bestand aus den Aufzeichnungen der stationären Kameras im Labyrinth und dem Haus. Er diente dazu, ihn auf Unregelmäßigkeiten oder Gefahren hinzuweisen, die sich vielleicht während der Show ergaben.

»Ich hab drüben auch noch das Tablet für dich. Da ist 'ne App drauf, mit der du zusätzlich zum Feed aus den stationären Cams noch den Standort von jedem Player im Labyrinth und dem Haus sehen kannst. In den Overalls der Player sind GPS-Sender eingenäht, die deren Standort an die App melden. Die App ist ganz einfach zu bedienen, zeig ich dir nachher«, schlug Lucky vor und zeigte zur Tür.

Angesichts all der Informationen, die auf Sacke eingeprasselt waren, hatte er es für eine gute Idee gehalten, erst einmal in Luckys Container ein Bierchen zu köpfen. Bei dem einen war es dann natürlich nicht geblieben.

Das war gestern gewesen. Aber heute war heute, und es wurde langsam wirklich Zeit aufzustehen. Sacke hustete, setzte sich in dem schmalen Feldbett auf, strich über sein Gesicht und schaute wieder auf die Uhr.

Er schwang sich relativ energisch aus dem Bett, wusch sich das Gesicht und machte sich einen Kaffee mit der Maschine, die er zusammen mit dem Radio mitgebracht hatte.

Auf Radio Brandenburg 2, dem einzigen Sender, der hier zu empfangen war, lief ein fröhlicher Popsong.

Während die Kaffeemaschine röhrte, schüttete er sich etwas stilles Wasser übers Gesicht, nahm Zahnbürste und Zahnpasta aus seiner Tasche und trat nur mit T-Shirt und Boxershorts bekleidet vor den Container, um sich die Zähne zu putzen.

Die Dunkelheit hier draußen wirkte dichter als in der Großstadt und schien sich zäh wie Schlamm um ihn zu legen. Ein wenig fürchtete er sich vor ihr. Ihm fiel ein, was Lucky ihm gestern über dieses Gespenst erzählt hatte, das angeblich auf dem Gut umging.

Als er fertig war, ging er wieder in den warmen, hell beleuchteten Container zurück.

»Und nun zum Wetter, hier auf Radio Brandenburg 2, und zu meiner Kollegin Laila Taguy. Laila, guten Morgen. Was gibt's Neues?«, sagte der Moderator im Radio.

»Guten Morgen, Klaus. Die aktuellen Temperaturen in Brandenburg sind für diese Jahreszeit mit neun Grad richtig angenehm. Doch unsere Kollegen auf der anderen Seite der Grenze haben für Teile der polnischen Ostseeküste eine Unwetterwarnung herausgegeben. Sie erwarten für heute Vormittag Schneefälle von bis zu vierzig Zentimeter pro Quadratmeter und einen spektakulären Temperaturabfall bis auf minus neun Grad. Wir hier westlich der Oder bleiben von solchen Wetterkapriolen heute mit hoher Wahrscheinlichkeit aber verschont. Obwohl damit zu rechnen ist, dass es morgen im Laufe des Vormittags zu einem merklichen Temperaturabfall kommen könnte. Wir sollten dann mit überfrorenen Straßen und sogar Blitzeis rechnen.«

»Na ja, Laila, wir stehen heute schließlich vor der letzten der Raunächte. Da war es zu erwarten, dass diese frühlingshaften Temperaturen fallen würden, oder?«, sagte der Moderator.

»Genauso ist das, Klaus. Übrigens sollen ja in der letzten Raunacht die Geister ganz besonders aktiv sein.«

»Abergläubisch, Laila?«

»Na, vielleicht ein bisschen.«

»Weißt du, dass Brandenburg heute im Netz ganz besonders im Mittelpunkt steht?«

»Du meinst die Survival-Show auf Gut Wolfshorn? Ja klar, davon habe ich gehört. Wirst du da einschalten?«

»Weiß ich noch nicht.«

Während er dem Geplänkel im Radio zuhörte, zog Sacke sich an. Die neue Uniform war etwas zu klein. Die Hose kratzte im Schritt, und die Jacke spannte über dem Mollenfriedhof.

»Ich wünsche den Kandidaten von *Wolfshorn – The Legacy* jedenfalls nicht, dass sie Geistern begegnen«, sagte Moderator Klaus.

»Das geht mir genauso, Klaus. Aber wer weiß schon, was in der letzten Raunacht so alles in den Schatten lauert?«

Sacke kratzte sich im Schritt und schenkte sich Kaffee ein. Lucky schien nebenan in seinem Container noch fest zu schlafen.

Er trank seinen Kaffee aus, zog seine Uniformjacke über und machte sich dann mit einer Taschenlampe auf seinen Rundgang.

Sacke hatte das Gefühl, es sei plötzlich kälter geworden, und zog seine Jacke enger um Brust und Hals zusammen.

23

Martha lag in der Schlafkabine eines schwarzen Nightliner-Busses und schaute zu der mit Kunstholz verkleideten Kabinendecke hinauf.

Sie war gestern im Marriot Hotel am Potsdamer Platz angekommen. Nach dem Frühstück, einem Fotoshooting und einem kurzen Videointerview, das ihr dieses Mal fast schon wie Routine vorgekommen war, hatten Kevin Olsens Mitarbeiter sie und die anderen Kandidaten in ihre Zimmer geschickt. Zuvor hatte man jedem von ihnen eine persönliche Assistentin zugeteilt, die zuerst ihre Handys einsammelten und in einem Hotelsafe an der Rezeption einschließen ließen, und ihnen danach keine Minute von der Seite wichen.

Die Zeit bis zum Mittagessen hatten sie auf ihren Hotelzimmern damit verbracht, sich von ihren jeweiligen Aufpassern im Umgang mit der Kamera schulen zu lassen, die jeder Kandidat während der Show zu tragen hatte. Sie war an einem Stirnband befestigt und sendete einen direkten

Livefeed an das »technische Supportteam« auf Wolfshorn, das alle Feeds dann etwas zeitversetzt an Kevins Büro am Hackeschen Markt weiterleitete.

Martha staunte, wie klein, robust und leistungsstark die Kamera wirkte.

Abgesehen davon erhielt jeder Showteilnehmer einen weißen, gefütterten Overall mit den Logos der Hauptsponsoren auf Brust, Rücken und Beinen, ein Paar Handschuhe und Armeeschnürstiefel. Dazu ein sogenanntes Survival-Pack, das aus einer Gürteltasche bestand, in der sich eine Trillerpfeife, ein Klappmesser mit abgerundeter Spitze und eine kleine Stabtaschenlampe befanden. Außerdem verfügte sie über Fächer für eine Feldflasche und Verpflegung, die man ihnen auf Gut Wolfshorn aushändigen würde.

Kevins Team gab sich alle Mühe, die Teilnehmer am Vorabend der Show voneinander getrennt zu halten.

Während die übrigen Kandidaten sich mit ihren jeweiligen Aufpassern in den nasskalten Trubel von Berlin stürzten, zog Martha es vor, im Hotel zu bleiben, wo sie sich auf Kevins Kosten ein volles Wellnesspaket mit Massage, Sauna und Peeling gönnte. Wobei sie darauf bestand, allein zu bleiben. Sie hätte nicht gewollt, dass ihre Aufpasserin Nele einen Blick auf ihre bloßen Arme und Oberschenkel werfen konnte.

Beim Abendessen im Hotelrestaurant wirkte Nele abweisend, fast schon barsch. Martha hatte das Gefühl, dass sie sich vor ihr fürchtete. Während Martha sich das Hüftsteak mit Süßkartoffelpommes schmecken ließ, stocherte Nele lustlos in ihrem Salat herum und machte wortkarge Andeutungen darüber, wie klimaschädlich Fleisch doch sei.

Gerade als Marthas zweites Glas Wein serviert wurde, betraten Bautz, Kevin und Mats Fleck das Restaurant. Offensichtlich hatten sie Spaß. Beim Anblick der drei fröhlichen Männer empfand Martha Neid. Vielleicht war ja auch ein wenig Eifersucht dabei. Obwohl sie sich das selbst niemals eingestanden hätte.

Martha war dann früh auf ihr Zimmer gegangen und lange vor zehn Uhr eingeschlafen.

Vor knapp zwei Stunden hatte sie der Weckservice des Hotels aus dem Schlaf geklingelt. Vor der Tür wurde sie bereits von Nele erwartet, die sie nach einer einsilbigen Begrüßung ins Restaurant führte, wo Kaffee und ein Frühstücksbüfett auf sie warteten.

Nele erklärte ihr, dass Kevin einen Bus mit Schlafkabinen gemietet hätte, der sie nach Wolfshorn fahren würde. Die Fahrt würde ungefähr drei Stunden dauern.

Die Kabine in dem schwarzen Bus, der vor dem Hotel auf sie wartete, enthielt ein Bett, einen Tisch sowie ein Fenster, das allerdings von einem Rollo verdeckt war.

Sie hatte sich aufs Bett gelegt und die Augen geschlossen. Kurz darauf hatte sie gespürt, wie der Bus anfuhr. Letztlich hielt es sie jedoch nicht länger in ihrer Kabine. Von der Bordküche zog das Aroma von frischem Kaffee durch den Bus. Martha war entschlossen, sich eine Tasse davon zu sichern.

Mats stand allein vor der Mikrowelle und dem kleinen Herd der Küche und hantierte mit Styroporbechern herum. Er bemerkte sie und lächelte sie an.

»Morgen«, sagte er.

Martha lächelte zurück und nickte ihm zu. »Ich hoffe, du hast genug Kaffee für zwei gekocht?«

»Klar«, antwortete Mats, der zwei der Becher aus dem Folienschlauch zog und sie dann mit Kaffee füllte.

»Danke«, sagte Martha.

»Sie werden uns also nicht im Heli zum Gut fliegen«, sagte Mats. »Schade eigentlich. Ich hatte ja gehofft, von oben einen Blick auf das Labyrinth werfen zu können.«

Martha lachte. »Zu easy.«

»Stimmt. Aber schneller wär's trotzdem gegangen. Der Bus braucht ja ewig.«

Mats fühlte sich hier offensichtlich wohl.

»Wieso trennen die uns heute nicht mehr voneinander?«, fragte Martha. »Gestern konnte ich den ganzen Tag keinen Schritt ohne meine Aufpasserin machen.«

Mats lehnte sich entspannt gegen die Arbeitsplatte der Bordküche. »Sie fürchten, dass wir Absprachen treffen und Teams bilden könnten. Außerdem sollen wir uns vor der Show möglichst fremd bleiben, weil das Streit garantiert, der die Zuschauer bei der Stange halten soll. Alles Routine und total üblich bei solchen Veranstaltungen.«

»Hm. Ich bin jedenfalls froh, dass ich vor zehn im Bett war.«

Mats stellte seinen Kaffeebecher ab und warf einen Blick auf den Vorhang, der den Schlafbereich des Busses von der Küche und dem Aufenthaltsraum weiter hinten abtrennte, als fürchtete er, dass jeden Moment einer der anderen Kandidaten auftauchen könnte.

»Bautz hat längst festgelegt, wer von uns weiter kommen wird als alle anderen. Ralph, Jonas und Elisabeth sind nur Kanonenfutter, um den Anfang der Show für eine möglichst breite Zielgruppe interessant zu halten. Sobald aber erst mal genug Leute zuschauen, sind die überflüssig. Und irgendwie wird Bautz dafür sorgen, dass sie scheitern. Letztlich gibt's nur drei von uns, auf die es wirklich ankommt: dich, Melanie und mich. Wobei völlig offen ist, wer von uns es rechtzeitig bis zum Ausgang und dem Preisgeld schafft. Ich wette, Melanie hat mit der Esotante Iris längst heimlich ein Team gebildet.«

Martha hatte zwar nicht ernsthaft damit gerechnet, dass es bei dem Spiel wirklich fair zugehen würde. Aber Mats' kühle Analyse versetzte ihr dennoch einen Stich.

»Scheiße, ich bin so naiv, oder?«

»Tja, sieh mich einfach als deinen großen Bruder. Und große Brüder kümmern sich um ihre kleinen Schwestern«, neckte er sie.

Martha quälte sich ein schiefes Lächeln ab. »Mann!«

Mats lachte. Doch Martha war nicht zum Lachen zumute.

»Sie werden nachher Gruppen auslosen. Eine startet vom Ostzugang, die andere vom Westzugang. Solange wir nicht in dieselbe Gruppe gelost werden, wird's nichts mit unserem Zweierteam«, sagte sie.

»Gezinkt ist die Auswahl der Gruppen doch sowieso, Martha. Wir beide sind die Stars. Kevin und Bautz brauchen einen von uns in jeder Gruppe. Wir tun uns zusammen, sobald wir das Labyrinth hinter uns haben. Wir müssen es nur beide als Erste aus unserer Gruppe schaffen. Ich bin nämlich sicher, die schwierigsten Hürden erwarten uns im Haus. Das Labyrinth ist bloß eine beeindruckende Kulisse.«

Martha schüttelte den Kopf. »Das sehe ich anders. Kevin verschwendet sein Geld doch nicht an reine Kulissen.«

»Kevin will vor allem eine gute Show abliefern und seine

Zuschauer möglichst durchweg an den Geräten halten. Es ist Januar, wir starten am Mittag. Im Haus gibt's Licht. Aber draußen wird's spätestens um vier dunkel. Dunkel bedeutet, dass die Zuschauer nichts sehen können. Kevin und Bautz erwarten, dass die Ersten von uns spätestens um vier im Gutshaus sind. Das bisschen Licht, das unsere Actioncams hergeben, macht jedes Bild zu Brei.«

Mats' Einwände erschienen Martha plausibel. Dennoch war sie immer noch überzeugt davon, dass das Labyrinth den schwierigsten Teil der Show darstellte.

»Versuch dich einfach so schnell wie möglich vom Rest deiner Gruppe abzusetzen und das Gutshaus zu erreichen. Wer von uns es als Erster schafft, wartet dort so lange er kann auf den anderen. Sollte einer von uns nicht mehr warten können, dann hinterlässt er ein Zeichen beim Zugang zum Gutshaus. Damit sicher ist, dass es unnötig ist zu warten.«

»Was für ein Zeichen?«, fragte Martha.

»Eins, das nicht auffällt?«

Sie wurden unterbrochen, weil sich der Vorhang bewegte.

»Moin«, sagte Jonas gähnend. »Hier riecht's so gut nach Kaffee!«

Mats zeigte stumm auf die Maschine, in deren Kanne sich noch für gut vier Tassen Kaffee befand.

»Habt ihr den Wetterbericht gehört?«, fragte Jonas, während er sich Kaffee einschenkte. »Es soll heute Nachmittag kälter werden und sogar schneien.«

»Das war gestern Abend aber noch kein Thema«, entgegnete Mats.

Jonas zuckte mit den Achseln. »Kam heute Morgen im Radio. Irgendwas mit einer Kaltfront aus Polen.«

»Hm, ein Grund mehr, möglichst schnell durch das Labyrinth und zum Gutshaus zu kommen«, kommentierte Martha.

Jonas warf ihr einen langen Blick zu. »Iris Tischoff behauptet, dass du eine Psychopathin bist. Weil du den Gangster in Leipzig erschossen hast. Stimmt das?«

Ich habe ihn nicht erschossen, sondern nur verletzt, dachte Martha empört und zeigte Jonas den Stinkefinger.

»Hast du Angst vor Martha?«, fragte Mats kühl.

»Nee«, entgegnete Jonas, obwohl Martha eine gewisse Unsicherheit aus seiner Stimme heraushörte.

»Ich hab niemanden getötet. Ich habe bloß zugesehen, wie meine Chefin und die beiden Scheißräuber erschossen wurden.«

»Hm«, sagte Jonas und schaute dann Mats an. »Und *du* warst in Afghanistan. Du hast Taliban umgelegt.«

»Vielleicht«, antwortete Mats und warf Martha einen genervten Blick zu.

»Cool. Dann sollten wir drei ein Team bilden«, schlug Jonas vor.

Martha war überrascht über Jonas' Chuzpe. Er wirkte so jung, als könnte er sich noch genau daran erinnern, wie er sich zum ersten Mal allein die Schuhe zugebunden hatte. Er war etwa so groß wie Mats, etwas über eins achtzig, und wirkte in seinem engen T-Shirt so sehnig, als könne man auf seinen Rippen Klavier spielen. Seine Augen waren auffallend blau und erinnerten an die eines Huskys.

Mats legte Jonas die Hand auf die Schulter, sah ihm in die Augen und sagte: »Nimm deinen Kaffee und verpiss dich!«

24

Lucky trat aus der schmalen Dusche in seinem Container, zog sich an und brühte sich einen türkischen Kaffee. Während er ihn in kleinen Schlucken trank, schaltete er die Computer an seinem Arbeitsplatz ein und sah zu, wie sie allmählich hochfuhren.

Lucky schaute auf die drei Ausdrucke, die hinter seinem Arbeitstisch an die Containerwand gepinnt waren. Der Ablaufplan der Show.

In zwei Stunden sollte der Bus mit den Kandidaten hier eintreffen. Er würde ihre Ankunft filmen. Zwei von Kevins Social-Media-Leuten aus dem Hauptquartier würden die Player dann im Zelt auf den Showstart vorbereiten, danach würde Lucky kurze Statements von den Playern aufzeichnen.

Pünktlich um zwölf Uhr sollte Kevins Helikopter auf Wolfshorn landen. Zu gern würde Lucky ihm dann mit seiner Kamera ins Gutshaus folgen, wo Kevin am Zielpunkt der Show den Koffer mit dem Preisgeld ablegen würde.

Diesen Job hatte Bautz jedoch einer dieser Social-Media-Schnitten aus dem Hauptquartier zugeteilt. Sie würde zusammen mit Kevin im Helikopter einfliegen und den Flug dokumentieren.

Während Kevin dann seinen großen Auftritt zelebrierte und mit dem Geldkoffer im Gutshaus verschwand, würde Lucky weiter die Kandidaten filmen. Sobald Kevin dann ohne den Koffer wieder aus dem Gutshaus zurückkehrte, war eine kurze Ansprache vorgesehen. Anschließend würde er unter den Playern zwei Teams auswählen, die jeweils vom West- und dem Ost-Zugang her das Labyrinth betreten und damit die Show starten würden.

Zu dem Zeitpunkt hatte Lucky allerdings bereits wieder an seinem Arbeitstisch im Container zu sitzen, um den Livefeed der Actionkameras der Player zu sortieren und dann in die Cloud zu leiten. Wirklich live war an Olsens und Bautz' angeblicher Live-Survival-Show nämlich nichts. Das komplette Material würde mit einer vier Minuten langen Verzögerung auf dem YouTube-Kanal landen.

Lucky hatte lange über diese vier Minuten Zeitverzögerung nachgedacht und dabei im Kopf Dutzende Varianten durchgespielt, wie er sie für seinen Preisgeldraub nutzen könnte. Doch jede davon hatte er letztlich verwerfen müssen. Die vier Minuten waren einfach zu kurz, um den Geldkoffer aus dem Gut zu holen, damit zum Wagen zu laufen und dann zu fliehen. Also blieb er bei seinem ursprünglichen Plan, den er allerdings inzwischen um eine wichtige Komponente erweitert hatte. Zusätzlich zu dem Preisgeld würde er sich noch etwas Vergnügen gönnen und Martha oder Melanie vergewaltigen, bevor er sich den Geldkoffer griff und mit dem Lada nach Polen verschwand. In Danzig würde er dann einen Flieger besteigen und dieses Scheißleben in einem Scheißland ein für alle Mal hinter sich lassen.

Die Computer waren inzwischen hochgefahren, und Lucky begann einen Check der Webcams im Haus.

Lucky war sein Leben lang der Auffassung gewesen, dass man die Feste feiern sollte, wie sie fielen. Also wäre es ihm am liebsten, wenn von den weiblichen Mitspielern entweder Melanie oder Martha das Gutshaus und dessen Fallen zuerst erreichte. Wobei er Martha bevorzugte, weil sie eine gewisse Ähnlichkeit mit seinem Lieblingspornostar hatte. Außerdem war sie fast fünfundzwanzig Jahre jünger als er und traf sein Beuteschema deutlich besser als die Trällerschnitte.

Luckys Handy vibrierte. Die darauf installierte Wetter-App gab eine Unwetterwarnung für Brandenburg durch.

Er beachtete sie nicht.

25

Es schneite auf Wolfshorn, und es war noch einmal deutlich kälter geworden. Sackes Smartphone zeigte eine Außentemperatur von minus drei Grad an. Er hatte vorhin bereits mit Lucky darüber gesprochen, der ihn jedoch darauf verwies, dass diese Wetterleute immer übertrieben. Außerdem erklärte er, dass die Overalls der Player gefüttert seien und angeblich für Temperaturen bis zu minus fünf Grad absolut sicher seien.

Gerade filmte Lucky die Ankunft der Kandidaten, die nacheinander aus dem Bus stiegen und in seine Kamera lächelten.

Sacke nahm sich vor, später mit Kevin Olsen oder Bautz über seine Bedenken zu sprechen und diese offiziell zu Protokoll nehmen zu lassen. Das hielt er für einen Teil seiner Aufgabe. Die Nässe unter dem dünnen Neuschnee gefror und verwandelte den Boden in eine Rutschbahn. Was Sacke besondere Sorgen bereitete, war, dass einer der Kandidaten stürzte und sich dabei verletzte. Das Labyrinth war immerhin fast drei Hektar groß, und trotz Luckys Beteuerungen bezweifelte Sacke, dass er einen Verletzten tatsächlich innerhalb von zehn Minuten erreichen und bergen könnte.

Martha Benndorf stieg als Vorletzte aus dem Bus und

winkte lächelnd in die Kamera. Sie hatte ihn nicht erkannt. Und das durfte gerne weiterhin so bleiben, dachte Sacke. Er sah zu, wie die Kandidaten sich zu einem Gruppenbild beim Zelteingang versammelten, vor dem eine Plane mit den Namen einiger Werbepartner der Show aufgespannt war. Neben der Plane stand eine transparente Lostrommel mit einer Kurbel daran. In ihr lagen Kunststoffbälle, die an Billardkugeln erinnerten.

Eine junge Frau in einem Wollmantel scheuchte die Kandidaten ins Zelt, wo Lucky für jeden von ihnen ein Proviantpaket vorbereitet hatte, das zwei Tafeln Schokolade, einige Müsliriegel sowie eine Tüte mit eingeschweißten Äpfeln und zwei kleine Fläschchen Likör enthielt. Dazu gab es noch eine Feldflasche mit heißem, gesüßtem Tee. Lucky hatte darauf bestanden, die Feldflaschen eigenhändig abzufüllen und zu beschriften und sie dann von seinem Container zum Zelt zu bringen.

26

Das Zelt erinnerte Martha an jene dörflichen Volksfeste, auf denen Blaskapellen den Soundtrack für die Bierbauchvergrößerungsbemühungen der versammelten Dorfgemeinschaft lieferten.

Der Schnee, der aus der tief hängenden grauen Wolkendecke fiel, hatte die kahlen Parkbäume mit einer Puderzuckerschicht überzogen. Doch die Mauern des Labyrinths und der hässliche Zaun, der das Gut umschloss, erweckten den Eindruck eines tristen Gefängnisses. Die vier Masten mit seltsam geformten Lautsprechern an ihrer Spitze unterstrichen diesen Eindruck noch. Solche Lautsprecher kannte Martha von alten Fotos aus der DDR. Sie hatten dort dazu gedient, öffentliche Durchsagen zu machen.

Kevin war mittlerweile mit seinem Heli eingeflogen.

Nele und der Kameratyp, der sie vor Ort erwartete, hatten die Landung gefilmt. Kevin trug einen dicken Daunenmantel, Skimütze und Skibrille. Während er aus dem Hubschrauber stieg, hielt er einen Alukoffer in beide Kameras und ging dann auf das Gutshaus zu.

Erst als er sich einige Meter entfernt hatte, stieg Betty aus, an die Martha sich von ihrem Videodreh in Kevins Büro erinnerte. Sie trug einen roten Trenchcoat und hatte eine Kamera an einem ziemlich kompliziert wirkenden Stick dabei.

»Da geht unser Preisgeld!«, flüsterte Iris Tischoff Melanie zu und zeigte auf Kevin. Woraufhin die beiden wissend lächelten.

Die beiden so siegessicher zu sehen, hob Marthas Stimmung nicht wesentlich. Sie wandte den Blick von den beiden ab und sah zu Herbert, dem Maurer. Sein beachtlicher Bauch wurde von dem Overall unschön betont. Er tauschte fröhlich Frotzeleien mit dem Wirt Ralph aus. Elisabeth, die Kantinenköchin, hatte sich einem Style-Upgrade unterzogen, trug jetzt einen roten Kurzhaarschnitt und hatte so viel Make-up aufgelegt, dass Martha fürchtete, es könne jeden Moment von ihrem Gesicht bröckeln.

Mats und Jonas hielten sich genau wie Martha ein wenig abseits von den übrigen Playern. Mats kam ihr abwesend vor, so als beschäftige ihn etwas, das er mit niemandem hier teilen könne.

Iris ließ sich von Herbert eine Zigarette geben und flirtete ihn dabei an, während Melanie offensichtlich ihre

Krallen in Jonas zu schlagen versuchte. Sie drängte ihm ein Gespräch auf, wobei sie mehrmals seine Arme dezent mit ihrer Oberweite berührte. Sowohl ihre Berührungen als auch das Gespräch schienen Jonas zu verunsichern. Martha empfand aufrichtiges Mitleid für ihn. Eine solch geballte Flirtattacke von einer Frau, die locker seine Mutter sein könnte, musste ihn einfach überfordern.

Sie fragte sich, was die beiden Frauen mit ihren jeweiligen Flirts bezweckten. Vor allem aber nahm sie sich wieder einmal fest vor, sich von Melanie fernzuhalten.

27

»Hi, wir kennen uns ja schon«, sagte Betty, gab Lucky die Hand, zog ihren Mantel aus und setzte sich neben ihn an den Arbeitsplatz.

Während sie einen Schnellcheck der Computer und Programme durchführte, musterte Lucky sie und kam zu dem Schluss, dass Betty nicht seinem Beuteschema entsprach. Davon abgesehen erschien sie ihm genauso naiv, wie er es gehofft hatte.

»Die Labyrinthsteuerung ist on?«, fragte sie.

»Ja. Die Zugänge sind offen, und die Traps schalte ich jetzt live«, antwortete Lucky und steuerte mit seinem Cursor eine Programmmaske auf einem seiner drei Bildschirme an.

»Okay«, entgegnete Betty.

Während Lucky Häkchen setzte, musste er sich große Mühe geben, seine Erregung zu verbergen. Obwohl es keinen Grund dafür gab, aufgeregt zu sein. Die beiden ersten Phasen seines Plans hatte er unerwartet reibungslos umsetzen können, und was die nächsten Stufen anging, so hatte er ebenfalls allen Grund zur Zuversicht.

Als bisher einzige potenzielle Hürde hatte sich ausgerechnet Sackes penetrante Hilfsbereitschaft herausgestellt. Denn der hatte ursprünglich vehement darauf bestanden, ihm beim Befüllen der Feldflaschen und dem Transport ins Zelt zu helfen. Doch die Hilfe eines übereifrigen Mietbullen konnte Lucky eindeutig nicht gebrauchen, während er den Tee einiger der Player mit Psychopharmaka versah.

Marthas Feldflasche ließ er unbehelligt. Sie brauchte er nachher schließlich wach und fit. Er stand nun mal nicht darauf, bewusstlose Frauen zu vergewaltigen. Dass er bei der Aufteilung der zu feinem Pulver zerstoßenen Tabletten etwas zu großzügig vorging, sodass für Jonas' Flasche nur noch ein winziger Rest blieb, machte ihm keine Sorgen. Den Studenten nahm er nicht ernst.

28

Martha sehnte sich nach einer schönen Tüte Gras, um ihre innere Unruhe zu besänftigen.

Iris und Melanie tuschelten miteinander. Woraufhin Iris ihr einen seltsam abweisenden Blick zuwarf.

Martha winkte ihr zu. Dabei entdeckte sie Horst Sacke, der in einer blauen Uniform mit Schirmmütze und Daunenmantel an Iris und Melanie vorbei gerade auf Nele zuwackelte, die hastig an ihrer Kamera hantierte.

O Gott, das ist Sacke, dachte sie. *Was macht der denn hier?* Sie reckte den Hals, um an Herbert vorbei einen besseren Blick auf Sacke erhaschen zu können.

Martha war es unangenehm, ihm hier zu begegnen. Sein Anblick wirkte wie eine Zeitmaschine, die sie zu jenem Abend im Juni zurücktransportierte und eine Angstwelle in ihr auslöste, die ihr Gänsehaut und einen Schweißausbruch bescherten.

Sie senkte den Kopf und wandte sich ab.

»Alles gut bei dir?«, erkundigte sich Mats.

»Ähm … ja … ist schon wieder okay«, antwortete sie.

»Du hast eben ausgesehen, als sei dir ein Gespenst begegnet«, sagte Mats und legte ihr den Arm um die Schultern. Seine spontane Freundschaftsgeste überraschte und verunsicherte sie nur noch mehr. Doch das ging vorbei. Sie legte den Arm um Mats' Taille und genoss dessen Wärme.

»He, he! Das neue M&M-Team!«, rief Jonas ihnen zu.

»Halt doch die Klappe«, entgegnete Martha mit einem fiesen Unterton.

Mats' Griff um ihre Schultern wurde fester. Er setzte damit ganz offen ein Zeichen für die anderen. Und gemessen an dem giftigen Blick, den Melanie ihnen zuwarf, kam es genau da an, wo es ankommen sollte.

Futterneidische Mistkrähe, dachte Martha.

»Unser Zeichen nachher beim Haus? Ich lasse da eine von den Müsliverpackungen zurück. Die sind bunt, die fallen im Schnee auf. Okay?«, flüsterte Mats ihr zu.

Martha nickte.

Kevin Olsen kehrte ohne den Koffer zurück. Dafür trug er ein breites Klatschmagazinlächeln spazieren. Nele folgte ihm mit der Kamera.

Kevin forderte die Kandidaten auf, zu ihm zu kommen und sich im Halbkreis vor der Werbeplane aufzustellen, sodass sie alle von Neles Kamera erfasst werden konnten.

Martha ordnete sich zwischen Mats und Ralph ein.

Kevin erklärte, wie gespannt und aufgeregt er sei, und kündigte an, dass er jetzt die Teams auslosen würde, die vom Ostzugang und Westzugang ins Labyrinth starten sollten. Er drehte die Kurbel. Die Bälle begannen zu rollen. Die roten enthielten Frauennamen, die weißen die der Männer.

Nach ein paar mehr Umdrehungen öffnete er die Lostrommel, zog einen weißen Ball heraus, öffnete ihn und verlas vor der Kamera Mats' Namen. Nach weiteren fünf Minuten stand fest, dass Melanie zusammen mit Ralph, Mats und Elisabeth vom Westzugang aus starten würde, während die Übrigen von dem Zugang im Osten des Labyrinths aufzubrechen hatten.

Immerhin, dachte Martha erleichtert, *bleibt es mir wohl erspart, mit dieser Mistkrähe Melanie starten zu müssen.*

Kevin zog ein Funkgerät aus seiner Manteltasche und schaltete es ein. »Headquarter Berlin? We are ready!«

Die Actioncam an Marthas Stirnband vibrierte einige Male. *O Gott, jetzt wird es ernst*, dachte sie. *Die haben die Kameras angeschaltet.*

Aus den Lautsprechern an der Spitze der Masten donnerten die ersten Klänge von Wagners *Ritt der Walküren.*

»Das ist ja toll!«, rief Iris.

Martha betrat als Zweite ihrer Gruppe das Labyrinth. Sie betrachtete misstrauisch die etwa drei Meter hohen Wände links und rechts neben ihr.

Hinter ihr ertönte ein Summen. Sie blickte sich um und sah, wie sich eine der Seitenwände aus ihrer Stellung löste und zur Seite klappte, wie eine Tür.

Das Summen erstarb. Das Tor war verschlossen.

Es geht los, dachte Martha aufgeregt. Von jetzt an gab es nur noch den Weg nach vorn – in Richtung Gutshaus.

7 // 5. JANUAR

12:03 bis 15:18 Uhr

29 Martha war hinter Iris als Zweite ihrer Gruppe ins Labyrinth getreten, dessen Wände aus Kunststoff bestanden, der die Farbe von Waschbeton hatte.

Keiner sagte ein Wort, während sie dicht hintereinander den schmalen Gang zwischen den Wänden herabgingen, die mit jedem Schritt höher in den Himmel zu wachsen schienen. Was nicht nur daran lag, dass der Weg etwas abschüssig war, sondern auch damit zu tun hatte, dass die Wände tatsächlich unterschiedlich hoch aufragten.

»Na, bisher ist das ja alles nur Spaß, was?«, sagte Herbert, der mit einem breiten Dauerlächeln die Nachhut bildete.

»Wir sind gerade mal zehn Meter weit drin, und du fängst schon an, Durchhalteparolen zu verbreiten?«, erwiderte Iris, die die Gruppe anführte.

»Ach, das hier ist doch am Ende bloß 'ne Fleißübung. Der richtige Hammer wartet garantiert im Haus.«

Jonas hielt sich wie Martha aus der Unterhaltung heraus. Sie ahnte, warum er das tat. Anders als Herbert glaubte er wahrscheinlich ebenfalls nicht, dass es eine reine Fleißübung darstellte, das Labyrinth zu durchqueren.

Sie schaute über die Schulter hinweg zu Herbert. »Weißt du, wozu das berühmteste Labyrinth der Welt diente?«

»Keine Ahnung.«

»Dazu, ein Monster gefangen zu halten. Das Labyrinth hat es so verwirrt, dass es niemals da rausfand«, erklärte Martha, die die Sage vom Minotaurus erst kürzlich in der Bibliothek nachgelesen hatte.

»Na, dann lass dich mal nicht verwirren«, entgegnete Iris spitz.

»You shall not pass!«, lachte Jonas und ahmte mit einer Reihe von Gesten den Zauberer Gandalf in *Der Herr der Ringe* nach, der einem gehörnten Monster die Überquerung einer schmalen Felsenbrücke verwehrte.

»Nerd!«, sagte Iris.

»Mann, immer das ganze Englisch. Versteht doch kein normaler Mensch«, maulte Herbert.

Iris lachte.

Der Gang zwischen den Kunststoffwänden verjüngte sich bereits seit einiger Zeit. Inzwischen mussten die Wände über vier Meter hoch sein. Der Boden war weiterhin leicht abschüssig, und vor ihnen schienen die Wände sogar noch um einiges mehr in die Höhe zu wachsen. Der Schnee fiel dichter. Sie sanken bis über die dicken Sohlen ihrer Armeestiefel in ihn ein.

Bei einem Ausflug zu Verwandten in ein Dorf im Erzgebirge hatte Martha das Verladen von Rindern auf einen Transporter beobachtet. Ähnlich wie hier hatte man dabei die Tiere zwischen Metallgatter getrieben, die immer enger zusammenliefen, sodass kurz vor der Rampe zum Transporter nur noch Raum für eine einzige Kuh blieb. Martha war sicher gewesen, dass die Tiere ahnten, was ihnen bevorstand, und ihr hatte damals dieselbe Beklemmung die Kehle zugeschnürt wie jetzt hier im Labyrinth.

Der Blick zum grauen, tief hängenden Schneehimmel verstärkte ihr Gefühl von Ausweglosigkeit noch.

Scheiße, dachte sie. Wahrscheinlich sahen jetzt ein paar Hunderttausend Leute dabei zu, wie sie als eine wandelnde Litfasssäule durch den Schnee stapfte, und die meisten waren sogar noch neidisch auf sie.

Bislang war ihr Weg geradeaus verlaufen. Mit der Verengung des Ganges kamen die ersten harten Kehren.

30

Lucky bediente seine Programme in dem Container. Er hatte dabei alle Hände voll zu tun, vom Feed einer der Kopfkameras zum nächsten zu schneiden, dabei außerdem zwischen den Gruppen zu wechseln und möglichst keine der Unterhaltungen, die in den Gruppen geführt wurden, zu krass abzuschneiden. Lucky liebte diesen Teil seines Jobs. Er vermittelte ihm das Gefühl, beinahe ein Gott zu sein.

»Die Mikros an den Actioncams sind nicht toll. Kannste kaum aussteuern, was davon hier ankommt«, sagte Lucky.

»Mir macht eher das Wetter Sorgen«, antwortete Betty. »Die Bildqualität leidet. Das ist alles jetzt schon fast zu breiig.«

»Ist nicht zu ändern. Da müssen wir durch. Im Haus gibt's ja dann Licht.«

»Das dauert aber noch, bis die Ersten das erreichen. Die sind langsamer unterwegs, als ich erwartet hatte«, erwiderte Betty.

»Die werden schon noch Tempo zulegen. Ist aber auch glatt draußen.«

»Hm.«

Lucky schaute zu Bettys Arbeitsplatz. Über die Darstellung des Labyrinths, die auf einem ihrer Bildschirme zu sehen war, bewegten sich die blauen Punkte, die die Westgruppe darstellten, etwas schneller als die roten Punkte der Ostgruppe. Zwei der vier blauen Gruppenmitglieder hatten sich zudem bereits deutlich von den anderen abgesetzt. Dass einer der Ausreißer Mats war, verwunderte Lucky nicht. Der Typ war der Fitteste in seiner Gruppe. Doch der blaue Punkt, der sich nur wenige Meter hinter Mats durch das Labyrinth bewegte, trug zu Luckys Überraschung Elisabeths Namen. *Alle Achtung*, dachte Lucky. *Diese olle Kantinenschranze legt ordentlich Tempo vor.*

Sein Handy klingelte.

»Hallo, Bautz. Du bist auf Lautsprecher.«

»Wir haben nur eine Viertelmillion Zuschauer. Das ist zu wenig. Ich brauche Action! Die User langweilen sich! Außerdem ist das Bild breiig, und der Ton kommt zu leise!«, rief Bautz im Büro in Berlin.

»Der Schneefall ist heftiger geworden, Herr Bautz. Wir können nichts am Wetter ändern«, rechtfertigte sich Betty.

Lucky nahm es ihr übel, sich in sein Gespräch eingemischt zu haben.

»Ja, das sehe ich auch! Dann dreht eben am Zoom der Actioncams. Das geht doch auch von euch aus! Herrgott, muss man denn alles selbst machen hier?«

Betty warf Lucky einen Blick zwischen Hilflosigkeit und Wut zu.

»Wir können die Optik der Actioncams nicht jetzt schon

ausreizen, Bautz. Sonst bleibt uns kein Spielraum mehr, wenn es draußen noch dunkler wird. Aber falls die sich nicht zu blöd anstellen, erreichen sie in zehn Minuten die ersten Traps. Da gibt's Action und bisschen besseres Licht.«

»Gut, dann seht zu, dass ihr die Player ein bisschen antreibt. Wenn die Klickzahlen unter Zweihundertzwanzigtausend fallen, springen uns Sponsoren ab.«

Bautz legte auf.

Lucky hielt Betty sein Handy entgegen, auf dem eine Pushmeldung über eine Verschärfung der Unwetterwarnung für Brandenburg eingegangen war.

»Na toll«, kommentierte Betty. »Dann wird's mindestens eine Stunde früher dunkel als sonst.«

31

Ich muss mich endlich absetzen, nahm Martha sich vor, die seit zehn Minuten gezwungen war, Iris zuzuhören, wie die sich über Heilsteine, Homöopathie und die Mantras ihres indischen-amerikanischen Yogagurus ausließ.

Wenigstens war jetzt wieder etwas mehr Raum zwischen den Wänden.

Wie lange waren sie schon im Labyrinth unterwegs? Keiner von ihnen hatte eine Uhr dabei. Denn die waren ihnen während der Show untersagt worden.

»Beim Weber-Artemis-Strahlungsbeamer habe ich ja lange gezögert, ob ich den in mein Sortiment aufnehme«, plapperte Iris weiter vor sich hin. »Aber es war gut, dass ich das getan habe. Der hält gesundheitsschädliche Strahlung ab. Für den neuen Mobilfunkstandard 5G, der angeblich demnächst bei jeder Milchkanne anliegen soll, werden Funkmasten in unfassbaren Mengen erforderlich. Manche sagen, die müssen alle fünf Kilometer einen davon aufstellen. Das wird schlimmer als die Windräder! Die kosten ja schon Millionen von Zugvögeln das Leben. Das ist inzwischen sogar von der Mainstreamwissenschaft bewiesen. Der Weber-Artemis-Beamer kann die Strahlung überall – also die von 5G und auch die vom Handy oder Tablet – bündeln und in seinem Kern neutralisieren. Der ist mit Rosenquarz und Lapislazuli-Staub gefüllt. Deswegen ist der Weber-Artemis-Strahlungsbeamer auch relativ preisintensiv, weil Lapislazuli aus Afghanistan kommt. Und die Taliban sind Moslems, die haben etwas gegen die modernen ganzheitlichen Schutzmethoden.«

Jonas war anzusehen, dass er sich kaum noch zurückhalten konnte, Iris schallend auszulachen.

»Mensch, Iris, das ist jetzt aber spannend«, sagte Herbert. »Mein Sohn hat mich in eine Facebook-Gruppe aufgenommen, die heißt ›Ossis für Bürgerrechte‹. Da diskutieren die auch 5G und so. Die Strahlung von den Dingern ist wirklich gefährlich. Das schreiben die Kollegen dort auch. Das kommt auch alles von den Chinesen, der ganze Internetkram. Da weiß man ja, was man zu erwarten hat. Das sind Kommunisten, die wollen uns hier fertigmachen in Deutschland. Aber so, sach ich immer, ham wa nich jewettet! Weil, Kommunismus hatten wir hier im Osten vierzig Jahre lang, und das war lange genug. Dafür, dass wir uns jetzt von die Chinesen versklaven lassen, bin ich damals neunundachtzig nicht auf die Straße gegangen. Die Chinesen arbeiten jetzt auch verstärkt mit den Juden zusammen.

Weil, die Chinesen, die wollen, dass wir hier den Kommunismus kriegen, und die Juden wollen uns dann ausbeuten. Lernste einiges bei Facebook, da hat mein Großer recht gehabt.«

Herbert nannte jeden, mit dem er irgendwie in Kontakt stand, Kollege. Seine Söhne bezeichnete er stets als »der Große« und »der Kleine« und nannte seine Frau »die Mutti«.

»Mann, Herbert. Das ist ja mal eine Analyse der Weltlage. Jetzt gehen die Kommentare auf YouTube so richtig durch die Decke«, rief Jonas ihm zu.

Martha stellte sich vor, was da gerade wohl in die Kommentare getippt wurde, und brach in Lachen aus. Was sie dazu zwang, stehen zu bleiben.

Iris schaute sie betroffen an. »Weißt du, Martha, das ist mir schon aufgefallen, als ich dich zum ersten Mal gesehen habe: Du hast eine ganz rote Aura. Daran musst du unbedingt mal arbeiten.«

»Rot? Wie die Kommunisten?«, fragte Herbert verdutzt.

Iris schüttelte den Kopf. »Nein, Herbie, rote Auren haben nix mit Kommunismus zu tun. Die stehen für Dominanz, Aggression, Gewalt und Extrovertiertheit. Rote Auren sind bei Frauen eher die Ausnahme, und Leute mit solch intensiv roten Auren werden auch nicht sehr alt.«

Martha erwiderte ihren Blick, unterdrückte einen weiteren Lachanfall und nickte Iris zu. »Jetzt weiß ich ja Bescheid. Vielleicht kannst du mir eins von diesen Artemis-Dingern mal borgen, die du die ganze Zeit hier anpreist, weil du hoffst, dass die Zuschauer auf deine Website klicken und sich einen davon kaufen. Ich bin sicher, deine Freundin Melanie hat in der anderen Gruppe auch gerade zum achtzigsten Mal den Namen ihrer Band erwähnt. Und bestimmt hat sie auch schon gesungen und darauf hingewiesen, dass ihr Gejammer auf Spotify zu finden ist.«

Iris war anzusehen, dass Marthas Vorwürfe mindestens teilweise ins Schwarze getroffen hatten.

Martha nutzte die Gelegenheit, sich an der glatten Kunststoffwand entlang an ihr vorbeizuschieben. Sodass sie jetzt als Erste der Gruppe in dem immer noch beklemmend schmalen Gang ging.

»Das war gemein, Martha«, sagte Herbert.

»Lass nur, Herbie. Die arme Martha ist mit ihrer Ignoranz genug gestraft. Und wie gesagt, Menschen mit so roten Auren werden nicht alt!«, entgegnete Iris.

Mistkrähe, dachte Martha und lief schneller auf die nächste Kehre zu.

»Nice, die Kommentar-Battles zwischen Emos, Esos und Restvernuftbegabten müssen gerade ziemlich episch sein!«, kommentierte Jonas und drängte sich ebenfalls an Iris vorbei, um Martha zu folgen.

»Wenn du noch mal so ehrlich zu Iris bist, tickt die aus. Und dann Wallah, Wallah, Allah. Catfight!«, sagte Jonas, sobald er sicher war, außer Hörweite von Herbert und Iris zu sein.

Martha blieb eine Sekunde stehen, wie um ihm zu antworten, überlegte es sich aber anders und ging weiter, sogar noch etwas schneller als bisher. Sie wollte sich nicht mit Gesprächen aufhalten und ärgerte sich bereits über ihren Schlagabtausch mit Iris. Schließlich hatte sie Iris gerade vor Tausenden Zuschauern bloßgestellt. Dabei war ihr eigentlich klar gewesen, dass sie sich hier niemals zu einem Streit hinreißen lassen durfte, weil das würdelos war. Aber Würde war ihr wichtig. Umso mehr bei diesem Egomatch von Onlineshow.

»Mann, Martha, jetzt renn doch nicht so!«, rief Jonas. »Ich muss mit dir reden. Wegen des Angebots von heute morgen.«

Martha blieb stehen, atmete tief durch und schaute sich zu Jonas um.

»Bin ich nicht dran interessiert. Jeder kämpft für sich allein.«

Sie drehte sich wieder um und legte Tempo zu, sodass Jonas sich beeilen musste, um ihr zu folgen. Martha verlor ihn aus den Augen, sobald sie die nächste Kehre passierte. Hinter der ein kleiner Platz lag, von dem drei Wege abgingen.

Ein metallisches Geräusch wie von einem bremsenden Zug erklang. Es brachte Martha dazu, unwillkürlich den Kopf einzuziehen und einige Schritte zurückzustolpern.

Das Geräusch brach ab.

Ein Schwarm winziger schwarzer Vögel schoss auf Martha zu.

Sie schrie.

Als Jonas Martha eine Minute später fand, lag sie am Boden und hatte die Hände über den Kopf gelegt.

Sie blickte auf, sowie er sie vorsichtig berührte.

Um sie herum lagen zahllose kleine schwarze Kunststoff-Fledermäuse mit Flügeln aus Papier.

»Alter…«, sagte Jonas verwundert.

Martha richtete sich auf, lehnte sich an eine der glatten, kalten Wände und griff nach einer der Fledermäuse, die sie angewidert betrachtete. Sie schämte sich. Schließlich stand sie auf und klopfte sich wütend Schnee von ihrem Overall.

»Mensch, was war denn das? Haste dir was getan?«, rief Herbert, der gerade hastig auf sie zulief.

Martha schüttelte den Kopf. *Ich habe mich bloß vor all den Zuschauern zum Affen gemacht*, dachte sie und biss sich dabei vor Scham und Zorn auf die Unterlippe.

Jonas hob eine der Fledermäuse auf und warf sie dann in die Luft. Sie segelte auf ihren ausgebreiteten Flügeln einige Meter, stieß dann gegen eine der Wände und fiel in den Schnee.

»Die sind aus China. Ich hab meinem Neffen mal welche bestellt«, erklärte Herbert.

Iris stand schweigend dabei und schaute auf die Wand am gegenüberliegenden Ende des kleinen Platzes, in der ein kreisrundes Loch klaffte. Zweifellos waren die Fledermäuse von dort gekommen.

32

»Ups! Die Blumenfee liegt im Schnee!«, sagte Betty.

»Ja«, kommentierte Lucky, während er den Anblick von Martha genoss, die sich eben vom Boden aufrappelte. Das war schon geiles Fernsehen, dachte er.

An vier Punkten des Labyrinths waren solche Fledermausfallen verborgen. Sie wurden von einem Sensor ausgelöst und bestanden aus einem Papiersack, der etwa zweihundert der drei Zentimeter großen Fledermäuse enthielt. Die mittels einer kleinen Sprengladung aus dem dünnen Papiersack herausgeschleudert wurden, kurz nachdem aus zwei Lautsprechern ein nerviger Geräuscheffekt ertönte, den Lucky selbst programmiert hatte.

»Hast du Iris' Gesicht gesehen?«, fragte Betty lachend.

»Schadenfreude ist ein deutsches Wort«, zitierte Lucky einen berühmten Dichter und lehnte sich in seinem Stuhl zurück.

In zweieinhalb Stunden würde es dunkel werden, und keiner der Player war dem Gutshaus bisher wirklich nahe gekommen.

Lucky warf einen Blick aus dem Fenster. Der Schneefall war dichter geworden, und der aufgefrischte Wind wirbelte die Flocken umeinander.

Hm, dachte er, *wenn das so weitergeht, werden sie selbst den Rettungshelikopter nicht mehr starten lassen können.* Wahrscheinlich hatte er viel mehr Zeit als erwartet. Der Niva würde es schon über die Landstraße bis zur Autobahn schaffen. Im Kofferraum lagen für alle Fälle Schneeketten, und der Wagen hatte einen Allradantrieb.

33

Martha hatte sich vor zwanzig Minuten erneut von der Gruppe abgesetzt und lief jetzt allein einen sich stetig verjüngenden Pfad entlang. Als Iris, Herbert und Jonas vorhin an der Wegkreuzung beschlossen hatten, den linken Weg zu nehmen, betrat Martha trotzig den rechten.

Jonas rief ihr etwas nach. Aber Martha hatte nicht darauf geachtet und sich auf ihre Schritte konzentriert. Wie viele Leute hatten wohl zugesehen, wie sie sich vorhin blamiert hatte? Ein paar Hunderttausend? *O Gott*, dachte sie, *ich kann mich nirgendwo mehr blicken lassen!*

Der Weg endete vor einer der grauen Kunststoffwände.

»Scheiße!«, fluchte sie.

Sie stand einen Moment davor und schaute sie an. Dann legte sie beide Hände flach auf die kalte, feuchte Wand, als wolle sie sich vergewissern, dass die wirklich existierte. Aber diese Wand war so selbstsicher grau, real und unüberwindlich wie alle übrigen.

»Fuck!«, flüsterte sie, drehte sich um und ging den schmalen Pfad schneller wieder zurück, als sie ihn zuvor hinuntergelaufen war.

Martha hatte kein gutes Zeitgefühl. Sie hätte deswegen nicht sagen können, ob sie eine oder zwei Stunden im Labyrinth verbracht hatte.

Sie stieß auf eine Wand, die ihren Pfad blockierte, aber die vorhin noch nicht da gewesen sein konnte. Genau an dieser Stelle hätte eigentlich die erste von vier Kehren sein müssen, die sie auf dem Weg in die Sackgasse passiert hatte. Ließen sich die Wände etwa verschieben?

Martha trat einen Schritt zurück und musterte die Wand.

Ich habe mich geirrt, dachte sie erstaunt. *Ich habe im Schneefall eine Kehre übersehen und bin in eine zweite Sackgasse geraten. Das sieht doch alles gleich aus hier.*

Sie lief den Pfad, den sie gekommen war, wieder zurück. Das tat sie zweimal. Bis sie einsah, dass sie zwischen den beiden quer in den Pfad gestellten Wänden gefangen war.

Das gibt's doch nicht, dachte sie.

Sie versuchte, konzentriert nachzudenken. Es war technisch zweifellos möglich, einige der Wände so zu installieren, dass sie sich verschieben ließen. Und einige Teilnehmer relativ früh aus dem Spiel zu nehmen, konnte den Spielmachern nur recht sein. Das hatte ja auch Mats schon vermutet. Aber sowohl klassische Labyrinthe als auch Escape Rooms, die ja beide für *Wolfshorn* Pate gestanden hatten, lebten davon, ihre Besucher zu verwirren. Besonders die Konstrukteure von Labyrinthen waren berüchtigt dafür, dass sie mit raffinierten optischen Täuschungen arbeiteten.

Martha stellte sich mit dem Rücken zu der quer gestellten Wand. Dann streckte sie ihre Arme und Finger so weit aus, dass sie auf beiden Seiten den Kunststoff der Seitenwände berührten, und ging langsam den Weg zurück, den sie gekommen war. Wobei sie ihre Fingerspitzen über die grauen Wände streichen ließ.

So legte sie etwa dreißig Meter zurück, bis die Finger ihrer linken Hand ins Leere griffen, obwohl sie dort, wo die Finger waren, eigentlich eine der Wände hätten berühren sollen.

Martha blieb stehen, drehte sich der Wand zu und streckte jetzt beide Hände nach vorn aus. Sie verschwanden widerstandslos in dem grauen Kunststoff.

Sie trat auf den Wandabschnitt zu und stellte fest, dass der lediglich eine Projektion war, ausgelöst von zwei kleinen, geschickt am oberen Rand der gegenüberliegenden Wand befestigten Projektoren. Sie konnte die Lichtstrahlen im Schneetreiben erkennen.

Obwohl sie wusste, dass es eine Täuschung war, schlug ihr Herz etwas schneller, als sie durch die Projektion hindurchtrat.

Vor ihr lag einer der schmalen Pfade. Der Schnee auf dem Boden war unberührt.

Martha nahm ihr Stirnband ab und hielt sich die Kamera vors Gesicht, als wolle sie damit ein Selfie machen. »Netter

Versuch«, sagte sie lächelnd in die Kamera hinein. Dann setzte sie das Stirnband wieder auf und betrat den verborgenen Pfad, der schnurgerade in die Richtung zu führen schien, in der sie das Gutshaus vermutete.

34

»Oi, oi, oi, Zickenkrieg voraus«, sagte Betty, während sie zusah, wie Martha energisch den verborgenen Pfad herabschritt. »Ich wette, die M&Ms treffen sich in der Todeszone.«

Auf einem ihrer Bildschirme war Marthas Kamerafeed zu sehen. Auf einem anderen zeigte die virtuelle Karte des Labyrinths, wie Mats und Melanie von Westen her in einen Pfad einbogen, der auf dieselbe kleine Öffnung zwischen den Wänden zulief wie der, den Martha gerade betreten hatte. Lizzy, die Kantinenköchin, war inzwischen weit abgeschlagen in einer Sackgasse gelandet, aus der sie verzweifelt einen Ausweg suchte.

»Popcorn«, kommentierte Lucky.

Betty öffnete die Verpackung einer Tafel Schokolade, die sie vor mindestens einer Stunde neben ihrer Tastatur bereitgelegt hatte.

»Was meinst du, welche von den M&Ms weiterkommt? Ich setze auf Melanie. Der ist die Blumenfee nämlich nicht gewachsen. Die hat ihre Krallen auch längst in The Body versenkt.«

»Melanie? Zu alt. Die fällt nicht mehr in Mats' Beuteschema.«

Betty breitete in gespieltem Erstaunen die Arme aus. »Hä? Wir reden hier von Mats' ›The Body‹ Fleck. Hast du in den letzten fünf Jahren auf dem Mond gelebt? Nachdem er bei der *Bachelorette* in der Endrunde rausflog, hat der Mann sich wegen Sexsucht behandeln lassen. Das war damals all over the news! Mats' Beuteschema heißt: Hauptsache, sie hat ne Möse und macht die Beine breit.«

»Ich hab's nicht so mit dem Promiklatsch. Außerdem war ich eine Weile im Ausland«, log Lucky.

»Ah, okay«, antwortete Betty und biss in ihre Schokolade. Sie kaute und hielt sie dann Lucky entgegen. »Auch 'n Schtügg?«

Er schüttelte den Kopf und warf betont gelangweilt einen Blick auf seine Armbanduhr, während er darüber nachdachte, wie er Betty nachher ruhigstellen sollte.

»Was macht der Rest der Truppe?«, fragte er.

Betty wies auf den Bildschirm. »Total im grünen Bereich. Alle außer den M&Ms und Mats liegen weit hinten.«

Lucky nickte. »Drei sind auch mehr als genug, und das Bild ist jetzt schon nur noch Brei. Total bescheuerte Idee, die Show im Januar zu machen.«

»Na ja, die Raunächte, die weiße Frau und so.«

»Ist doch alles erstunken und erlogen. Bautz hätte sich auch eine Story aus den Fingern saugen können, die im Mai spielt«, antwortete Lucky und fragte sich, wann einer der drei Player, deren Tee er mit dem Sedativ versetzt hatte, endlich mal durstig genug wurde, um einen Schluck aus der Feldflasche zu nehmen.

»Hast du die Temperatur draußen im Blick? Minus drei Grad. Bei minus fünf kriegen wir ein Problem. Dann müssen wir abbrechen und alle aus dem Labyrinth holen, oder?«

»Bis es so weit kommt, ist es sowieso dunkel. Im Haus gibt's ne Heizung. Sacke holt die Loser dann raus. Der Köchin, dem Wirt und dem Studenten gebe ich noch eine halbe Stunde, dann sind die fertig und heben die Hände.«

Während Lucky auf Marthas Feed zurückschaltete, malte er sich aus, wie er sie nachher fesseln und vögeln würde. Er war überzeugt, dass sie zu denen gehörte, die so richtig laut waren, sobald sie kamen.

»Ich gönne der Blumentusse den Sieg nicht. Die hat einen Mann getötet. Dafür darf die nicht auch noch belohnt werden!«

»Sie hat niemanden getötet«, konterte Lucky. »Das war ein Raubüberfall. Dabei ist ihre Kollegin schwer verletzt worden, und einer der Räuber hat Marthas Chefin erschossen. Dann hat Marthas Azubine einen der Räuber abgeknallt und den anderen schwer verletzt. Den hatte Martha allerdings zuvor schon irgendwie ausgeknockt. Frag Sacke, wenn du mir nicht glaubst. Der war dabei.«

Betty zog eine Schnute und hob missmutig die rechte Augenbraue. »Ich weiß doch, was ich weiß. Die Blütenfee ist eine psychopathische Schlampe. Du verteidigst sie doch bloß, weil du heimlich auf sie stehst!«

»Die ist doch noch gar nicht richtig erwachsen!«

»Als ob das einen von euch je aufgehalten hätte!«, giftete Betty zurück.

35

Durch den dichten Schneefall hörte Martha den Schrei nur gedämpft. Trotzdem ging er ihr durch Mark und Bein. Sie blieb stehen und schaute zur oberen

Kante der Wände hinauf, zwischen denen sie die letzten zehn oder mehr Minuten entlanggelaufen war.

War der Schrei echt gewesen? Oder ein neuer Trick der Spielmacher?

Martha schaute sich aufgeregt um. Der Schrei war aus westlicher Richtung gekommen, von Mats' Gruppe.

»Hallo? Ist was passiert?«, rief sie, so laut sie konnte.

Stille.

Sie wartete regungslos. Nachdem jedoch auf ihren Ruf keine Reaktion erfolgte, ging sie besorgt und nervös schließlich weiter.

Bisher hatte der verborgene Pfad drei Kehren gehabt, die sie einmal nach links, einmal nach rechts und das dritte Mal erneut nach halb links geführt hatten.

Also liegen das Gutshaus und der Ausgang des Labyrinths wahrscheinlich halb rechts vor mir, dachte sie.

Martha lief unwillkürlich etwas schneller. Das Labyrinth wirkte hier unheimlicher. Was wahrscheinlich schlicht daran lag, dass sie allein war und nichts hatte, was ihre Fantasie davon abhielt, in ihrem Hirn einen Katastrophenclip nach dem anderen ablaufen zu lassen.

Sie hatte weder Hunger noch Durst, die Vorräte in ihrem Survival-Pack waren daher unberührt. Um sich selbst zu beruhigen, blieb sie einen Moment lang stehen und nahm das Messer mit dem runden Klingenende aus der Gürteltasche. Sie klappte es auf und hielt es dann fest in der rechten Hand, während sie weiterging.

Hinter einer weiteren scharfen Kehre verbreiterte sich der Weg und führte ein Stück weit in die Richtung zurück, aus der sie eben gekommen war.

Sie hörte ein seltsam keuchendes Geräusch. Zunächst

glaubte Martha, dass einfach nur der Wind etwas zugenommen haben musste, von dem sie zwischen den hohen Wänden bislang kaum etwas gespürt hatte. Doch jenes merkwürdige keuchende Geräusch, das sie plötzlich verfolgte, klang nicht nach Wind. Es klang überhaupt nicht nach irgendetwas, das ihr bekannt vorkam.

Martha blickte verunsichert zurück und lauschte. Sie konnte den Wind jetzt in den Ästen der Parkbäume hören; ab und zu fiel dort wohl auch Schnee herab und landete mit einem dumpfen Geräusch auf dem Boden. Darüber war weiterhin dieses Keuchen zu vernehmen. Es wurde mal lauter und verklang für einen Moment auch schon mal, nur, um gleich darauf wieder aufzutauchen. Vor allem aber kam es näher.

Vor ihr lag eine neue Kehre.

Martha nahm keine Rücksicht mehr auf den Schnee und die dünne Schicht Eis, die sich am Rande des Pfads gebildet hatte, und rannte vor dem Geräusch davon, das sie jetzt nur umso lauter und hartnäckiger verfolgte.

Auch dieser Pfad stellte sich als Sackgasse heraus.

»Scheiße! Das ist doch nicht wahr!«, rief sie der grauen Kunststoffwand zu und trat dann wutentbrannt einige Male dagegen.

Sie atmete zu flach, also lehnte sie sich vornüber, stützte die Hände auf die Knie und konzentrierte sich auf ihren Atemrhythmus. Diese verfluchte Wand vor ihr schien sie verhöhnen zu wollen. Martha versetzte ihr erneut eine Reihe von zornigen Tritten. Dann hob sie beide Hände vor die Kamera und zeigte ihr einen doppelten Stinkefinger.

Das keuchende Geräusch verstummte für einen Moment.

Das ist doch peinlich, dachte sie. *Ich renne hier vor einem harmlosen Soundeffekt davon!* Am liebsten hätte sie sich jetzt gegen die Querwand gelehnt, ihr Survival-Pack und die Feldflasche geöffnet, etwas getrunken und dann Bautz und Kevin Olsen mit irgendeinem sarkastischen Spruch die Pest an den Hals gewünscht. Stattdessen streckte sie wieder ihre Hände zu beiden Seiten aus und lief so die Strecke zurück, die sie eben entlanggerannt war. Sie rutschte aus und fiel hin.

Fluchend blickte sie auf.

Eins der grauen Kunststoffelemente der linken Seitenwand bewegte sich. Begleitet von einem Summen, klappte es nach rechts weg und verschloss schließlich vor Martha den Pfad.

Ihr wurde klar, dass dies vielleicht gar nicht wahllos geschah. Hatte irgendwo jemand auf einen Knopf gedrückt, um sie hier in diesem Abschnitt des Labyrinths zu fangen?

Das Keuchen erklang erneut, wurde lauter und lauter, während es näher kam.

Martha entdeckte vier Lautsprecher in den Wänden ihres Labyrinthabschnitts und verbrachte die folgende Viertelstunde damit, jede einzelne der Wände zu untersuchen. Sie stellte fest, dass keine von ihnen reine Projektion war oder sich durch einen verborgenen Mechanismus bewegen ließ.

Das hier – diese zehn Meter Schneefall, Eis und Kälte zwischen Kunststoffwänden unter einem Schlitz von Himmel – war ihr Gefängnis.

Aus den Lautsprechern drang das Geräusch von hetzenden, keuchenden Hunden, die ab und zu knurrten und bellten, aber nach einer Weile verstummten. Nur um dann vom Schmatzen, Jaulen, Schlecken und Knochenknacken einer gierig fressenden Hundemeute abgelöst zu werden.

Die Geräuschfolgen waren in eine Schleife geschaltet. Jede einzelne davon erschien ihr auf unerträgliche Weise die Zeit zu dehnen. Martha kam sich vor, als steckten ihre Füße in schwerem Lehm, während sie vor irgendeinem sehr realen Monster zu fliehen versuchte.

Vorhin hatte sie sich frustriert und zornig die Hände an die Ohren gepresst. Doch das war keine Lösung. Sie formte Schneebälle und warf sie gegen die Lautsprecher.

Der vierte Schneeball traf und schaltete einen von ihnen aus. Die Geräusche bekamen eine dumpfe Unwucht, die sie jedoch nur bedingt erträglicher machten. Ihr Erfolg spornte Martha an. Für den nächsten Lautsprecher brauchte sie nur jeweils zwei Würfe.

Kurz darauf hatte einer der Spielmacher offenbar ein Einsehen und schaltete die Lautsprecher aus.

Die plötzliche Stille schnitt ihr ins Gemüt. Dennoch bedeutete sie eine Erleichterung. Nach einiger Zeit war sie wieder fähig, klarer zu denken, und machte sich erneut auf die Suche nach einem Ausweg.

Kann schon sein, dass ich nicht gewinnen werde, dachte sie. *Aber zu früh aufgeben kommt auch nicht infrage.*

36

In Berlin hörte Bautz zu, wie Kevin sich über die Bildqualität der Actioncams ausließ. Ihn interessierte das nur mäßig. Er hielt die Qualität des Materials aus Wolfshorn trotz des Schnees nämlich immer noch für ausreichend. Was ihn wirklich beschäftigte, waren die

Zuschauerzahlen, die unerwartet heftig schwankten. Zwar waren sie bislang nicht unter die Viertelmillion gefallen, aber auch nie merklich über die Dreihunderttausend gestiegen. Dabei hatten sie fest mit mindestens einer halben Million gerechnet und diese Zahl auch ihren Werbekunden verkauft.

Bautz ging zum Kühlschrank, nahm ein Bier heraus und öffnete es. Er war überzeugt davon, dass die geringen Klickzahlen weniger mit der Bildqualität zu tun hatten als an der offenbar unzureichenden Werbung, die sie im Vorfeld für die Show gemacht hatten. Die Frage war, was man jetzt unternehmen konnte, um die Klickzahlen zu erhöhen.

»Das Ordnungsamt in Senftenberg!«, rief eine von Kevins Mitarbeiterinnen und zeigte auf den Hörer eines Festnetztelefons, den sie gegen ihre winzige Brust presste.

»Was wollen die denn?«, erwiderte Kevin genervt.

»Wegen des Wetters, angeblich ist zu viel Schnee.«

»Alter! Dass es schneit, wissen wir selber!«, rief Basecap wütend.

»Nicht auflegen. Ich rede mit denen«, sagte Bautz.

»Warum das denn?«, fragte Kevin erstaunt.

Bautz ging zu dem Mädchen, stellte sein Bier auf dem Schreibtisch ab, nahm den Hörer und meldete sich. Er war nicht überrascht, dass sich dort ein gewisser Herr Meyer meldete, an den Bautz sich noch ziemlich gut erinnern konnte.

Er hörte dem Beamten etwa eine Minute lang wortlos zu, bis er antwortete. »Das alles ist uns klar, Herr Meyer. Wir haben die Unwetterwarnung ebenfalls vorliegen. Ja, inklusive der Voraussage der Temperaturen. Wir sind schon dankbar, dass Sie uns über Ihre Bedenken informieren, Herr Meyer. Aber Ihre Behörde hat unser Event schließlich abgenickt. Wie Sie wissen, haben wir sämtliche Vorgaben der Behörden umgesetzt. Aktuell schauen eine Viertelmillion Leute unserer Show zu. Denen ist völlig egal, dass der Rettungshubschrauber Christoph 18 gerade nicht fliegen kann und sich die Reaktionszeiten der Polizei und Notärzte wegen Schneeverwehungen deutlich verzögert haben.«

»Das ist Ihnen klar? Gut. Dann sollte Ihnen auch klar sein, dass wir Ihre Behörde auf Schadenersatz verklagen werden, falls Sie uns zwingen sollten, unsere Show abzubrechen. Schätzungsweise kämen da Forderungen in Höhe von mindestens zwei Millionen Euro auf Sie zu.

Ach, Sie bezweifeln, dass Ihre Behörde haftbar gemacht werden könnte? Na, das werden wir dann schon sehen. Nein, Herr Meyer, ich will mich nicht mit Ihnen streiten. Sie machen schließlich auch nur Ihren Job. Aber es ist gerade deswegen nur fair, dass ich Ihnen sage, dass wir den Umfang des Shitstorms, der auf eine Absage unserer Show folgen würde, aktuell nur sehr unzureichend beurteilen können. Es ist nicht ausgeschlossen, dass einige unserer Fans irrational handeln und eben nicht der Wetterlage die Schuld an dem Abbruch der Show geben. Sondern Ihnen und Ihrer Behörde. Sie müssten dann schon mit Drohmails oder Demos rechnen. Und unsere Mitarbeiter weisen mich gerade darauf hin, dass Sie sehr wahrscheinlich gedoxt werden könnten. Ja, Herr Meyer, gedoxt. Was das ist? Da wird Ihre Privatadresse im Netz veröffentlicht. Das kann auch noch weiter gehen, und man hackt Ihr Handy oder den Computer, um dort Daten zu finden, die man zusätzlich zu Ihrer Adresse veröffentlichen kann. So was ist unangenehm, Herr Meyer. In den USA ist es dabei auch schon zu Suiziden gekommen. Weil beim Doxing eben auch sehr private Dinge ans Licht gezerrt werden können, die Arbeitgeber oder die breitere Öffentlichkeit nicht wirklich ausgewogen beurteilen können. Leute haben nach so einem Doxing schon ihre Jobs verloren oder mussten sich scheiden lassen. Das kann einen Menschen in eine gefährliche Depression reißen.

Was, Herr Meyer, ob Sie das als Drohung auffassen sollten? Keineswegs! Das enttäuscht mich jetzt aber auch auf einer ganz persönlichen Ebene, dass Sie mir so etwas überhaupt zutrauen würden. Wie? Ah, na sicher, Herr Meyer. Wir warten einfach mal ab, wie sich die Wetterlage entwickelt. Diese Meteorologen sind ja auch nicht immer akkurat in ihren Vorhersagen. Ja, Herr Meyer, danke Ihnen. Ich richte die Grüße an Herrn Olsen gerne aus. Auf Wiederhören, Herr Meyer.«

Bautz legte auf, griff nach seinem Bier und schaute in die Gesichter des Teams, das sich während des Telefonats im Halbkreis um ihn gesammelt hatte.

»Was?«, fragte er. »Noch nie zugehört, wie ein Profi einen Beamten zur Sau macht?«

»Nee«, antwortete Kevin Olsen und klopfte ihm dabei begeistert auf die Schulter. »Der wollte uns wirklich dichtmachen?«

»Jetzt nicht mehr. Der ist nun nämlich damit beschäftigt, seine Pornosammlung auf dem Handy zu löschen«, antwortete Bautz.

Basecap lächelte. »Na ja, wenn der so blöd ist, dass er sich wegen seiner Pornos fürchtet, kann dem sowieso keiner mehr helfen. Nichts gegen deine Drohung vorhin, Bautz. Aber ich an Meyers Stelle würde mir viel mehr Sorgen darüber machen, dass irgendwer meine Identität klaut, dann meine Kreditkartenkonten leer räumt oder mich bei einer ekligen Snuff-Porno-Seite im Darknet anmeldet, und das dann bei Reddit doxt.«

Bautz empfand plötzlich einen Hauch Mitgefühl für den Mann aus Senftenberg.

Er blickte auf die acht Bildschirme, die in einer Reihe auf einem langen Arbeitstisch standen, und suchte nach dem Videofeed von Mats. Er fand ihn und schaute zu, wie Mats sich durch einen der besonders engen Gänge des Labyrinths vorarbeitete. Dann erreichte er eine der Gabelungen, schaute sich um und öffnete seine Gürteltasche. Er nahm einen der Energieriegel heraus, aß ihn, öffnete seine Feldflasche und trank einen großen Schluck daraus.

Siehst ein bisschen fertig aus, mein Freund, dachte Bautz.

»Wir fahren die Werbeeinblendungen vorübergehend zurück. Und ihr da…«, Bautz zeigte auf die vier Social-Media-Betreuerinnen, »…streut in den Kommentaren ein, dass uns das Ordnungsamt dichtmachen könnte. Das sollte genug Buzz produzieren, um die Klickzahlen in die Höhe zu treiben. Sobald wir bei dreihundertfünfzigtausend aktiven Zuschauern sind, fahren wir die Werbeeinblendungen wieder hoch.«

Kevin nickte und klatschte zweimal in die Hände. »Ihr habt den Mann gehört, Leute!«, rief er.

Bautz trank einen Schluck Bier. *Diese Kids heutzutage haben einfach keine Nerven*, dachte er.

37 Martha saß frustriert an eine der Wände gelehnt im Schnee und dachte darüber nach, ob sie den Spielmachern direkt in die Kamera laut und heftig vorwerfen sollte, dass sie unfair spielten, weil es von hier keinen Ausweg mehr für sie gab. Die Zuschauer würden das vielleicht sogar zu schätzen wissen. Allerdings hätte sie sich damit nur einmal mehr selbst gedemütigt.

Ihre Finger in den dünnen Handschuhen brannten vor Kälte, und ihr Gesicht musste bei diesem Frost inzwischen säuferrot sein. Es konnte nicht mehr lange dauern, bis es dunkel wurde. Mats und Melanie waren bestimmt längst im Gutshaus angekommen. Vielleicht ja auch Herbert oder Ralph, denen sie das ebenfalls durchaus zutraute.

38 Lucky hatte seine Pläne nicht nur auf den Einsatz des Medikaments gestützt, sondern vor allem auch auf eine Unterhaltung, die er mit Bautz geführt hatte. Das war Ende September in einem Berliner Hotelzimmer gewesen, kurz nachdem die erste Umbauphase von Wolfshorn abgeschlossen war.

Dabei hatte ihm Bautz den Aufbau des Labyrinths erklärt. Er schilderte ihm die akustischen Fallen, wies auf die Punkte hin, an denen sie die Kandidaten mit optischen Täuschungen verwirren würden, und zeigte ihm, wo sich die Fallen befanden, die ein Kandidat allein nicht überwinden konnte.

Lucky machte sich Notizen und trank dazu Bier, das Bautz aus der Hotelbar bestellt hatte.

»Kevin ist ein Anfänger. Der ist noch restnaiv und

erwartet ein faires Game. Aber fair wollen die Zuschauer nicht. Die wollen Action.«

Auch das war keine Überraschung für Lucky gewesen. Schließlich kannte er Bautz und dessen Tricks schon lange genug. Unerwartet für Lucky waren eher die nächsten beiden Punkte in Bautz' Erläuterungen gewesen. Er erklärte, dass er auf Luckys Mitarbeit bestanden hatte, damit dieser während der Show vor Ort die Auswahl der Kandidaten für die Endrunde beschleunigte. »Mats Fleck und das Blumenmädchen müssen es auf jeden Fall zum Haus schaffen.«

Daran hatte Lucky nicht gezweifelt. Beide entsprachen Bautz' Vorlieben für Endrundenteilnehmer in den Game- oder Reality-TV-Shows, die er produzierte. Lucky fragte sich allerdings, wie genau Bautz dafür sorgen wollte, dass Martha und Mats es bis ins Haus schafften.

Bautz erklärte es ihm. Er zeigte auf mehrere Punkte in der Bauzeichnung des Labyrinths. »Hier, hier, hier, hier und hier und hier sind Sensoren vorgesehen, die dafür sorgen, dass die Wege blockiert werden, indem sich eine der Wände automatisch quer schließt. Das hat Kevin festgelegt. Du weißt schon, passiert einer der Player den Sensor, löst er damit die Blockade aus, und der Player ist entweder in einer Sackgasse gefangen oder kann eben nur noch in eine Richtung ausweichen, weil der Rückweg versperrt ist. Der TÜV hat darauf gepocht, dass die Blockaden auch manuell bedient werden können, für den Fall, dass ein Spieler sich verletzt und möglichst schnell geborgen werden muss. So weit kapiert? Außer den Blockaden gibt's noch die Wippen« setzte Bautz seine Erklärung fort. »Die sind hier, hier und hier.« Er wies auf drei Weggabelungen, von denen jeweils ein Pfad abzweigte, der direkt auf das Gutshaus zuführte.

»Die Wippen funktionieren so, dass unter dem Feinsplitt, aus dem die Pfade bestehen, eine acht Meter lange Kunststoffplatte liegt. Die ist auf einer Welle gelagert. Betritt einer der Player diese Platte allein, dann löst ein Sensor die Sicherung, sobald er die Mitte überschritten hat. Die senkt sich dann nach unten. Der Spieler rutscht im besten Fall an der Platte entlang in ein Loch. Da ist ein Fangnetz angebracht, sodass sich keiner beim Aufschlag ernsthaft verletzt. Aber das Loch ist auch über vier Meter tief. Und die Wippen-Platte rastet in einem Winkel von fast dreißig Grad ein. Falls du nicht Spiderman oder Batwoman bist, schaffst du es ohne Hilfe nicht mehr aus dem Loch heraus. Heißt also für dich: Game over.«

»Fiese Nummer«, kommentierte Lucky.

Bautz zuckte mit den Achseln. »Du wirst das Steuerungssystem so manipulieren, dass keiner mitkriegt, wenn du die Blockaden oder die Wippen auslöst, okay? Das ist der beste Weg, dafür zu sorgen, dass es die geilste Auswahl an Playern ins Haus schafft. Traust du dir das zu?«

»Technisch ist das überhaupt kein Problem.«

Seitdem war Lucky überzeugt gewesen, dass sein Plan idiotensicher sei. Zumal er ja dessen Umsetzung mithilfe des Medikaments zusätzlich abgesichert hatte.

Nur waren Pläne und Vorbereitungen eben das eine. Die Realität neigte dazu, einem Striche durch die Rechnungen zu machen. Ralph und Herbert, die als bloßes Beifutter für den Showstart dienen sollten, hatten sich nämlich erstaunlicherweise am weitesten zum Haus vorgekämpft.

Wobei Lucky vorhin wenigstens noch dafür gesorgt

hatte, dass die Kantinenfee Lizzy in eine der Blockadefallen getappt war und jetzt schon seit zwanzig Minuten alles versuchte, um dort wieder herauszufinden. Was ihr allerdings nicht gelingen würde.

Herbert und Ralph jedoch waren bisher an jeder Blockadefalle vorbei schnurstracks aufs Gutshaus zumarschiert.

Er hatte vor zehn Minuten nur sehr knapp dafür sorgen können, dass zumindest Herbert vorläufig in einer Sackgasse landete, aus der es zwar einen Ausweg gab, den er allerdings auch finden musste. Was Lucky ihm nur sehr bedingt zutraute.

So weit, so scheiße, dachte er. Aber es kam noch dicker für ihn. Denn vor ein paar Minuten war Melanie in eine Wippenfalle getappt und zappelte nun in deren Fangnetz herum.

Die Zuschauer hatten das zunächst gefeiert. Aber inzwischen fanden sie es doch ziemlich langweilig.

Auch Herbert hatte sich eine gewisse Fanbase aufgebaut, die ihn vor allem wegen seiner strunzblöden Ossi-Sprüche feierte. Die beschwerte sich jetzt in den Kommentarspalten, dass Herbert in seiner Sackgasse herumhockte und offenbar kurz davor war einzuschlafen.

Aber wirklich beschissen fand Lucky, dass ausgerechnet Martha in einer der Blockadefallen steckte, die er nicht rechtzeitig entsichern konnte, weil Betty ihn einen Augenblick lang abgelenkt hatte.

Aber Lucky wollte nun einmal, dass Martha es bis ins Gutshaus schaffte, um sie dort vögeln zu können. Damit, dass *beide* M&Ms sich aus dem Spiel nahmen, hätte er nie gerechnet. Falls er schon auf Martha verzichten musste, wollte er sich wenigstens mit Melanie vergnügen. Er musste eine Entscheidung treffen. Was ihm allerdings nicht schwerfiel.

Lucky schaltete zu Mats, der vor fünf Minuten wortlos Melanie passiert hatte. Er hatte sich auf dem schmalen Stück festen Weges neben der Wippe an ihrem Loch vorbeigearbeitet. Wofür ihn deutlich mehr Zuschauer in den Kommentaren gefeiert als verurteilt hatten.

Immerhin würde es noch einige Zeit dauern, bis es dunkel wurde. Und der Schneefall hatte nachgelassen. Dafür frischte der Wind zunehmend auf, was ihm etwas Sorgen bereitete, da in dieser flachen Gegend Wind bei Neuschnee Verwehungen bedeutete.

»Ich nehme Wetten an, wann die Blumenfee aufgibt«, sagte Betty.

»Ich wette nicht mit dir«, entgegnete Lucky und schaltete zu Marthas Videofeed zurück. »Außerdem ist Melanie noch vor Martha damit dran aufzugeben. Aus dem Loch kommt sie alleine nicht mehr raus.«

Betty warf einen Blick auf ihr Handy, wo eine Nachricht aus Berlin eingegangen war. Sie schaute von dem Telefon auf. »Bautz meint, dass wir die Dreihunderttausend-Marke geknackt haben.«

»Geil«, entgegnete Lucky, klang dabei aber nicht wirklich begeistert.

»Ja, geil. Es läuft allmählich.«

Lucky blockierte Ralphs direkten Pfad zum Haus und lenkte ihn auf einen der Wege mit den Wippfallen.

Er lächelte, als ihm plötzlich eine Lösung für sein Martha-Problem einfiel. Nach einem Seitenblick auf Betty öffnete er eine der Blockaden. *Warum*, dachte er, *soll ich mir nicht ein bisschen Spaß gönnen, während ich darauf warte, dass es dunkel wird?*

»Was hast du vorhin gesagt? Melanie kommt nicht mehr aus dem Loch heraus? Abwarten, die ist smart. Wenn das überhaupt eine schafft, dann die«, verkündete Betty und biss begeistert in das letzte Stück von ihrer Schokoladentafel.

39

»Scheiße«, sagte Jonas, als sich vor ihm eine der Wände öffnete und er Martha direkt gegenüber im Schnee sitzen sah.

Sie blickte auf und vergaß die Feldflasche, aus der sie gerade trinken wollte.

Martha stand auf und betrachtete den Teil der Wand, der sich gerade vor Jonas geöffnet hatte. Die Scharniere daran waren perfekt verborgen, und er schien sich auch nur von Jonas' Seite her öffnen zu können, weil auf ihrer Seite ein gut verborgener Anschlag für den Wandteil angebracht war.

»Herbert ist raus. Der ist total fertig und hat schon vor einer ganzen Weile gesagt, dass er aufgibt. Iris könnte aber noch unterwegs sein. Ich habe mich abgesetzt. Ihr Gelaber kannst du dir nicht unbegrenzt anhören. Das macht Hirnkrebs. Hast du irgendeinen von den anderen getroffen?«

Martha schüttelte den Kopf. »Weshalb ist Herbert aus dem Spiel?«

»Hab ich doch gesagt: total fertig. Der Mann ist viel zu alt. Der hätte niemals hier mitmachen dürfen«, entgegnete

Jonas. »Er ist in eine Sackgasse gegangen. Iris folgte ihm. Dann hat sich die Sackgasse auch auf der anderen Seite geschlossen. Ein paar von den Wänden sind beweglich. Iris ist gerade noch rausgekommen. Herbert hat nach uns gerufen. Wir sollten ihm raushelfen. Aber Herbert ist nicht hart genug. Das hat sogar Iris gesagt.«

»Du hast ihn also dortgelassen, obwohl du ihm hättest helfen können? Du Arschloch weißt wirklich, was Teamwork ist«, sagte Martha. »Es wird dunkel, und es ist schon jetzt scheiße kalt. Er könnte erfrieren!«

Jonas zuckte mit den Achseln. »Wie hätte ich dem denn helfen sollen? Die Wand war doch zu! Und Herbert hat ja schon vor der Sackgasse gesagt, dass er aufgeben will. Dann kommt schon wer vorbei und holt ihn raus«, verteidigte sich Jonas. »Hast du dich ausgeruht, oder warum hast du hier im Schnee gesessen?«

»Das geht dich nichts an. Wo führt der Weg hin, den du gekommen bist?«

»Ungefähr zwanzig Meter nach Süden. Jedenfalls glaube ich, dass es Süden ist. Mein Weg endete in einer Sackgasse. Ich bin vorhin von links reingegangen und dachte, dass es hier weitergeht. Das Haus liegt irgendwo hinter uns.«

Martha bezweifelte, dass er damit richtiglag. Sie war außerdem unschlüssig, ob sie sich wirklich mit ihm verbünden sollte.

Jonas musterte sie jetzt mit einer Überheblichkeit, die ihr unangenehm war.

»Schau mich nicht so an«, forderte sie ihn auf.

»Wie schau ich dich denn an?«

»Na so, wie du mich eben anglotzt. Lass das!«

»Was ist mit dem Teil da?«, fragte er und zeigte auf das

Messer, das Martha vorhin hinter den Gürtel geschoben hatte.

»Frau weiß nie«, antwortete sie ruppig, drängte sich an ihm vorbei und folgte seinen Fußspuren im Schnee etwa drei Meter den Pfad entlang, den er gerade gekommen war.

Sie blieb stehen, schaute zurück und wieder nach vorn. »Die arbeiten hier mit optischen Täuschungen«, sagte sie.

Sie streckte wieder ihre Arme aus und strich mit ihren Fingerspitzen über die frostigen Kunststoffwände, während sie vorsichtig Jonas' Spuren tiefer in den Pfad hinein folgte.

»Na und? Das weiß ich!«, rief er ihr nach und entdeckte die Reste der Schneebälle, die sie vorhin auf die Lautsprecher geworfen hatte. Er runzelte die Stirn, verharrte einen Augenblick unsicher und folgte ihr.

»Ich hab das schon geprüft. Dort ist keine Abzweigung«, rief er ihr nach.

Martha folgte Jonas' Spuren über die gesamte Strecke hinweg zurück, ohne eine Abzweigung zu finden. Offenbar hatte man selbst die, welche Jonas benutzt hatte, inzwischen geschlossen. Darauf deuteten jedenfalls die Wischspuren im Schnee hin, die sie an einer der quer gestellten Wände fanden.

»Das widerspricht völlig dem Sinn der Show, uns hier einen nach dem anderen einzusperren. Wo bleibt da die Spannung für den Zuschauer?«, sagte sie und wandte sich in die Richtung, aus der sie gerade gekommen waren.

Der Schneefall hatte vor einiger Zeit nachgelassen. Dafür nahm der Wind an Stärke zu. Sie konnten ihn in den Parkbäumen hören. Es war außerdem kälter geworden.

»Wenn du mir hilfst, ins Haus zu kommen, teile ich das Preisgeld mit dir«, sagte Jonas.

»Na klar, weil du hier im Labyrinth schon so erfolgreich warst, wirst du es ganz bestimmt im Haus auch als Erster zum Ausgang schaffen«, entgegnete sie angewidert.

Jonas bedeckte die Actioncam mit der Hand und sagte: »Mann, irgendwas ist mit meiner Kamera. Kannste mal nachsehen?«

Martha begriff nicht, was er vorhatte.

Jonas zog das Verbindungskabel zwischen Akkupack und Kamera ab und forderte sie mit einer Geste auf, dasselbe zu tun. Martha zögerte, folgte aber schließlich seiner Aufforderung. Beide Kameras und Mikros waren außer Betrieb.

Jonas öffnete den Reißverschluss seines Overalls, zog sein Shirt, das er darunter trug, aus seinen Shorts und rollte es herauf.

Martha sah, dass er mit einigen Pflastern den Grundriss eines dreistöckigen Hauses auf seinen Bauch geklebt hatte.

»Die brauchten Genehmigungen für die Umbauten am Gutshaus. Ich habe das Ordnungsamt in Senftenberg gehackt. Diese Irren benutzen immer noch Windows XP. In dem Plan sind alle Fallen und Notausgänge im Haus verzeichnet«, erklärte Jonas stolz.

Martha schaute sich den Grundriss an und stellte dabei fest, dass das Innere des Gutshauses mit seinen verschieden großen, scheinbar planlos angeordneten Räumen und Korridoren ebenfalls einem Labyrinth ähnelte.

»Und warum hast du nicht auch den Bauplan des Labyrinths organisiert?«, fragte sie eindeutig beeindruckt.

»Hab ich doch. Der ist hier«, antwortete Jonas und zog

die Aufrisszeichnung des Labyrinths aus seinem Hosenbund. »Aber die haben das Labyrinth nicht so gebaut, wie es in den Plänen steht. Sonst wäre ich nämlich längst im Haus.«

O Gott, dachte Martha, *bestimmt haben die Spielmacher längst gemerkt, dass unser Videofeed hier zu lange ausfällt.* Trotzdem griff sie nach der Zeichnung. »Wer sagt dir denn, dass die das beim Gutshaus nicht genauso gehalten haben, du Genie?«

Jonas runzelte die Stirn. »Keiner. Aber das ist besser als gar nichts, oder?«

Dem war schwer zu widersprechen.

Jonas' Miene veränderte sich. Ohne ein weiteres Wort hetzte er den Pfad hinab auf eine der Querwände zu, die sich gerade zu bewegen begonnen hatte. Martha rannte ihm nach.

»Zufallsgenerator!«, rief Jonas. Martha begriff. Offenbar wurden die Blockaden von einem Programm gesteuert, das sie in gewissen Abständen zufällig öffnete und wieder verschloss.

Jonas rutschte aus und fiel etwa einen Meter vor der beweglichen Wand hin.

Die Bewegung der Wand endete. Sie hatte sich gerade weit genug geöffnet, dass ein Mensch sich vielleicht durch den schmalen Spalt quetschen könnte.

Bei dem panischen Versuch, sich aufzurappeln, rutschte Jonas erneut aus und landete wieder mit dem Gesicht voran im Neuschnee.

Martha half ihm auf.

40

»Was ist das denn?«, rief Betty und schaute dabei erstaunt auf ihren Bildschirm, der anzeigte, dass sich eine der beiden Blockadewände in Marthas und Jonas' Bereich des Labyrinths bewegte – obwohl offensichtlich war, dass keiner den dafür notwendigen Sensor ausgelöst haben konnte.

»Die Blumenbitch kommt da doch wohl nicht raus?«

»Wie sieht's denn aus?«, fragte Lucky.

»Das dürfte aber eigentlich nicht sein!«

»Fehlfunktion?«

Betty blickte weiter verdutzt auf den Bildschirm. »Ausgerechnet die Psychopathenslut? Mist!«

Sie verfolgte Marthas und Jonas' Punkte, die sich auf ihrem Bildschirm durch die Darstellung des Labyrinths bewegten. Sie lächelte. »Alter, die laufen ja direkt auf Melanies Falle zu.«

»Siehst du das?«, sagte Lucky und wies auf Marthas Videofeed. »Von wegen Psychopathin. Die hilft dem Spargelsultan gerade wieder auf die Beine.«

Betty blickte einen Moment auf Luckys Screen. »Das bedeutet doch gar nichts.«

41

Martha und Jonas bogen in eine weitere Gasse ein, die in einen deutlich breiteren Pfad mündete, der jedoch nach einigen Metern von einer Kehre unterbrochen wurde. Dahinter verjüngte er sich zunehmend. Schließlich verengte er sich so stark, dass Martha und Jonas sich nur noch voranbewegen konnten, indem sie sich seitlich an den frostigen Wänden entlangschoben.

»Da ruft jemand um Hilfe«, sagte Jonas.

Martha lauschte und glaubte, unter dem Rauschen des Windes ebenfalls Rufe hören zu können.

»Steh hier nicht so rum! Beweg dich!«, drängte sie Jonas, der sich daraufhin zwar in Bewegung setzte, aber sich nicht wirklich beeilte.

Die Rufe verklangen und waren gleich darauf erneut zu hören. Eine Frauenstimme. War das etwa Melanie? *Das fehlte mir noch*, dachte Martha gereizt.

Jonas erarbeitete sich etwas Abstand zu Martha, die mit eingezogenem Hintern größere Mühe hatte, sich zwischen den eng gestellten Wänden fortzubewegen.

Schließlich – beinahe schon außerhalb von Marthas Sichtweite – erreichte Jonas das Ende des Pfades.

»Fuck, Alter!«, rief er.

Martha schob sich schneller durch den Engpass. Schließlich erreichte sie Jonas, der warnend seine Hand erhob. »Achtung! Hier ist ein Loch. Da steckt Melanie drin. Die hängt in einem Netz fest.«

Martha schob sich vorsichtig an Jonas heran, bis sie einen Blick an ihm vorbeiwerfen konnte. Sie erblickte eine jener Erweiterungen innerhalb des Labyrinths, von denen üblicherweise mehrere Pfade abzweigten. Einen Fußbreit vor dem Zugang zu dem Pfad, den sie eben herabgekommen waren, klaffte ein etwa drei mal drei Meter großes Loch im Boden. Das Martha furchtbar tief vorkam. Rechts von dem Loch ragte eine Kunststoffplatte auf, deren Ende in das Loch führte, während das andere etwa zwei Meter in die Luft ragte. In der Mitte war diese Platte an einer Welle befestigt.

In dem Loch war ein feinmaschiges schwarzes Netz aufgespannt, das an sechs Leinen hing. Es befand sich ziemlich weit unten, nur wenige Zentimeter über dem Boden, der mit einer dünnen Schneeschicht bedeckt war. Auf dem Netz lag Melanie. Sie hatte ihre Kamera immer noch auf dem Kopf, aber ihr Survival-Pack und einen ihrer Handschuhe verloren. Sie schaute zu ihnen herauf. Offensichtlich fühlte sie sich zugleich erleichtert und enttäuscht.

»Gott sei Dank! Martha, bist du das? Hilf mir!«, rief sie.

Jonas ignorierte sie und betrachtete das schmale Stück festen Weges, der am hinteren Ende des Lochs vorbei zu einer Pfadabzweigung führte. Sie lag direkt gegenüber dem Engpass, durch den sie sich gerade hindurchgearbeitet hatten.

Martha folgte seinem Blick.

Der gegenüberliegende Pfad schien direkt auf den Giebel des Gutshauses zuzuführen, der über den Wänden des Labyrinths aufragte und in dem leichten Schneegestöber als dunkle Fläche zu erkennen war. Er konnte höchstens dreißig Meter entfernt sein.

Eine zweite Abzweigung führte etwa in Höhe der Mitte des Lochs, in dem Melanie gefangen war, nach rechts.

»Mats hat mich im Stich gelassen!«, rief Melanie. »Das Schwein ist einfach an mir vorbeigegangen. Er hat den Weg rechts neben euch genommen. Seht ihr den?«

Jonas setzte vorsichtig einen Fuß auf das schmale Stück Weg hinter dem Loch und schob sich an der Wand entlang zwei kleine Schritte voran. »Das hält. Und hier ist auch eine Abzweigung. Mit Fußspuren!«, rief er Martha zu.

Martha schob sich so dicht an die Lochkante heran, wie sie es gerade noch aushalten konnte, und schaute zu Melanie.

»Wir müssen ihr helfen.«

Jonas blickte sie verdutzt an und kam vorsichtig zurück zu ihr. Martha machte ihm widerwillig Platz. »Die muss nur aufgeben, dann holt sie jemand raus.«

»Bist du verletzt?«, rief Martha ins Loch.

»Nee, das Netz hat mich aufgefangen«, antwortete Melanie. »Habt ihr ein Seil? Wie ist es mit den Gürteltaschen? Wenn ihr die abnehmt, zusammenbindet und mir ein Ende davon runterwerft, reicht das bestimmt aus, um mich dran hochzuziehen.«

Der schmale Weg, an dessen Ende sie gerade stand, war zu eng, um Melanie heraufzuziehen, fand Martha. Sie hätte nicht einmal an Jonas vorbei nach dem anderen Ende des Gürteltaschenstricks greifen können.

»Wir müssen erst mal selbst hier weg«, rief Martha ihr zu. »Dann versuchen wir, dich da rauszuholen.«

Jonas hatte offensichtlich andere Pläne. »Spinnst du? Die ist Konkurrenz! Der helfe ich doch nicht aus dem Loch!«

»Es ist saukalt hier. Sie könnte erfrieren«, entgegnete Martha, die ebenfalls nicht begeistert davon war, ausgerechnet Melanie helfen zu müssen. »Es wird gleich dunkel. Wer weiß, wie lange es dauert, bis das Rettungsteam kommt?«

»Das ist aber nicht unser Problem. Wir müssen ins Haus. Hast du nicht gehört, dass Mats schon hier gewesen ist. Je länger wir rumtrödeln, desto größer wird sein Vorsprung.«

Martha biss nervös auf ihrer Unterlippe herum und rief ihm dann zu: »Mach deine Tasche ab. Los.«

Jonas schnallte sie ab. Martha legte ihre ebenfalls ab und verknotete die Gürtel der beiden Taschen miteinander.

»Das ist eine Seilsicherung, kapiert? Du bindest dein Ende um dein Handgelenk. Ich halte das andere. Du gehst als Erster am Loch vorbei. Ich folge dir. Wir gehen in den Abzweig, den auch Mats benutzt hat. Wenn einer von uns abrutscht und ins Loch stürzt, kann der andere ihn vielleicht halten.«

»Wallah, Martha«, sagte Jonas beeindruckt, befestigte das Gürtelende an seinem rechten Handgelenk und betrat den schmalen, überfrorenen Tritt vor der Kunststoffwand.

Martha wartete aufgeregt, bis er sich Schritt für Schritt zu der Abzweigung vorgearbeitet hatte. Das Gürtelseil reichte gerade so aus, damit er sie betreten konnte.

»Alles cool. Komm!«, rief er ihr zu.

Martha folgte ihm. Während sie den Rücken gegen die Wand presste und die ersten beiden vorsichtigen Schritte zurücklegte, versuchte sie den Blick auf Melanie in dem Loch zu vermeiden. Die schaute angespannt zu ihr herauf. »Du schaffst das, Martha! Ist nur noch ein Stück!«, rief Melanie von unten.

Endlich war Martha bei dem Abzweig angekommen und betrat den Pfad. Jonas empfing sie mit einem breiten Grinsen. »Teamwork, Baby!«

Martha warf ihm einen wütenden Blick zu und boxte ihn dann gegen die Brust. Überrumpelt taumelte Jonas gegen die Wand. »Du Sumpfassel hilfst mir jetzt, Melanie aus dem Loch zu holen«, zischte sie.

Jonas hob erschrocken seine Hände, aber baute gleich darauf ein schief anzügliches Grinsen in sein Gesicht, das ihm nicht stand. »Mann, Martha, find ich geil, wie du so die Killer-Milf gibst!«

Martha griff ihm in den Schritt. »Ich bin keine Milf! Ich

hab kein Kind! Aber vielleicht probier ich mal aus, wie es sich anfühlt, dir die Klöten abzudrehen!«

»Ist ja gut«, erwiderte Jonas und löste das Gürteltaschenseil von seinem Handgelenk. »Ist aber trotzdem ein Fehler, der Kuh zu helfen. Die ist hinterfotzig.«

Martha ergriff die Taschen und wandte sich Melanie in ihrem Loch zu. »Wir holen dich jetzt raus!«, rief sie, setzte sich dann mit ausgebreiteten Beinen in den Schnee und stemmte ihre Füße gegen die Wände. »Setz dich hinter mich. Dann greifst du an mir vorbei nach dem Gürtel. Wir ziehen sie zusammen raus.«

Während Martha das Ende des Gürtels zu Melanie ins Loch warf, setzte Jonas sich ebenfalls hin und rutschte so nah an Martha heran, wie er konnte. Sie spürte seine knochige Brust an ihrem Rücken. *O Gott, wenn der mir jetzt an die Brüste greift, trete ich ihm seine Klöten zu Brei*, dachte sie.

Jonas griff an ihrer Taille vorbei nach dem Gürtelseil.

Sie spürte, wie Melanie unten nach dem Ende des Gürtelstricks griff. Martha lehnte sich zurück, sobald der Zug heftiger wurde. Sie spürte Jonas' warme Atemwolken an ihrem Nacken und ihrer Wange.

Martha löste die rechte Hand vom Strick und ergriff ihn etwas weiter unten erneut. Sie bezweifelte plötzlich, dass sie beide stark genug waren, um Melanie wirklich heraufziehen zu können.

Dennoch griffen sie beide erneut um und taten es noch einmal und noch einmal, bis Martha tatsächlich Melanies rot lackierte Fingernägel an der Kante auftauchen sah.

Noch ein gemeinsames Umgreifen, dann erschien auch Melanies Kopf. Schließlich presste sie beide Arme auf die Kante und stemmte sich aus dem Loch.

42

In Kevins Büro erhielten Martha und Jonas Szenenapplaus für ihre Rettungsaktion.

»Das ist mal so richtig geiles Fernsehen!«, rief Basecap.

»Stream«, verbesserte ihn Nele. »Wir machen kein Fernsehen.«

Basecap ignorierte sie beleidigt.

Bautz stimmte ihm jedoch ohne Vorbehalte zu. Was sie eben gesehen hatten, war wirklich geiles Fernsehen. Selbst wenn er die Bildqualität der Actioncams in der allmählich hereinbrechenden Dämmerung kaum noch erträglich fand.

»Wie stehen wir bei den Klicks?«, fragte Kevin in den Applaus hinein.

»Dreihundertsiebzigtausend live auf YouTube. Hundertzwölftausend unique Zuschauer bei der Facebook-Watchparty!«, antwortete ihm eine der fünf Social-Media-Betreuerinnen.

»Fahrt die Werbeclips wieder hoch. Dann Mate für alle!«, verkündete Kevin.

Basecap schaltete zwischen zwei Videofeeds hin und her. »Mats ist am Haus. Als Erster!«

Bautz nahm einen Schluck aus seinem Kaffeebecher.

43

Mats' Spuren endeten einige Meter vor der quer über den Pfad gestellten Wand. *Scheiße, schon wieder eine Sackgasse*, dachte Martha wütend.

Melanie stemmte sich mit aller Kraft dagegen. Doch die Wand bewegte sich nicht. »Wenn er zurückgekommen wäre, hätte ich ihn sehen müssen!«, sagte sie.

»Na, dann ist er eben nicht zurückgekommen«, antwortete Martha und schaute sich zu Jonas um, der ungefähr dort stehen geblieben war, wo Mats' Spuren endeten. Vor der Querwand hatte sich eine etwa fünfzig Zentimeter hohe Schneeverwehung gebildet, welche die Spuren vielleicht verbarg.

Jonas schlug mit den Fäusten gegen die beiden Wände, bei denen die Spuren endeten.

»Mann, wir sind so nah am Haus!«

Trotz der allmählich einsetzenden Dämmerung und des Schneefalls war das Gutshaus von hier aus deutlich zu sehen.

»Ich glaube, Mats ist über die Wand gestiegen«, sagte Melanie.

Jonas zeigte ihr einen Stinkefinger. »Die ist mindestens vier Meter hoch.«

»Nee, das sind keine vier Meter. Höchstens drei und ein bisschen«, widersprach Martha, trat zu Jonas und betrachtete die Oberfläche der Wand, die von einer Raureifschicht überzogen war. Sie fuhr mit den Fingern über einige Stellen der Wand.

»Melanie hat recht. Mats ist über die Wand gestiegen. Da sind Spuren, siehst du?«

Jonas und Melanie schauten auf zwei längere Streifen im Reif, der einen Teil der Wand überzog.

»Dann ist er disqualifiziert? Kann doch nicht erlaubt sein, über die Wand zu steigen?«, gab Melanie hoffnungsvoll zu bedenken.

»Davon hat mir keiner was gesagt«, entgegnete Jonas, legte den Kopf in den Nacken und musterte die obere Kante der Wand. Sie war die niedrigste hier. Jede andere überragte sie um mindestens einen halben Meter.

»Kommen wir da rüber?«

Martha stellte sich mit dem Rücken gegen die Wand und verschränkte ihre Hände auf Höhe ihres Bauches. »Räuberleiter?«

»Ich wiege fünfundsechzig Kilo. Das schaffst du nicht.«

»Ich lass es gern drauf ankommen.«

»Ich bin viel leichter als du«, sagte Melanie und drängte sich zwischen Jonas und Martha.

Du gehst bestimmt nicht als Erste über die Wand, du Kotzfrosch, dachte Martha. »Jonas geht zuerst, der ist der Größte und kann uns dann am besten hochhelfen.«

Jonas zeigte Melanie erneut den Stinkefinger, stellte seinen linken Fuß in Marthas verschränkte Hände und stieß sich mit dem rechten Fuß ab. Er erzielte so viel Schwung, dass Martha kaum noch nachhelfen musste.

Jonas krallte sich an der Oberkante der Wand fest und zog sich nach oben.

»Ich sehe das Haus! Keine Wand mehr dazwischen!«

Melanie und Martha blickten sich misstrauisch an. »Du bist zu schwer für mich«, sagte Melanie.

Martha sah das zwar genauso, aber das hieß nicht, dass sie Melanie wirklich vertraute. Andererseits war sie ziemlich sicher, dass Jonas sie nicht im Stich lassen würde. Er traute Melanie noch weniger, als Martha das tat.

Also half sie Melanie nach oben, was ihr deutlich schwerer fiel, weil diese sich nicht ganz so energisch vom Boden abstieß wie Jonas. Der saß mittlerweile oben auf der Kante, ergriff Melanies Hände und zog sie zu sich herauf.

Martha warf ihm das Taschenseil zu und zweifelte eine Schrecksekunde lang, dass die beiden sie halten konnten, sobald sie versuchte, daran hinaufzuklettern. Dann ergriff sie beherzt das Ende des Gürteltaschenstricks und zog sich daran so gut es ging nach oben. Schließlich erreichte sie die Kante der Wand und stemmte sich zu den anderen beiden hinauf.

Geschafft.

44

»Das ist *so* unfair«, kommentierte Betty die Videofeeds der drei Teilnehmer. »Erst Mats, und jetzt auch noch die. Der Sinn eines Labyrinths besteht doch nicht darin, dass man über die Wände klettert! Die müssten alle disqualifiziert werden.«

»Steht nirgendwo, dass es untersagt sei«, entgegnete Lucky. »Außerdem ist die Wand, über die sie geklettert sind, auch nicht ganz zufällig niedriger als die anderen, oder?«

Betty schüttelte wütend den Kopf.

Gleich darauf trat Horst Sacke herein und stampfte auf dem Fußabtreter den Schnee von seinen Stiefeln.

»Habt ihr frischen Kaffe hier? Meiner ist alle.«

»Klar. Setz welchen auf. Ich habe auch was Heißes nötig«, antwortete Lucky und zeigte auf seine Espressomaschine.

»Das ist richtig kalt da draußen. Wir müssen die anderen aus dem Labyrinth holen. Die erfrieren ja« sagte Sacke.

»Die haben aber noch nicht offiziell aufgegeben«, widersprach Betty.

»Na, kann nicht mehr lange dauern. Hoffentlich isses dann noch nicht so dunkel, dass ich mit der Lampe rausmuss, um die einzusammeln«, beklagte sich Sacke.

Lucky passte es nicht, dass Sacke es sich womöglich zu lange bei ihnen gemütlich machte. Er wollte ihn draußen im Labyrinth haben, sobald er die Endphase seines Vorhabens einläutete.

»Die von der Leitstelle in Senftenberg haben angerufen. Sie kommen nicht mehr mit dem Rettungshubschrauber durch, wegen des Windes und des Schnees. Wir müssen den Kandidaten da draußen durchsagen, dass sie vorsichtig sein sollen. Wenn etwas passiert, sind wir die Gelackmeierten. Die Feuerwehr und der Rettungswagen brauchen bei den ganzen Verwehungen doch ewig bis hier raus zu uns.«

»Mensch, Horst. Wie immer der absolute Optimist«, entgegnete Lucky.

»Das sind Player. Kandidaten waren sie, bevor sie die Auswahl gewonnen haben«, verbesserte Betty den Wachmann.

»Mir egal. Hauptsache ihr wisst, wovon ich rede«, antwortete Sacke.

Laut den Simulationen des Architekturbüros sollte es kein Spielteilnehmer in weniger als zweieinhalb Stunden schaffen, sich durch das Haus bis zum Ausgang und dem Preisgeld vorzuarbeiten.

Vor etwa zehn Minuten hatte Lucky zugeschaut, wie Mats das Haus betrat. Lucky traute ihm zu, dass er es schneller als erwartet bis zum Ausgang schaffte.

Lucky war allerdings überhaupt nicht scharf darauf, nachher im Gutshaus mit einem ehemaligen Elitesoldaten um das Preisgeld kämpfen zu müssen. Also gab er sich von nun an noch exakt eine Stunde, bis er Phase zwei seines Plans anging.

»Gib den Playern den Spielstand durch, Betty. Die

drei im Labyrinth werden danach schon aufgeben. Horst könnte sie dann noch im Hellen aus dem Labyrinth holen.«

Die Dämmerung war hereingebrochen. In einer Viertelstunde würde es draußen dunkel sein.

»Mist, dann hab ich ja keine Zeit mehr für meinen Kaffee, was?«, beklagte sich Sacke.

Lucky lächelte ihm zu. »Na, die zehn Minuden für dein Schälschen Heesen ham wer schon noch«, entgegnete Lucky in absichtlich schlechtem Sächsisch.

»So muss das sein«, grinste Sacke.

45

Martha stand auf dem Vorplatz des Gutshauses, der auf drei Seiten von Labyrinthwänden begrenzt war und dessen vierte Seite das Gutsgebäude selbst bildete. Hinter dem wiederum ein hoher Zaun verlief.

Das Gutshaus hatte drei Stockwerke, war weiß getüncht, und seine Fenster waren mit schmiedeeisernen Gittern versehen. Jedes Fenster hatte man überdies von innen bemalt. Während die untere Reihe – wie die Fassade – weiß war, hatte man die Reihe darüber blau und die sechs kleineren Fenster im obersten Stockwerk rot bemalt.

Jonas und Melanie blickten fragend zu dem Portikus und der Freitreppe, die zu einer zweiflügeligen, mit Metallbeschlägen verzierten Tür führte.

Dieses Haus sieht aus, als ob es zornig ist, dachte Martha.

Was sich in den schmalen Gängen des Labyrinths wie eine steife Brise angefühlt hatte, entpuppte sich hier zwischen Labyrinth und Gutshaus als Sturm, der ständig Neuschnee aufwehte und in Wolken umeinandertrieb.

Noch war es hell genug, um die drei Ausgänge des Labyrinths erkennen zu können. Vielleicht gab es noch einen weiteren. Denn fast in der Mitte der grauen Kunststoffwand, die den Vorplatz abgrenzte, befand sich ein Wandelement, das Martha sogar noch etwas niedriger erschien als jenes, über das sie gerade geklettert waren.

Im Schnee auf dem Vorplatz waren Reste von Mats' Fußspuren zu erkennen. Marta sah jedoch keine der bunten Müsliverpackungen, die sie heute Morgen im Bus als gemeinsames Zeichen vereinbart hatten. Andererseits wären diese wahrscheinlich auch längst weggeweht worden.

Martha hatte Durst, und der frostige Wind drang durch den Overall bis auf ihre Haut. Sie griff nach ihrer Feldflasche. Doch die war verschwunden. »Scheiße«, fluchte sie.

»Was?«, fragte Melanie.

»Ich hab meine Flasche verloren.«

»Hm, das ist jetzt doof. Meine liegt in dem Loch.«

Jonas öffnete seine Feldflasche und reichte sie ihr. Martha trank, der Tee war immer noch heiß.

»Will jemand meinen Schnaps?«, fragte er auffallend großzügig gestimmt.

Martha schüttelte den Kopf.

Melanie nahm sein Angebot jedoch an. Sie trank kurz nacheinander zwei der kleinen Fläschchen aus und ließ sie anschließend achtlos in den Schnee fallen.

Die ersten Klänge des *Walkürenritts* ertönten, gefolgt von einer Reihe von Knackgeräuschen, bis Bettys Stimme aus den Lautsprechern drang und den aktuellen Spielstand verkündete. »Mats Fleck gelang es als Erstem unserer

Player, das Labyrinth zu knacken und Runde zwei im Gutshaus einzuläuten. Dicht gefolgt von Jonas und dem Powerfrauen-Team der M&Ms – Martha und Melanie. Congrats allen, die es so weit geschafft haben! Herbert, Ralph und die unvergleichliche Lizzy waren geniale Gegner, und wir danken ihnen für ihren großartigen Einsatz!«

Mit einem dröhnenden Tusch, der irgendwie nach der *Tatort*-Titelmelodie klang, verstummten die Lautsprecher wieder.

»Mats hat höchstens zehn Minuten Vorsprung. Das holen wir auf«, schätzte Jonas.

Martha folgte Melanies Blicken zum Gutshaus. »Die Haustür hat keine Klinke. Da ist überhaupt kein Schloss dran.«

Martha schaute zu den Labyrinthwänden zurück. »Was ist mit Iris? Die hat sie eben gar nicht erwähnt.«

»Stimmt«, bestätigte Jonas.

»Muss sie aber auch gar nicht«, sagte Melanie und wies auf einen der Labyrinthausgänge, durch den Iris gerade hinaustrat, wobei sie fröhlich zu ihnen herüberwinkte.

»Huhu!«, rief sie.

Wie aufs Stichwort erklang nach einer Reihe von Knack- und Knistergeräuschen erneut Bettys Stimme aus den Lautsprechern: »Ladies and Gentlemen, last but certainly not least, hat auch Iris die zweite Runde unseres Spiels erreicht! Congrats!«

Toll, dachte Martha, *ich gehe jetzt also mit einer Verrückten, einer intriganten Narzisstin und einem kleinen Nachwuchspsychopathen in dieses Haus.* Was sollte da schon schiefgehen?

Während Iris und Melanie einander umarmten, wechselte Martha einen langen Blick mit Jonas. »Bloß weg hier«, flüsterte sie ihm zu.

Beide rannten die Freitreppe hinauf und über die Terrasse zur Haustür, die zwar tatsächlich keine Klinke aufwies, aber dafür nur angelehnt war. So hatten Martha und Jonas kein Problem, das Haus zu betreten.

Martha sah, dass der Schnappriegel des Schlosses mithilfe einer Müsliverpackung blockiert gewesen war. Die musste Mats in die Aussparung des Schließblechs gestopft haben, sodass der Riegel nicht hatte einrasten können. Sie war erleichtert, dass Mats sie eben doch nicht vergessen hatte.

Jonas grinste ihr zu, während er die Verpackung herauspulte und die Tür hinter ihnen ins Schloss drückte.

»Das ist jetzt aber blöd für die anderen, oder?«, flüsterte er.

Martha sah sich in der Eingangshalle um.

46

»Mann, Lucky. Hast du gesehen, was die Mistkröte da eben gemacht hat?!«, regte sich Betty auf. Sie war fassungslos, weil Jonas ihrem Liebling Melanie die Tür des Gutshauses vor der Nase zugeschlagen hatte.

»Ja«, antwortete Lucky einsilbig und sah zu, wie Sacke seinen leer getrunkenen Kaffeebecher abstellte, die Handschuhe anzog und dann mit einem Nicken zur Tür ging.

»Bis dann, Leute«, verabschiedete er sich.

Lucky warf einen Blick auf die Uhr. Es war noch Zeit. Dennoch wurde das Ziehen in seiner Magengrube heftiger. *Scheiß Aufregung*, dachte er, *dabei hatte ich das früher doch nie.* Andererseits war er auch niemals zuvor drauf und dran gewesen, sein Leben so grundsätzlich zu ändern wie heute.

Er schenkte sich einen Kaffee ein und steckte sich eine Zigarette an. Wobei ihm auffiel, dass es die erste überhaupt seit dem Spielbeginn heute Mittag war.

»Sag mal, bei dir hackt es wohl, Lucky? Hier ist Rauchverbot! Ich hab keine Lust, wegen dir Krebs zu kriegen«, spielte Betty sich auf.

Lucky lächelte Betty entschuldigend an, öffnete das Fenster und blies den Rauch nach draußen in die frostige Spätnachmittagsluft.

Ich werde dir nachher in dein feistes überhebliches Gesicht treten, dachte Lucky und spürte, wie sein Lampenfieber verschwand.

Er warf den Zigarettenstummel in den Schnee, schloss das Fenster wieder und ging zu seinem Arbeitstisch zurück.

Betty ignorierte ihn und schaute zornig auf ihre Bildschirme, sodass sie übersah, wie Lucky fünf Minuten später sämtliche Zugänge zum Labyrinth verriegelte. Inklusive der Notzugänge, auf die Horst Sacke angewiesen war, um die drei im Labyrinth verschollenen Player zu evakuieren. Von nun an gab es nur noch zwei Wege aus dem Labyrinth: Einer davon endete an einer der etwas niedrigeren Querwände vor dem Gutshaus, die theoretisch mit etwas körperlichem Einsatz zu überwinden war. Der zweite führte zu einem Ausgang ganz am südlichen Ende des Labyrinths. Doch beide verliefen über jeweils mindestens eine der Weggabelungen, die mit Wippfallen versehen waren.

Lucky bezweifelte sehr, dass er Horst je wiedersehen würde.

III

HERZKÜCHE

8 // 5. JANUAR

15:24 bis 18:39 Uhr

47 Die Halle, in die Martha und Jonas eingetreten waren, musste fast fünf Meter hoch sein, war in Weiß gehalten und mit prächtigen, golden abgesetzten Stuckelementen geschmückt. Sie sah genauso aus wie man das von der Empfangshalle eines brandenburgischen Gutshauses erwartete.

Unter der Decke schwebten dicht an dicht mehrere Hundert schwarz-rot-goldene Luftballons. Ein paar Dutzend waren bereits zerplatzt. Ihre Reste bildeten bunte Farbtupfer auf dem Parkett.

»Mats? Hallo? Bist du hier?«, rief Martha in die Stille.

Nichts.

Sie atmete einmal tief durch und schob die Hände in die Taschen des Overalls.

Jonas hob die Überreste einiger Luftballons auf und musterte sie neugierig. »Komisch. Hat Mats die etwa kaputt gemacht? Wozu das denn?«, fragte er.

Martha hatte keine Ahnung. Aber die Ballons waren ihr im Augenblick auch völlig egal. Denn gerade war ihr klar geworden, dass die Halle keinerlei Ausgänge aufwies.

Melanie und Iris schlugen von draußen gegen die Tür.

»Du gehst rechts an der Wand lang, ich versuch's links. Irgendwo muss ja eine Tür sein«, schlug Jonas vor, ging zur linken Wand und überprüfte sie.

Martha strich auf der Suche nach einer verborgenen Tür mit den Fingern an der Wand entlang und bewegte sich dabei allmählich von der Eingangstür weg.

Plötzlich unterbrach eine Reihe von Knallgeräuschen die Stille in der Halle. Sie hörten sich an wie Pistolenfeuer und brachten Martha unwillkürlich dazu, ihren Kopf zwischen die Schultern zu ziehen und ihre Hände übers Gesicht zu legen.

KNALL!

KNALL!

KNALL! KNALL! KNALL! KNALL! KNALL! KNALL!

KNALL!

Jonas schaute verunsichert zu ihr herüber.

Bunte Gummiballonfetzen regneten von der Decke. Es roch nach Schwarzpulver.

Während Martha mit den Händen über dem Kopf reglos verharrte, setzte Jonas seinen Weg an der weißen Wand entlang fort und löste damit immer mehr dieser Schussgeräusche aus. Die Ballonreste regneten immer dichter herab.

»Stopp!«, brüllte Martha ihm zu.

Jonas blieb stehen. »Irgendwo hier müssen Sensoren sein, die die Ballons platzen lassen.«

Martha nahm die Hände vom Gesicht und hob den Kopf. Einige der zerplatzten Ballons waren auf ihre Haare, Arme und Schultern gefallen. Angewidert schüttelte sie sie ab. Durch ihre plötzlichen Bewegungen zerplatzten weitere Ballons. Offenbar hatte sie damit einen der Sensoren ausgelöst.

»Mach weiter! Los! Weitermachen!«, rief Jonas ihr zu und rannte dann die rechte Wand entlang, wodurch immer mehr Ballons knallend zerplatzten. Der Regen aus Gummifetzen wurde wieder dichter.

»Martha? Mach mit! Komm schon!«, rief Jonas ihr vom gegenüberliegenden Ende der Halle zu.

»Ich... kann nicht...«, antwortete Martha, die zitternd wieder ihre Schutzhaltung eingenommen hatte. »Das klingt wie Schüsse! O Gott... Scheiße!«

Jonas lief wieder wild mit den Armen wedelnd die Wand entlang, löste Schussgeräusche aus und duckte sich vor den herabfallenden Ballonfetzen weg.

In der Ecke zwischen der Querwand und der linken Seitenwand, vor der Martha sich zusammengerollt hatte, blieb er stehen. Er schien über irgendetwas nachzudenken und schob dann mit der Stiefelspitze einige der Gummireste auf dem Parkett herum.

»Die Ballons sind wie Glückskekse. Jetzt sieh doch mal her!«, rief er, hob eine winzige Papierrolle auf und entfaltete sie. In fetten roten Druckbuchstaben stand NIETE darauf gedruckt.

»Fuck!«

Er sammelte weitere der kleinen weißen Rollen auf, die er nacheinander öffnete und las.

Martha hielt ihre zitternden Hände vors Gesicht.

Draußen hatten Melanie und Iris ihr Klopfen aufgegeben und suchten wohl nach einer anderen Möglichkeit, ins Haus zu gelangen.

Jonas blieb vor Martha stehen und schaute sie herablassend an. »Was ist los mit dir? Germany's next Killerqueen hat auf einmal Angst?«

»Halt die Klappe, du Psychopath!«

Jonas hielt ihr eine Hand voller Papierröllchen entgegen. »In den Ballons ist was drin. Die sind wie Glückskekse.«

Martha nahm einige der Röllchen und öffnete sie. Nach der vierten oder fünften Niete, die sie entrollt hatte, hörten ihre Finger auf zu zittern.

»Alles Nieten. Das ist doch Zeitverschwendung. Wie sollen die Dinger uns denn hier raus helfen?«, fragte sie.

»Keine Ahnung. Aber hast du eine bessere Idee?«, fragte Jonas beleidigt.

Martha schlurfte sauer und wütend über das Parkett in Richtung der Rückwand, wobei sie lustlos ab und zu einige Gummifetzen mit den Stiefelspitzen hin und her schob. Ein Kratzen brachte sie dazu, innezuhalten. Unter ihrem Stiefel war etwas gelandet, das härter war als Gummifetzen und Papierröllchen. Sie tastete danach und hob ein etwa sechs Zentimeter langes Metallband auf. Es war etwa einen Millimeter dick und endete in einem Haken.

»Was ist das?«, fragte Jonas.

Martha reagierte nicht. Sie war wütend auf sich selbst, weil sie es zugelassen hatte, dass sie zum zweiten Mal vor Zehntausenden Zuschauern die Nerven verlor.

Jonas durchkämmte den Raum nach weiteren Haken, hatte aber kein Glück. »Wohin jetzt? Wo geht's weiter? Links, rechts oder dort bei der Rückwand?«, fragte Martha. Sie hoffte, dass er den Grundriss des Hauses gut genug im Kopf hatte, um seine Entscheidung treffen zu können, ohne ihn hervorholen zu müssen.

»Da lang«, antwortete er und zeigte auf die linke Seitenwand.

Wie die übrigen Wände war auch diese mit goldfarbenen Schmuckleisten aus Stuck in Segmente unterteilt.

Martha strich mit den Fingern über einige der erhabenen Stuckleisten. Jonas begriff immer noch nicht, was sie sich davon erhoffte, und blieb einfach mitten in der Halle stehen.

Martha entdeckte eine winzige Unregelmäßigkeit in der glatten weißen Wandfarbe. Was sie da sah, wirkte wie ein winziges Sieb, das man in die Wand eingesetzt hatte. Sie konnte sich nicht erklären, wozu es dienen sollte. Es war überdies raffiniert getarnt. Immerhin konnte das ein Hinweis darauf sein, dass an diesem Teil der Wand irgendetwas anders war. Sie musterte ihn noch intensiver und fand einen Spalt an der Kante der Schmuckleiste. Sie schob den Metallhaken in den Spalt. Er verschwand bis etwa zur Hälfte seiner Länge darin. Sie bewegte den Haken ein wenig nach unten. Ein leises Schnappen ertönte.

»Geheimtür!«, sagte sie und drückte gegen das Wandsegment.

»Super-Milf«, kommentierte Jonas.

»Schnauze«, erwiderte Martha.

Vor ihnen lag eine Treppe. Doch sie führte nach unten und nicht ins nächsthöhere Stockwerk, das ihr eigentliches Ziel darstellte. Denn Ausgang und Preisgeld lagen über ihnen im Dachgeschoss.

»Mist«, sagte Martha und setzte vorsichtig einen Fuß auf die erste Stufe. Es war so dunkel hier. Sie konnte zwar erkennen, dass die Treppe mindestens eine Wendung aufwies, doch es war unmöglich zu beurteilen, wie weit hinunter sie nach dieser Wendung führen mochte.

Martha und Jonas traten durch die Geheimtür in das schmale Treppenhaus.

»Psst«, flüsterte Jonas, der sein Gesicht gegen die Innenseite der verborgenen Tür presste. »Iris und Melanie sind gerade reingekommen.«

»Wie haben die das denn geschafft? Aber wir haben keine Zeit. Diese Treppe führt nach unten. Wer weiß, wie lange wir uns in irgendeinem Keller durchschlagen müssen, bis wir eine Gelegenheit finden, nach oben zu kommen!«

»Hm, aber die reden da gerade über dich«, antwortete Jonas. »Komm her! Hier ist noch eines der Löcher in der Tür!«

Martha war nicht sicher, ob sie wirklich hören wollte, was die beiden über sie zu sagen hatten. Allerdings war sie auch neugierig und schaute daher durch das winzige Loch in die Halle hinein.

»Mir tut der Junge ja ein bisschen leid, weißte, Mel. Der ist nett. Dass die Psychopathin ihn so schnell um ihren Finger gewickelt hat, ist schlimm.«

Melanie schaute zu den Ballons unter der Decke hinauf.

»Ach Iris, das habe ich erwartet. Erwachsenen Männern kann Martha nicht auf Augenhöhe begegnen. Dazu ist sie nämlich zu unsicher. Jonas ist für sein Alter sehr naiv. Ich fürchte, er leidet auch an einer sozialen Entwicklungsstörung. Er lässt sich von ihr eben mühelos manipulieren. Für solche Menschen haben psychopathische Narzissten wie Martha eine sehr gute Antenne. Ich bin einfach froh, dass wir sie los sind. Aber diese Ballons müssen was zu bedeuten haben. Nur was?«

Iris musterte die Ballonfetzen auf dem Parkett. »Weiß ich nicht. Sind die einfach so zerplatzt?«

»Hast du gesehen? Die sind alle schwarz-rot-gold. Soll uns das etwas sagen?«

»Nee, glaub ich nicht. Die schwarz-rot-goldenen sind bei uns im Supermarkt nach dem Tag der Einheit immer preisgesenkt. Die waren sicher bloß billiger als andersfarbige.«

Jonas wandte sich von dem Guckloch weg, legte die Hand vor den Mund und begann glucksend zu lachen.

Martha fand nichts von dem, was sie gerade gehört hatte, besonders lustig. Im Gegenteil. Es hatte sie verunsichert und wütend gemacht. Immerhin bot es eine Bestätigung dafür, dass ihre Vorbehalte gegenüber Melanie begründet gewesen waren.

»Ich kann da nicht mehr länger zuhören«, sagte Martha und zog Jonas hinter sich die Treppe hinab.

Diese führte nach der Wendung nur noch vier weitere Stufen nach unten in einen niedrigen Gewölbegang, der mit einer Reihe von Glühlampen hinter Drahtgittern beleuchtet war.

»Mann, gruselig. Bestimmt kommt gleich die kopflose Bettina vorbei und bewirft uns mit Ektoplasma«, witzelte Jonas.

Von oben her hörten sie Ballons platzen.

Der Gewölbegang endete an einer grob gezimmerten Tür mit mächtigen Eisenbeschlägen. Sie war mit einem schlichten Überwurfriegel gesichert.

Jonas öffnete sie und blieb einen Moment lang verdutzt auf der Türschwelle stehen. Der Raum, den er erblickte, enthielt nichts weiter als ein starkes Seil mit einer Reihe von Knoten daran, das knapp links vom Zentrum des Raums von der Gewölbedecke hing. Der Fußboden war so glatt, dass Martha darin ihr verzerrtes Spiegelbild sehen konnte.

48

Horst Sacke folgte dem Pfad, den ihm sein Tablet anzeigte.

Er war zum ersten Mal froh über den Neuschnee, weil der das bisschen Licht der Dämmerung reflektierte und er bisher noch ohne Lampe auskam.

Er hatte sein Funkgerät dabei, außerdem zwei Feldflaschen mit Tee. Er nahm an, dass die Leute, die er aus dem Labyrinth herausholen musste, ein heißes Getränk zu schätzen wüssten.

Der Sturm wurde von den Wänden des Labyrinths zwar etwas abgeschwächt, trotzdem hatte er Schneeverwehungen angehäuft, die sich vor allem auf den freien Flächen um die Weggabelungen befanden.

Horst ärgerte sich, dass er keine direkte Verbindung zu den drei Leuten hatte, die er bergen sollte.

Dass die Player freiwillig und ohne eine Karte in dieses Labyrinth gegangen waren, empfand er als völlig bescheuert. Selbst bei Tageslicht musste es zwischen den bedrohlich engen Wänden unheimlich sein.

Lizzy, die Kantinenköchin, hatte ihm heute Mittag einige Male unnötig nett zugelächelt. *Ob die etwas von mir will,* fragte er sich.

Während Sacke auf die nächste Weggabelung zumarschierte, verschloss Lucky Koslinsky per Tastenkombination an seinem Computer sämtliche Zugänge zum Labyrinth.

Sacke war nun genauso gefangen wie Herbert, Lizzy und Ralph. Es existierte zwar ein letzter Ausweg aus dem Labyrinth, denn Horst konnte sich auf den Platz vor dem Gutshaus retten. Aber von dort aus gab es keinen anderen Weg mehr nach draußen als den durch das Haus oder über den hohen Zaun hinweg, der hinter dem Haus verlief.

49

Als Martha und Jonas nacheinander den Raum betraten, in dem die Treppe endete und verwundert auf das Seil zugingen, das in der Mitte des Raums von der Decke hing, neigte sich der Fußboden plötzlich nach links.

Martha und Jonas fielen vornüber und kamen nur mit großer Mühe wieder auf die Beine, weil nahezu jede ihrer Bewegungen dazu führte, dass sich der Boden wieder neigte. Außerdem war er spiegelglatt.

Jonas rutschte mit wedelnden Armen an Martha vorbei zum gegenüberliegenden Ende des Raums. Wobei er vergeblich versuchte, das Seil zu packen, das von der Decke hing. Sobald er sich an der gegenüberliegenden Wand abfing, senkte sich der Fußboden erneut. Martha rutschte einige Meter nach rechts.

Sie versuchten, ihre Bewegungen so zu koordinieren, dass einer von ihnen in die Nähe des Seils rutschte, doch nach einigen erfolglosen Versuchen verlor Martha allmählich die Geduld und wurde zunehmend wütend. Was nicht hilfreich war, weil sie in diesem Zustand nicht dazu neigte, rationale Entscheidungen zu treffen.

Mist, dachte sie, wie viele Leute sehen gerade zu, *wie ich hier in diesem engen Overall mit wippenden Titten auf dem Fußboden herumrutsche?* Diese Show war eine einzige Abfolge von Peinlichkeiten.

»Martha? Lass uns beide zusammen nach links an die Wand rankriechen. Dann stützen wir uns daran ab und versuchen aufzustehen«, schlug Jonas vor.

»Okay. Eins… zwei…«, zählte Martha. »Drei! Und los!«

Nach weiteren vier Minuten, in denen sie beide erneut nur hin und her gerutscht waren, ohne eine der Wände zu erreichen, war Martha so frustriert, dass sie mit den Fäusten auf den Boden eintrommelte.

»Mann!«, rief Jonas ihr zu. »Das nützt jetzt auch keinem was.«

»Doch! Mir!«, brüllte sie grimmig zurück, aber ließ zugleich auch das Trommeln sein.

Jonas schaute frustriert zu der Tür am gegenüberliegenden Ende des Raums. »Das ist eine riesige Wobbelplatte, oder? Und der Boden ist so glatt, dass man nicht darauf stehen kann. Wenn wir beide jetzt versuchen, zusammen auf dem Bauch zur Wand und dann dort weiter bis zur Tür zu kriechen, könnte das funktionieren?«

Martha schüttelte den Kopf. Sie hatte nicht vor, Hand in Hand mit Jonas über den Boden zu robben. Und ganz bestimmt wollte sie sich nicht die Kommentare vorstellen, die dabei unter dem Videofeed landeten.

»Das Problem ist ja nicht bloß, dass der Boden sich bewegt. Sondern dass er so glatt ist, dass man darauf nicht stehen kann.«

Jonas schloss einen Moment die Augen. Dann schnürte er hastig seine Stiefel auf und zog sogar die Socken aus.

»Schweißfüße sind klebrig«, rief er der verblüfften Martha zu.

Stimmt, dachte sie und zog ebenfalls die Stiefel und Socken aus.

Jonas hielt unschlüssig seine Stiefel in die Höhe.

»Zusammenbinden und um den Hals hängen! So!«, rief Martha ihm zu, knotete die Schnürsenkel zusammen und hängte sich die Stiefel um den Hals.

Dann versuchte sie aufzustehen. Obwohl sie noch einige Male hinfiel, erwies sich Jonas' Eingebung als erfolgreich. Nach dem sechsten oder siebten Versuch gelang es ihr mit winzigen Schritten und weit ausgestreckten Armen, das Seil zu erreichen.

Sie klammerte sich unsicher daran fest. Das Seil gab nach. Ein Schnappen erklang. Der Boden rastete in seiner aktuellen Stellung ein.

»Ab dafür!«, sagte Jonas und lief unsicher zur Tür.

Martha folgte ihm.

50

Lucky fragte sich, weshalb Mats immer noch so agil war. Er hatte schließlich bereits vor Ewigkeiten zwei große Schlucke aus der Feldflasche genommen, in welche Lucky die größte Dosis des Medikaments gegeben hatte.

Doch Mats lief nun bereits seit einiger Zeit munter und aufgeregt durch das Gutshauszimmer, das Lucky am wenigsten mochte, ohne dabei eins der Möbelstücke zu berühren. Er schien absolut nicht daran interessiert zu sein, den Raum zu verlassen. Hin und wieder blieb er stehen und schaute sich verblüfft um, nahm dann aber gleich seine ziellosen Wanderungen wieder auf.

Iris, die eben gemeinsam mit Melanie den Raum links von Mats betreten hatte, zeigte jedenfalls längst Ermüdungserscheinungen. Sie wirkte so lethargisch, dass Melanie ihr bereits damit gedroht hatte, sie zurückzulassen, falls sie sich nicht endlich zusammenriss. Dass Melanie noch so agil war, wunderte Lucky nicht. Sie hatte ihre Feldflasche vorhin in der Wippfalle verloren und wahrscheinlich noch gar nichts von dem Medikament abbekommen.

Shit happens, dachte Lucky. Aber er betrachtete Melanie auch nicht als potenziell gefährliche Gegnerin.

»Da stimmt was nicht. Mats läuft rum wie ein kopfloses Huhn, und Iris sieht aus als, ob sie jeden Augenblick einpennt«, sagte Betty.

Lucky hätte es vorgezogen, den Playern im Haus noch mindestens eine halbe Stunde mehr zu geben, um ganz sicher zu sein, dass die volle Wirkung des Medikaments eingesetzt hatte.

Doch auf die Minute exakt ließen sich solche Dinge eben nicht vorausplanen. Und Betty ging ihm jetzt schon seit mehr als fünf Stunden auf die Nerven. Lucky traf eine Entscheidung.

Ohne ihr zu antworten, stand er auf, ging zu den beiden Reisetaschen, die er neben der Tür zum Bad abgestellt hatte, und öffnete eine von ihnen.

»He, Lucky! Ich rede mit dir. Wir haben ein Problem, die Player spinnen«, rief Betty.

Als er sich ihr wieder zuwandte, hatte er eine Pistole in der rechten Hand. In der Linken hielt er ein Paar Handschellen und einen Ballknebel, die er in einem Sexshop in Leipzig gekauft hatte.

»Halt die Fresse, Bitch!«

Betty begriff, dass sie in echter Gefahr war. Sie tastete nach ihrem Telefon.

Lucky schoss es entzwei.

Betty fuhr wegen des Schusses so heftig zusammen, dass sie von ihrem Stuhl fiel. Panisch kroch sie über den Boden in Richtung Tür.

Lucky trat ihr gegen den Bauch, warf Handschellen und Knebel auf den Arbeitstisch und zog sie mit der rechten Hand vom Boden auf. Dann zeigte er auf den Bürostuhl. »Setz dich!«

Betty folgte seiner Anweisung.

»Hände hinter die Lehne. Jetzt!«, brüllte er sie an.

Betty streckte ihre Hände seitlich an der Stuhllehne vorbei nach hinten aus.

Lucky legte ihr die Handschellen an.

Eben noch war er ein höflich nachsichtiges Rädchen im Getriebe gewesen, hatte sich von Bettys naivem Bullshit zulabern lassen und Bautz in den Arsch kriechen müssen. Doch jetzt war er Gott und hielt das Leben der Menschen auf Wolfshorn in seiner Hand.

Gott zu sein, fühlte sich gut an. Wie eine Dosis Adrenalin, die gleichzeitig direkt in Herz und Hirn geschossen wurde. Nie zuvor war er sich so lebendig vorgekommen wie jetzt.

Betty wackelte panisch mit dem Kopf und schrie ununterbrochen, während Lucky zunächst erfolglos versuchte, ihr den Knebel umzuschnallen. Er versetzte ihr eine Ohrfeige, die ihren Kopf heftig zur Seite warf.

»Halt still!«, zischte er. Dann hielt er ihr den Knebelball vors Gesicht. »Das musste doch kennen, oder? Ein bisschen kinky seid ihr Feminazis doch alle.«

Endlich konnte er ihr den Knebel zwischen die Lippen zwingen und dessen Haltebänder an ihrem Hinterkopf und unter ihrem Kinn verschließen.

Lucky genoss einen Moment lang die allumfassende Furcht in ihren Augen. Betty saß vor Angst aufrecht in dem Stuhl. Sie gab eine Reihe von gurgelnd quietschenden Geräuschen von sich. Wobei ihr Speichel am linken Mundwinkel herabtropfte.

Er rammte den Lauf der Waffe zwischen Bettys ängstlich zusammengepresste Schenkel und trat dann gegen den Stuhl. Der daraufhin zwei Meter am Arbeitstisch entlang Richtung Tür rollte. Lucky lachte, folgte ihr, beugte sich herunter und fesselte ihre Beine mithilfe eines Kabelbinders aneinander.

Easy peasy, dachte Lucky.

Dann wandte er sich von Betty ab und schaute auf die Videofeeds vom Haus und dem Labyrinth.

Abgesehen von Mats' seltsam aufgeregten Wanderungen, war nichts Unerwartetes zu sehen.

Lucky überprüfte die automatischen Verriegelungen der Notausgänge sowohl des Gutshauses wie des Labyrinths. Dabei sah er, dass Sacke sein erstes Ziel erreicht hatte. Seine massige Gestalt tauchte gerade in Herberts Videofeed auf. Lizzy und Ralph saßen zusammengekuschelt nicht weit von Herbert entfernt auf einem parallel verlaufendem Pfad und wunderten sich offenbar darüber, dass immer noch niemand erschienen war, um sie herauszuholen.

Soweit Lucky sich erinnerte, hatte Lizzy als Letzte von ihrem Tee getrunken. Ralph und Herbert sollten also noch vor ihr einschlafen, was es Sacke unmöglich machen würde, sie gemeinsam zu evakuieren. Obwohl der, treudoof, wie er nun mal war, es trotzdem versuchen würde. Damit sollte der Idiot für die nächste Zeit vollauf beschäftigt sein.

Lucky plante, die Notausgänge wieder zu öffnen und Sacke per Funk darüber zu informieren, sobald er sich das Preisgeld geholt hatte. Irgendwie würde der fette Säufer es dann schon hinkriegen, die bis dahin komplett in Lethargie versunkenen Player in Sicherheit zu bringen.

Zunächst kam es aber darauf an, die Hintertür zum Gutshaus zu entriegeln und dabei außerdem die Player im Auge zu behalten. Das galt ganz besonders für Martha und Mats.

Lucky schlüpfte in sein gefüttertes Fieldjacket, nahm eine der beiden Reisetaschen, hängte sie sich über die Schulter und strich mit dem Lauf der Waffe über Bettys Wange. »Tschüssi! War keine Freude, mit dir zu arbeiten.«

Er schob die Waffe in den Hosenbund und verließ den Container. Im Schnee rutschte er um ein Haar aus und vergaß deswegen, die Tür hinter sich zu verschließen. Sie blieb einen Spalt offen.

Er ging zur Rückseite des Containers. Dort waren die Zuleitungen für die Videofeeds des Gutsintranets, die für das Internet und den Strom angebracht.

Lucky zog einen kleinen Bolzenschneider aus der Reisetasche und kappte damit einige ausgewählte Kabel.

Von nun an war er auf sein Tablet angewiesen, um die

Positionen der Player und des Sicherheitsmannes überprüfen zu können.

Er warf die Reisetasche in den Niva, schob das Tablet in seine Jackentasche und lief auf das Gutshaus zu. Doch er blieb plötzlich stehen und kehrte noch einmal zu dem Wagen zurück, um einen Bund Kabelbinder aus seiner Reisetasche hervorzukramen, den er dann ebenfalls in sein Fieldjacket steckte.

51

Martha stieg eine schmale eiserne Wendeltreppe hinauf. Hinter sich hörte sie Jonas' vorsichtige Tritte auf den recht fragilen Stufen.

Eigentlich hätte ich ihn längst loswerden sollen, dachte sie, denn er ging ihr furchtbar auf die Nerven. Irgendwann mussten sie außerdem auf Mats treffen. Spätestens dann wurden die Karten neu gemischt.

Sie schaute sich um und erblickte Jonas strubbeligen Haarschopf und einen Teil von dessen Schultern.

Hatte sie eben wirklich darüber nachgedacht, wie sie Jonas loswerden sollte, fragte sie sich erschrocken? *Ich bin ja wohl bald fast so mies wie die Sumpfotter Melanie*, dachte sie.

Jonas mochte ihr zwar auf die Nerven gehen, aber er hatte sie bisher nicht im Stich gelassen, obwohl er ohne sie wahrscheinlich sogar schneller vorangekommen wäre. Außerdem garantierte ihr auch keiner, dass Mats sich wirklich an ihre Abmachung halten würde. *Scheiße*, dachte sie, *letztlich war diese komplette Übung hier schlicht ekelhaft*. Sie hätte sich niemals darauf einlassen sollen.

Am oberen Ende der Treppe erwartete sie eine weitere Tür, die zu einem kargen, fensterlosen Raum abging, aus dem eine Metalltür hinausführte.

Der Boden bestand aus knarrenden Dielen. Die Wände waren in schmucklosem Hellgrau gestrichen. Über der Metalltür gab es ein Gitter, das wahrscheinlich zu einem Lüfter oder einer Klimaanlage gehörte. Der Raum erschien Martha ungewöhnlich hoch. Bis zur Decke mussten es mindestens vier Meter sein.

Vor der rechten Seitenwand standen eine Zinkwanne, die halb mit klarem Wasser gefüllt war, sowie fünf rote Plastikeimer ohne Henkel. Abgesehen davon gab es im Raum keine Möbel.

Jonas überprüfte die Metalltür und verkündete überflüssigerweise, dass sie verschlossen war.

Über der Wanne und den Eimern entdeckte Martha einen Schlüssel, der an einem kurzen Faden von der Decke hing.

Auf den Dielen neben den Gefäßen lagen drei flache, unbeschriftete Konservendosen. Sie wirkten etwas aufgebläht. Auch ein altertümlicher Dosenöffner befand sich bei ihnen.

»Ohne Schlüssel kommen wir nicht durch die Tür. Das Teil sieht aus, als wäre es für einen Bunker gebaut worden.«

Martha zeigte zur Decke. »Na ja, der Schlüssel ist dort. Man kommt bloß nicht ran, weil die Decke zu hoch ist. Selbst wenn wir die Wanne auskippen und die Eimer daraufstellen, ist keiner von uns groß genug, um von dort aus den Schlüssel zu erreichen.«

Jonas setzte sich vor den Eimern auf die Dielen und faltete ein Blatt Papier auseinander, das er unter einer der Büchsen hervorgezogen hatte. Die Zeichnung darauf zeigte eine umgestürzte Zinkwanne und fünf Eimer, die man übereinandergestapelt hatte. Doch diese Darstellung war mit zwei fetten Balken durchgestrichen.

Darunter war eine der Büchsen abgebildet, deren Deckel halb zurückgerollt worden war. Daneben stand ein fettes rotes Ausrufezeichen.

»Sieht aus, als ob die von Ikea kommt«, sagte Martha, nachdem sie die Zeichnungen einige Zeit betrachtet hatte.

»Ich war da noch nie«, gab Jonas zu.

»Du warst noch nie bei Ikea? Hast du keine Möbel zu Hause?«

»Klar, hab ich Möbel. Aber die hat der Tischler gebaut und dann bei mir aufgestellt.«

Martha bezweifelte, dass Jonas die Wahrheit sagte. Möbel von Tischlern bauen zu lassen, kostete ja wohl Unsummen. Vielleicht war aber auch irgendwer in seiner Familie Holzhandwerker?

»Hast du eine Ahnung, was uns das sagen soll?«, fragte Jonas.

Martha schüttelte den Kopf, nahm eine der Büchsen in die Hand und betrachtete sie. Auf dem Boden waren ein Schlüssel sowie die Umrisse eines Fisches mit spitzen Flossen eingeprägt. Der Schlüssel ähnelte dem, der an dem Faden über ihnen hing. Der Fisch sagte ihr nichts.

»Räuberleiter, wie vorhin? Wenn ich mich auf deine Schultern stelle und richtig ausstrecke, komm ich bestimmt an den Schlüssel«, schlug Jonas vor.

Martha bezweifelte, dass er ihn so wirklich erreichen könnte.

»Wir drehen die Wanne um, du stellst dich drauf, dann steig ich auf deine Schultern?«, schlug Jonas angesichts von Marthas skeptischer Miene vor.

»Wir wiegen zu viel, unser Gewicht hält die Wanne nicht aus. Ich glaube, wir müssen die Büchsen öffnen, dort ist irgendwo ein Schlüssel drin. Sonst hätten die sich nicht die Mühe gemacht, das Schlüsselsymbol dort einzuprägen. Siehst du hier?« Martha hielt ihm eine der Dosen entgegen.

Jonas standen seine Zweifel ins Gesicht geschrieben. *Er wirkt so unglaublich jung*, dachte Martha, das totale Kind.

»Das ist doch viel zu einfach. Bloß die Büchsen öffnen? Nee, die sind bloß Ablenkung.«

»Na, so viel Zeit kostet das ja nicht, eine aufzumachen«, widersprach Martha und setzte bereits den Öffner an.

Was sich als Fehler erwies.

Martha hätte nicht für möglich gehalten, dass ein derart ekliger Geruch, wie er ihr aus der Büchse entgegenschlug, überhaupt existieren könnte. Eine grauenhafte Mischung aus Buttersäure, vergorener Milch, verwester Katzenleiche und Erbrochenem. Sie ließ Büchse und Öffner in die Wanne fallen, sprang auf und taumelte heftig würgend einige Schritte zur Seite.

Jonas erbrach sich in einen der Eimer.

Der Gestank aus der Büchse breitete sich im Raum aus.

Martha presste ihre linke Hand vors Gesicht, lief zurück und warf die Dose in die Zinkwanne, wo sie auf den Boden sank und einen gräulichen Sud absonderte, der das klare Wasser verschmutzte.

»Gammelfisch«, brachte Jonas noch heraus, dann erbrach er sich erneut.

Martha blieb in gehörigem Abstand zu der Wanne im Raum stehen, hielt sich die Nase zu und versuchte, so flach wie möglich zu atmen.

Jonas war so blass geworden, dass sie sich Sorgen um ihn machte. Vielleicht war er ja allergisch gegen irgendetwas, das da aus der Büchse drang?

Trotz allen Ekels war sie jetzt allerdings nur umso mehr überzeugt, dass sie vorhin in einem Punkt recht gehabt haben musste: In den Büchsen waren Schlüssel verborgen. Das Problem war nur, sie dort herauszuholen. Genau das entsprach ja wohl Bautz' und Kevins infantilem Humorverständnis – ein paar Hunderttausend Menschen live dabei zusehen zu lassen, wie sich ihre Kandidaten hemmungslos erbrachen.

»Ich kann das nicht…«, flüsterte Jonas neben dem Eimer.

Martha atmete zweimal tief durch und griff in die Wanne, wo sie nach der Büchse und dem Öffner tastete, beides fand und dann die Büchse ein Stück weiter öffnete, bis sie, begleitet von einem Ausdruck tiefsten Ekels, zwischen dem Büchseninhalt nach dem Schlüssel wühlte.

Doch da war keiner.

Aber da waren noch drei weitere Dosen.

»Wie ich das hasse!«, rief sie und warf die nächste Büchse in das inzwischen trübe Wasser. Nach einigem Herumtasten gelang es ihr schließlich, auch diese zu öffnen. Und dort stieß sie inmitten des fauligen Fischfilets endlich auf einen Schlüssel.

Der Geruch, der inzwischen aus der Wanne stieg, war zwar bei Weitem nicht so heftig wie jener, der ihnen vorhin beim Öffnen der ersten Konserve entgegengeschlagen war. Aber er war trotzdem schrecklich genug, um Martha die Tränen in die Augen zu treiben.

Sie zog den Schlüssel einige Male durchs Wasser, ergriff dann Jonas' Arm und schleifte ihn hinter sich her zur Tür. Er war kreidebleich und kaum in der Lage, ihr zu folgen. Der Schlüssel passte. Sie öffnete die Tür. Und blickte in einen kurzen, schlecht beleuchteten Korridor.

52

Mithilfe der Karte auf seinem Tablet hatte Sacke Herbert mühelos gefunden. Eben versuchte er zum dritten Mal, Lucky im Container anzufunken, doch der reagierte nicht. Die Verbrauchsanzeige informierte ihn darüber, dass die Akkus noch zu zwei Dritteln geladen waren, am Gerät lag es also nicht.

Sacke erinnerte sich, dass Luckys Funkgerät vorhin noch auf dem Arbeitstisch gelegen hatte. Selbst falls er gerade verhindert war, weil er auf dem Klo saß oder draußen eine Zigarette rauchte, hätte zumindest Betty antworten müssen. Aber das tat sie nicht.

Herbert saß im Schnee gegen eine der grauen Labyrinthwände gelehnt und regte sich nicht. Nur seine etwas unregelmäßigen Atemzüge zeigten an, dass er überhaupt noch lebte. Um ihn herum lagen die bunten Verpackungen einiger Müsliriegel und die leeren Flaschen seines Schnapsproviants aus dem Survival-Pack. Außerdem hatte er seine Actioncam abgesetzt und ausgeschaltet. Sacke war klar, weshalb Herbert das getan hatte.

»Du blöder Hund«, sagte Sacke halblaut. »Hast dir mitten im Schnee einen angesoffen.«

Herbert wog deutlich über hundert Kilo, und allein würde Sacke ihn nicht evakuieren können. Der nächste Notausgang lag etwa fünfzig Meter entfernt, und der Weg dorthin führte über einen der besonders schmalen Labyrinthpfade. Sacke hatte seine Zweifel, dass er diesen Engpass passieren könnte. Mit einer Last wie Herbert jedoch wäre es völlig unmöglich.

Er versuchte erneut, seine Kollegen im Container zu erreichen.

Wieder vergeblich.

Sacke blickte auf seine Armbanduhr. Er hatte etwa eine Viertelstunde gebraucht, um vom Container hierherzukommen. Vielleicht etwas mehr. Falls er jetzt zurückging, um Hilfe zu holen, bedeutete dies, dass Herbert noch mindestens eine halbe Stunde länger hier im Schnee bleiben müsste.

Er hatte keine Ahnung, wie lange es dauerte, bis ein Mensch bei diesen Temperaturen erfror. Aber er ahnte, dass es nicht lange dauern konnte.

Andererseits gab es eine Möglichkeit, Herbert zu evakuieren, ohne erst zurückgehen zu müssen. Wenn er die übrigen beiden Spielteilnehmer einsammelte, könnte er mit ihnen gemeinsam den besoffenen Maurer hier herausschaffen. Er würde etwa zehn Minuten brauchen, um Lizzy und Ralph zu erreichen. Zurück zu Herbert wären es dann noch einmal zehn Minuten.

Sacke machte sich auf den Weg.

53

»Ist das ein Speiseaufzug?«, fragte Martha.

»Kein Essen erwähnen! Mir ist immer noch kotzübel«, entgegnete Jonas.

Die Schiebetür des Aufzugs war offen, und die Kabine dahinter schien gerade groß genug zu sein, dass sich ein nicht allzu großer Erwachsener möglicherweise in sie hineinfalten konnte. Neben der Tür ragte ein Hebel aus der getäfelten Wand.

Jonas betrachtete ihn. »Was, wenn das Ding nur nach unten fährt?«

»Dann haben wir Pech gehabt«, antwortete Martha gereizt und blickte skeptisch in die kleine Kabine. Irgendetwas tropfte durch deren Abdeckung und lief in feinen Fäden an den Seitenwänden herab. *Ist das Öl*, fragte sie sich und schob ihren Kopf und die Schultern in die Kabine. Einer der Tropfen fiel auf ihre Stirn.

»Igitt!«, rief sie und fuhr zurück.

»Hast du dich verletzt? Da ist Blut an deinem Kopf«, sagte Jonas.

Martha wischte sich mit der Hand über die Stirn und betrachtete dann ihre Finger. Es sah tatsächlich aus wie Blut.

»Das ist nicht meins!«

Jonas schaute in die Kabine. »Kunstblut? Die wollen uns Angst machen?«

»Arschlöcher«, fluchte Martha.

»Gehst du zuerst?«, schlug Jonas vor.

»Hast du etwa Angst vor ein bisschen Kunstblut?«

»Nicht witzig.«

»Bist du klaustrophobisch?«

»Vielleicht. Also... ein bisschen...«, antwortete Jonas.

»Es gibt keinen anderen Weg hier raus. Ist also egal, ob du als Erster oder Zweiter gehst. Irgendwann musst du in das Ding kriechen.«

»Ja, aber nicht als Erster«, beharrte Jonas.

»Feigling«, sagte Martha. Sie wischte mit einem Taschentuch das Kunstblut vom Boden und den Wänden der leicht auf und ab wippenden Kabine und kletterte dann hinein. Wobei es ihr schwerfiel, Arme und Beine unterzubringen.

»Bis gleich«, sagte Jonas und schob die Tür zu.

54

Betty fror. Der Sturm hatte die Tür, die Lucky vorhin nur angelehnt hatte, mittlerweile weit aufgerissen, und jetzt wehte zusammen mit der minus sechs Grad kalten Luft auch Schnee ins Innere des Containers. Betty zitterte und versuchte, von dem Stuhl zu rutschen, um irgendwie die Tür erreichen zu können. Denn obwohl der Radiator im hinteren Teil des Containers auf Hochtouren lief, saß Betty direkt im Einzug der frostigen Luft und fürchtete, dass sie hier in ihrem dünnen Kleid nicht sehr lange überleben würde. Außerdem schmerzte ihr wegen des Knebels der Mund.

Auf den Bildschirmen liefen die Videofeeds der Player. Betty war zu sehr mit sich selbst beschäftigt, um ihnen Aufmerksamkeit zu schenken. Doch dort lief eben eine Horrorshow ab, die furchtbare Konsequenzen für die Player haben sollte.

55

Martha hielt sich die Nase zu. In der Kabine roch es nach einer Mischung aus trockenem Schweiß, fauligen Eiern und Mottenpulver. *Wieso stinkt das hier so? Rieche ich etwa so furchtbar?*, fragte sie sich. Es war unangenehm eng hier. Außerdem wurde das Wippen heftiger. *Ich werde jeden Moment kotzen müssen*, dachte sie.

Jonas betätigte den Hebel.

Der Aufzug bewegte sich nach oben.

Noch mehr von dem Kunstblut tropfte durch die Ritzen in der Kabinendecke. Es fiel auf ihren Overall, und ein besonders breiter Faden dieses roten Zeugs fiel nur Millimeter an ihrer linken Wanne vorbei. *O Gott*, dachte sie, *das halte ich nicht mehr aus.*

Die Kabine kam zum Halt.

Martha schob die Tür zur Seite und blickte in eine altertümliche Küche, die nur von breiten Kerzen in Kandelabern beleuchtet wurde und in der es sogar noch furchtbarer roch als in der Aufzugskabine.

Der Grund dafür war unübersehbar. An zwei Fleischerhaken vor dem Kamin hingen ein totes Reh und etwas, das Martha für ein junges Wildschwein hielt.

Die Tiere waren gehäutet und aufgeschnitten worden.

Ihre Köpfe jedoch hatte man nicht angerührt.

Viel Blut war aus den Karkassen geflossen und hatte die beiden großen Emailleschüsseln, die unter ihnen standen, so weit gefüllt, dass sie übergelaufen waren. Das übrige Blut war offenbar über den Steinboden zum Aufzugschacht geflossen und dort hineingetropft.

Scheiße, dachte Martha angeekelt. *Von wegen Kunstblut!* Sie sah an sich hinab und fand einige verschmierte rötliche Flecken auf ihrem Overall.

Dann blickte sie sich nach dem Hebel für den Aufzug um, fand ihn, schloss die Aufzugtür und schickte die Kabine wieder zu Jonas hinunter.

Ist das hier ein Zwischengeschoss?, fragte sie sich, während sie sich in der Küche umsah.

Die Fenster auf der anderen Seite des Raums waren jedenfalls nur aufgemalt, und zwar nicht einmal besonders gut. Sogar eine Tür hatte man gegenüber dem Kamin auf die Wand gemalt. Der Raum war außerdem ungewöhnlich niedrig.

Das Motto, dem die Einrichtung folgte, lautete wohl Herz. Denn wo Martha auch hinschaute, fanden sich überall Herzen. Grüne Herzen auf Platzdeckchen, rote und goldfarbene auf den Geschirrteilen, die in offenen Regalen aus dunklem Holz aufgestapelt waren, sogar die Wände waren nicht davon verschont worden. An jeder von ihnen hatte man gleich mehrere handgestickte und mit Herzen verzierte Sinnsprüche aufgehängt.

Martha ging auf den massiven Tisch zu, der den Raum beherrschte, und schaute sich dabei vergeblich nach einem Ausgang um. *Falls ich länger als eine halbe Stunde diesem Geruch und den scheiß Herzchen und Sinnsprüchen ausgeliefert bin, werde ich wirklich noch wahnsinnig*, dachte sie missmutig.

Dieses Zimmer hatte etwas zutiefst Deprimierendes. Was nicht nur an den beiden toten Tieren lag.

56 Der Videofeed war abgebrochen. Sie hatten die Lücke zwar zunächst mit Werbeeinblendungen überbrücken können. Aber das war keine dauerhafte Lösung. Kevins Team versuchte, Wolfshorn zu erreichen, doch weder per Mail, Telefon noch Funk war irgendetwas zu machen. Ihre Klickzahlen sanken zwar überraschend langsam, doch selbst Bautz war bewusst, dass das nicht ewig so bleiben würde. In einigen Minuten würden sie so rapide abfallen, dass sie nicht mehr aufzufangen wären.

Doch das Schlimmste an der Situation, fand Bautz, war nicht einmal, dass der Feed abgebrochen war. Sondern, dass sich keiner hier einen Reim darauf zu machen versuchte, weshalb er abgebrochen war.

Kevins Team panisch umeinanderlaufen zu sehen war auch nicht hilfreich. Sie alle wirkten unfähig, die Situation zu akzeptieren. Also versuchten sie immer wieder, auf Wolfshorn anzurufen. Doch seit fast zwanzig Minuten hatte scheinbar niemand von ihnen auch nur einen Gedanken daran verschwendet, was man den Zuschauern als Alternative anbieten könnte, damit diese nicht wegklickten. Nur die Social-Media-Leute schrieben sich die Finger wund bei dem Versuch, die Flut an verwunderten und hasserfüllten Kommentaren einzudämmen.

»Stopp! Aufhören!«, brüllte Bautz in das Büro hinein.

Kevin legte den Hörer des Festnetztelefons ab, und einige seiner Teammitglieder wandten sich überrascht Bautz zu. Der zeigte auf Kevin. »Du gehst ins Studio und produzierst von dort einen Feed für den Kanal. Laber die Zuschauer einfach voll. Erklär ihnen aber nicht, dass wir technische Probleme haben. Sondern sag ihnen, dass das Ordnungsamt in Senftenberg oder von mir aus die scheiß

Landesmedienanstalt Brandenburg uns abgeschaltet hat. Du kannst es später dann auch auf den Schneesturm schieben. Aber erst mal lautet die Botschaft: Die haben uns gekappt, und du bist sauer, und das ist alles ein Versuch der etablierten Mainstreammedien, uns fertigzumachen. Weil die sich nämlich vor uns fürchten.«

Da niemand widersprach, kam Bautz so richtig in Schwung. »Alle anderen atmen jetzt mal durch und sorgen gefälligst dafür, dass sie hier nicht im Weg rumstehen, während Kevin und der alte Onkel Bautz die ganze Scheiße zu Bonbons zusammenrollen und in buntes Papier verpacken.«

Früher hatte Bautz für genau solche Augenblicke gelebt. Er war der Kapitän, der seine Truppe auf Kante klopfte und die Brücke beherrschte, während das Meer tobte, der Sturm röhrte und der Kahn koppheister in die Brecher knallte. Doch in *Wolfshorn* steckte fast die Hälfte seines Privatvermögens, und darum fühlte sich das hier anders an als eine der akuten Katastrophen, mit denen er während seiner Fernsehkarriere zu kämpfen gehabt hatte.

Zumal feststand, dass alles, was er gerade vorgeschlagen hatte, nur temporäre Lösungen waren. In spätestens einer Dreiviertelstunde würden sie wieder vor demselben Problem stehen wie jetzt.

Aber Lucky war einer der Besten im gesamten Gewerbe. Was immer da auf dem Gut schiefgelaufen war – Bautz setzte darauf, dass Lucky es in den Griff bekommen und sie wieder auf Sendung gehen würden.

57 Martha fragte sich, wo Jonas blieb. Dann fiel ihr ein, dass es Jonas wahrscheinlich unmöglich war, aus der Kabine heraus den Hebel zu betätigen, der den Aufzug in Bewegung setzte.

O mein Gott, was jetzt?

Martha schaute auf den Hebel, der hier neben dem Aufzug aus der Wand ragte. Vielleicht sollte sie ihn einfach betätigen? Was aber, wenn Jonas da unten gerade halb aus der Kabine hing bei dem Versuch, seinen Hebel zu ziehen? Was, wenn der Aufzug einfach nach unten fuhr, sobald sie den Hebel hier benutzte? Oder dieser ihn blockierte?

Martha schob hastig die Aufzugtür auf und schaute in den Schacht. »Jonas? Hörst du mich?«, rief sie und lauschte auf eine Antwort.

»Das Teil rührt sich nicht!«, entgegnete Jonas endlich.

»Kommst du an den Hebel heran?«

»Nope! Mach was!«

58 Lucky blickte auf sein Tablet und sah, dass Sacke sich immer noch im Labyrinth befand, während Mats, Martha, Melanie und Jonas bereits im Haus waren. Und zwar ungefähr dort, wo er sie auch erwartet hatte. Nur schien bei Iris irgendwas zu klemmen. *Hat die blöde Schranze etwa ihre Actioncam abgeschaltet?*, fragte er sich. Weshalb hätte sie das tun sollen?

Die Player hatten keine Verbindung nach draußen und konnten keine Ahnung davon haben, dass ihr Feed schon seit einiger Zeit nur noch bis zum Container, aber von dort nicht mehr weiter nach Berlin lief, weil er vorhin zwar das

Internet und die Telefonleitungen gekappt, aber das gutseigene Intranet intakt gelassen hatte.

Hatte er irgendetwas übersehen? Nein, dachte Lucky. Er tippte auf dem Tablet herum und schaltete so auf die Daten der GPS-Tracker, die in den Overalls der Player verborgen waren. Endlich sah er auch Iris' Standort. Sie war ganz in der Nähe von Mats im zweiten Stock des Hauses. *Wow*, dachte Lucky. *Die ist trotz ihrer Dosis Schlafmittel ganz schön weit gekommen.*

Die Hintertür zum Gutshaus war blockiert und so massiv und gut gesichert, dass es zwecklos war, sie mit Gewalt öffnen zu wollen.

Das stellte Lucky vor ein Problem. Er musste ins Haus. Aber es existierten nur drei Zugänge: das Hauptportal, die blockierte Hintertür und jene extra gesicherte Tür am Ende der Feuerleiter im Giebel des Hauses. Sämtliche Fenster waren vergittert. Ganz gleich, wo er es versuchte – jeden dieser Zugänge zu knacken, hätte Werkzeuge erfordert, über die er nicht verfügte. Vielleicht lag ja Werkzeug in den Containern herum. Aber um das herauszufinden, hätte er zurückgehen müssen, was ihn nahezu eine Viertelstunde kosten würde. So viel Zeit hatte er nicht.

Effektiver war es, den Haupteingang, durch den auch die Player in das Gebäude gelangt waren, zu nutzen. Den musste er zwar auch erst einmal erreichen. Aber das traute Lucky sich zu. Schwieriger würde es dann schon werden, sich im Haus bis zu dem Raum mit dem Preisgeld vorzuarbeiten. Dass er die Fallen und Rätsel umgehen und – anders als die Player – den direkten Weg gehen könnte, sparte zwar Zeit. Aber er musste damit rechnen, dabei auf Mats zu stoßen, der sich bestimmt wundern würde, was er im Haus trieb. Allerdings würde Mats auch im Nachteil sein. Denn Lucky hatte seine Waffe dabei.

Er blickte auf den grauen Zaun, der vom Haus aus nach Osten und Westen verlief. Den musste er überwinden, um zum Hauptportal zu gelangen.

»Scheiße«, fluchte er und sah sich nach irgendetwas um, was ihm dabei helfen könnte.

59

Martha stellte fest, dass der Hebel hier sich offenbar in drei und nicht nur in zwei Stellungen bewegen ließ, wie sein Gegenstück unten. Die mittlere Stellung war offenbar die neutrale. Wobei es dann nur logisch war, dass die obere den Aufzug hochfahren ließ, und die untere ihn wieder hinabschicken würde.

Sie drückte den Hebel nach oben.

Erleichtert stellte sie fest, dass die Kabine sich jetzt heraufbewegte.

»Fuck«, sagte Jonas, sobald die Kabine stehen blieb.

Hastig stieg er hinaus, setzte den Fuß in eine Pfütze angetrockneten Blutes, rutschte ab und fiel zu Boden.

»Mann!«, rief Martha.

»Da!«, brüllte Jonas und wies unter den Tisch.

Wo Martha vorhin die Frauenhand übersehen hatte, die halb hinter einer jener großen weißen Emailleschüsseln hervorragte.

60

Sacke verstand die Welt nicht mehr. Er hatte Lizzy und Ralph zwar relativ mühelos und auch in etwa dem erwarteten Zeitraum erreicht. Nur half ihm das nicht. Ganz im Gegenteil stellte es ihn vor nur noch größere Probleme. Denn auch Ralph und Lizzy schliefen fest. Auch sie hatten ihre Alkoholvorräte vernichtet. Lizzys Actioncam war abgestellt, Ralphs Kamera lag neben ihm im Schnee und sendete wahrscheinlich nur noch eine weißgraue Nahaufnahme der Schneedecke.

Der Sturm wurde heftiger, und die Temperatur fiel weiter.

61

»Ich kann das nicht ansehen«, sagte Martha, konnte ihre Blicke aber trotzdem nicht von der Frauenhand wenden, aus der zähe Blutfäden liefen.

Jonas hatte sie vom Boden aufgehoben und auf dem Tisch abgelegt, wo die Kerzen etwas besseres Licht spendeten.

»Von wem stammt die? Doch nicht etwa von einer von uns?«

Der kitschige hellgrüne Nagellack auf den Fingern der Hand kam Martha bekannt vor. Sie hatte ihn erst kürzlich schon mal gesehen. Und zwar an Iris Tischoff.

Sie schlug die linke Hand vor den Mund. Ihr Hirn schien sich innerhalb von Sekundenbruchteilen völlig geleert zu haben. Zurückgeblieben war nur noch eine kriechende schwarze Angst, die sie lähmte und ihr Gänsehaut verursachte.

»Wir müssen hier raus! Hörst du mich? Kacke, jetzt

sag doch was!«, fuhr Jonas sie an, während Martha mit ihrer Hand vor dem Mund und weit aufgerissenen Augen regungslos und stumm neben dem Tisch stand.

Aber Angst war keine Lösung. Martha ging zum Küchenschrank, dessen Schubladen herausgerissen worden waren, ergriff ein Messer, rollte den Ärmel des Overalls herauf und schnitt sich zweimal in den linken Arm.

»Alter!«, rief Jonas ihr zu.

Martha stöhnte auf, ballte ihre Hände zu Fäusten, senkte den Kopf und verzog den Mund. Sowohl ihre Arme wie die Oberschenkel waren von einem Netzwerk feiner weißlicher Narben überzogen, aus dem jedoch einige breiter und deutlicher hervorstachen. Das waren die Narben der Cuts, die sie sich nach dem Überfall auf das Blumengeschäft beigebracht hatte.

Seit ihrem zwölften Lebensjahr betäubte sie mithilfe der Cuts emotionalen Schmerz mit körperlichem. Die meisten Schnitte hatte sie sich beigebracht, nachdem das Blutgefäß im Hirn ihrer Mutter geplatzt war.

Der Schmerz vertrieb auch jetzt wieder zuverlässig ihre Panik und das Gefühl von Lähmung und Ausweglosigkeit.

Sie saugte etwas von dem Blut ab, das aus ihren Wunden drang, und streifte dann den Ärmel wieder herunter.

Jonas wollte irgendetwas sagen. Doch Martha streckte ihm in einer strengen Geste ihre rechte Hand entgegen. »Halt die Klappe!«

Jonas wandte sich ab. Er wirkte so hilflos und erschrocken, dachte Martha. *Ich bin alles, was er hat, um es hier lebend herauszuschaffen. Scheiße, ich wollte das nicht!*

Jonas ergriff einen der Kandelaber und leuchtete den Fußboden aus. Er entdeckte eine Reihe von Blutpfützen, die nicht von den Tieren stammen konnten. Er beugte sich hinab und strich mit dem Zeigefinger über eine der Pfützen. »Das ist noch nicht voll durchgetrocknet.« Er zeigte zum Kamin. »Es kommt von dort.«

Marthas Blicke folgten seiner Geste.

»Das ist richtig viel Blut.«

»Wir müssen Iris finden«, antwortete Martha.

62

Betty begriff nicht, was sie auf Marthas Videofeed sah und hörte. Woher kam diese Frauenhand? Und wovon sprachen die beiden da gerade?

Sie schaute auf die übrigen Feeds und stellte fest, dass Melanie sich im Haus bewegte, Mats am weitesten zum Ausgang vorgedrungen war und Iris sich – der Grafik auf dem Bildschirm zufolge – neben dem Herzküchenraum in einem der drei Zimmer befand, aus denen sie es allein nicht herausschaffen würde. Allerdings war ihr Videofeed schon vor einiger Zeit abgebrochen. Der letzte Frame zeigte eine weiße, gepolsterte Wand, über die eine dunkle Flüssigkeit lief.

Betty musste sich befreien. Und sie musste Hilfe holen.

63

Lucky hatte einige Holzpaletten entdeckt, die noch von den Bautrupps stammten. Er schleppte fünf von ihnen zum Zaun und stapelte sie dort übereinander. Dann wuchtete er fluchend die letzte auf den Stapel und lehnte sie dort schräg gegen den Zaun.

Das sollte reichen, dachte er, kletterte auf den Stapel und dann auf den etwa fünfundzwanzig Zentimeter breiten Rand der angelehnten Palette. Von hier aus konnte er die Oberkante des Zauns erreichen. Er zog sich ächzend hinauf und sprang dann über die Kante hinweg ins Dunkle.

Er landete mit den Füßen in einer Schneewehe, hatte aber zu viel Schwung, stolperte und fiel hin. Dabei schlug er sich hart die Schulter an. Er zog eine Grimasse, richtete sich auf und rieb die geprellte Schulter.

Er hatte keine Probleme damit, die Tür des Gutshauses zu öffnen. In der Halle achtete er darauf, dass er sie exakt in der Mitte durchquerte, um nicht die Sensoren auszulösen, die die Ballons über ihm zum Platzen brachten.

Anders als die vier Player im Haus benutzte er dann keine der beiden seitlichen Geheimtüren, sondern verwendete sein Taschenmesser, um eine schmale Pforte in der Rückwand direkt gegenüber der Eingangstür zu öffnen.

64

Martha hatte beim Kamin noch einige größere Blutflecke und sogar ein blutiges Stück Tuch gefunden. Sie konnte sich nicht erklären, was passiert war. Aber sie fand es nur angebracht, das Messer, mit dem sie sich gerade geschnitten hatte, jederzeit griffbereit in ihrem Gürtel zu tragen.

Sie ging zum Tisch im Zentrum des Raums zurück und suchte dort nach weiteren Hinweisen. Der Schmerz in ihren Armen war zu einem beständigen Pochen geworden. Das sie willkommen hieß.

»Ob die Eso-Schnikse mit Melanie Beef gekriegt hat?«, fragte Jonas.

»Such weiter.«

Jonas kroch mit dem Kandelaber unter den Tisch und leuchtete dort den Boden aus. »Hier ist nix!«

Martha ging zur Wand gegenüber dem Kamin und überprüfte sie. Erfolglos. Sie schaltete ihre Kamera ab und bedeutete Jonas, dasselbe zu tun.

»Hol deine Zeichnung raus«, forderte sie ihn auf.

Er löste das Dokument von seinem Bauch und breitete es auf dem Tisch aus. Das Papier war feucht und rissig von seinem Schweiß.

»Wir sind hier, stimmt's?«, sagte Martha und zeigte auf einen quadratischen Raum im zweiten Stock, der sich laut der Zeichnung etwa in dessen Zentrum befand. Links davon war ein kleiner Raum eingezeichnet, dem sich wiederum eine Treppe anschloss, die jedoch wieder herunter in ein Zimmer führte, das direkt unter ihnen lag.

Rechts von ihnen lag ein Raum, der mindestens so groß war wie die Küche, in der sie sich gerade befanden. Darin war ein Symbol eingezeichnet, das Martha nichts sagte.

»Was ist das da?«

»Ich bin nicht sicher. Sieht aus wie eine Leiter.«

»Hm«, antwortete Martha.

»Ich hab Angst«, bekannte Jonas.

»Ich auch. Aber das nützt uns nichts. Bestimmt ist schon ein Rettungsteam unterwegs. Die müssen ja in Berlin und hier in der Technikzentrale gesehen haben, was mit Iris passiert ist. Aber wir wissen nicht, wie lange die brauchen, um uns zu finden und rauszuholen. Wir könnten uns hier verschanzen und abwarten. Aber irgendwo hier in der Nähe liegt vermutlich Iris, blutet, hat Schmerzen und braucht dringend Hilfe. Wir sind bestimmt von allen anderen am nächsten an ihr dran. Und wir haben auch keine Ahnung, ob Melanie und Mats safe sind.«

Jonas setzte sich auf einen der Küchenstühle und dachte nach. »Die hat sich ihre Hand doch nicht freiwillig abgeschnitten! Das hat ihr jemand angetan. Und nur einer von uns hier im Haus ist ein ausgebildeter Killer.«

Martha war klar, dass er auf Mats anspielte. Dessen Dienst in der KSK-Truppe zu Beginn seiner Modelkarriere in den Medien oft betont worden war.

»Wir wissen nicht, was passiert ist. Das kann auch ein Unfall gewesen sein. Aber Iris ist bestimmt hier ganz in der Nähe. Wir müssen sie finden.«

Jonas nickte. »Was ist außer Iris' Hand das Ekligste hier?«

»Die scheiß Herzchen. Was denn sonst?«, beantwortete Martha verdutzt, aber ehrlich seine Frage.

»Ich meinte nicht für dich. Sondern für normale Leute«, widersprach er ihr und zeigte auf die beiden Karkassen. »Das hier läuft am Ende wie ein Onlinegame. Sobald du herausgefunden hast, wie die Spieldesigner ticken, biste weit vorn. Der Ausgang hat irgendwas mit den Viechern am Haken zu tun. Die hier aufzuhängen, entspricht genau Kevins komischem Sinn für Humor.«

Darauf hätte ich selbst kommen sollen, dachte Martha. »Okay. Stimmt.«

Jonas rührte sich nicht.

»Na los, geh und sieh nach!«, sagte Martha und zeigte auf die beiden Tiere.

»Wie? Ich?«

»Wer sonst? Ich bin verletzt. Außerdem ist auf meinem Fahrrad ein Aufkleber: Ich bremse auch für Tiere. Ich greife doch nicht in einen Bambi-Kadaver.« Sie zeigte auf Jonas' Zeichnung. »Vorher packst du die aber wieder weg. Damit wir die Kameras wieder aktivieren können. Wenn die ausgeschaltet sind, kann das Rettungsteam uns vielleicht nicht lokalisieren.«

Jonas klebte die Zeichnung an seinen kindlich flachen weißen Bauch und schloss den Overall. Dann schalteten sie beide gleichzeitig ihre Actioncams wieder ein.

»Ich *will* das nicht«, maulte Jonas, als er vor den beiden Karkassen stand, offenbar zunächst unschlüssig, was er dort tun sollte.

»Iris verblutet gerade irgendwo!«

»Ich kann die Bratze nicht mal leiden!«, antwortete er, griff dann aber in den Bauch des blutigen, übel riechenden Rehs.

65

Sacke hatte Herbert an den Beinen gepackt und schleppte ihn durch den Schneefall hinter sich her.

Er schwitzte und rutschte immer wieder auf dem glatten, teilweise überfrorenen Grund aus.

Trotzdem machte er weiter.

Er hatte alles versucht, was in seiner Macht stand, Lucky oder Betty im Container zu erreichen. Ohne Erfolg. Doch es war ihm auch klar, dass Herbert allein und an der recht exponierten Stelle, an der er ihn vorhin gefunden hatte, sterben würde, sollte man ihn nicht sehr rasch aufwecken können. Was aber unwahrscheinlich war. Also hatte er seinen Rettungsplan geändert und beschlossen, ihn zu den anderen beiden zu bringen, die sich an einer Stelle befanden, die deutlich weniger dem Wind und Schneetreiben ausgesetzt war.

Falls er die drei Kandidaten eng nebeneinanderlegte, hatten sie vielleicht eine Chance, ohne größere Erfrierungen davonzukommen, bis er im Container gewesen war, dort den Rettungsdienst alarmiert hatte und mit Wärmedecken, noch mehr heißem Tee und seinen beiden Kollegen zurückgekehrt war.

66

Jonas bewegte seine Hand missmutig in der Rehkarkasse, ohne wirklich zu wissen, wonach er dort eigentlich suchte.

Martha blickte sich in der Küche um. Einer der Schmuckteller in dem Regel, das zwischen zwei der schlecht aufgemalten Fenster hing, erregte ihre Aufmerksamkeit.

»Stopp!«, rief Martha ihm zu. »So einfach ticken die auch wieder nicht. Es hat doch was mit den Herzen zu tun!«

Jonas zog seine Hand aus dem Rehbauch und warf ihr einen zweifelnden Blick zu.

»Die ganze scheiß Küche ist voller Herzen!«

Martha ging zu dem Regal und zeigte auf den Teller. »Siehst du hier? Eigentlich hätte man auf den Schmucktellern erst recht Herzchen erwarten sollen, wenn die ganze Küche damit schon zugeknallt ist. Aber hier sind ausgerechnet Bambis und Wildschweine drauf. Zufall?«

Sie ergriff den ersten der drei Teller, der sich mühelos hochhheben und wieder ablegen ließ.

Beim zweiten spürte sie jedoch einen gewissen Widerstand, als sie versuchte, ihn aus dem Regal zu heben.

Sie probierte es erneut mit etwas mehr Kraftaufwand.

Woraufhin der komplette falsche Kamin samt einem großen Teil der Wand sich um etwa anderthalb Meter hob.

»Mann!«, rief Martha.

Aus der Öffnung unter dem Kamin fiel künstliches Licht in die Küche.

Jonas steckte vorsichtig Kopf und Schultern durch die Öffnung.

»Puh, das ist krass hell hier«, rief er. »Das ist… Keine Ahnung, was das ist. Aber es sieht aus wie 'ne Gummizelle!«

Das passt ja, dachte Martha. *Von der Küche geht's direkt in die Gummizelle.* Millionen von überforderten, frustrierten und ausgelaugten Müttern und Ehefrauen würden den tiefschwarzen Humor hinter dieser Kombination zweifellos zu schätzen wissen.

Jonas kroch weiter in die Öffnung hinein.

Dann schrie er überrascht auf.

66

Lucky hatte den Raum hinter der Halle durchquert und ging jetzt auf eine schmale Treppe zu. Er war sicher gewesen, dass dieser Raum eine echte Hürde für die Player darstellen würde, die versuchten, dessen zweite Tür zu öffnen. Das Zahlenrätsel, das man dafür zu lösen hatte, war schwierig.

Aber Mats hatte es vorhin dennoch in Rekordzeit geschafft. *Vielleicht*, dachte Lucky, *habe ich die ja alle einfach unterschätzt.*

Er hatte die Lösung des Rätsels jedenfalls in seinem Tablet gespeichert. So kostete es ihn nur ein paar Sekunden, sie in das Touchpad neben der Tür einzutippen.

Nicht jedes der Hindernisse, die jetzt noch zwischen ihm und seiner Beute lagen, würde so einfach zu überwinden sein.

Er schob das Tablet wieder in die Tasche zurück, zog die Pistole hervor und entsicherte sie. Vorsicht, fand er, war immer besser, als später Grund zur Reue zu haben.

67

Martha war hinter Jonas durch die Öffnung gekrochen und stand jetzt in einer ganz in Weiß gehaltenen Gummizelle. Zwei Strahler waren darin angebracht, deren Licht all das Weiß noch stechender und greller machte. Rechts von dem Zugang befand sich eine massiv gemauerte Pritsche mit einer blauen Kunststoffpolsterung.

Die Pritschenpolsterung bildete nicht den einzigen Farbkontrast hier. Denn im Zentrum der Zelle lag Iris' Leiche in einer riesigen Blutlache. Ihr Leib war über der Brust und den Schultern so voller Blut, dass es in dem grellen Licht auf ihrem Overall nahezu leuchtete. Man hatte ihr den Kopf abgetrennt. Er lag einen ganzen Meter rechts von ihren Füßen. Was einen unerhört bizarren Anblick ergab. der Martha seltsamerweise nicht an Horrorfilme, sondern an die surrealistischen Gemälde erinnerte, die sie mal in einer Ausstellung in Berlin gesehen hatte.

Martha fand die Tierkadaver in der Herzküche zwar abstoßend, aber sie hatte nie ein Problem mit dem Tod gehabt. Im Gegenteil – sie hatte an Führungen durch Bestattungsinstitute und Krematorien teilgenommen und vor einigen Jahren sogar bei einer Obduktion zugeschaut.

Das, was jetzt in dieser riesigen Blutlache vor ihr lag, hatte für Martha nichts mehr mit der Iris zu tun, die sie gekannt hatte, sondern war nur noch gemartertes Fleisch.

Am furchtbarsten fand sie den Anblick des altmodischen Küchenbeils, das ein paar Schritte neben Iris' Kopf am Boden lag.

»Der Kopf. Hast du den Kopf gesehen? Das glaub ich ja nicht…«, stammelte Jonas.

»Ja, wir haben ein Problem mehr.«

Melanie konnte das nicht angerichtet haben, dachte Martha. Der Einzige, der dafür infrage kam, war Mats. Es sei denn, es gab noch einen Eindringling, von dem sie nichts wussten.

Martha und Jonas gingen vorsichtig an Iris' Leiche vorbei auf die gegenüberliegende Zellenwand zu. Hinter ihnen schloss sich die Öffnung zur Herzküche.

»Fuck!«, rief Jonas und rannte zurück, nur um festzustellen, dass sie hier gefangen waren.

Was machen wir jetzt?, fragte sich Martha.

Und weshalb kam ihnen kein Mensch zu Hilfe, obwohl doch Hunderttausende User zuschauten?

»Hier stimmt doch was nicht. Dieser Raum müsste doch viel größer sein«, sagte Jonas.

Martha nickte. Sie waren nicht nur in einem Haus mit einem Killer gefangen; darüber hinaus hatte sich auch das einzige Hilfsmittel, das ihnen vielleicht einen Vorsprung vor ihm verschafft hätte, gerade als nutzlos erwiesen. Denn die Zeichnung, die Jonas gestohlen hatte, entsprach nicht der Realität.

Basically we are fucked, dachte Martha, aber vermied es dabei, Jonas anzuschauen. Der Junge stand sowieso schon knapp vor einem Nervenzusammenbruch. Und die Angst in ihrem Blick zu sehen, würde ihn vielleicht endgültig über die Klippe treiben.

Martha sehnte sich danach, erneut ihren Overallärmel aufzurollen, um mit einem weiteren Schnitt die Angst und das überwältigende Gefühl von Überforderung im Zaum zu halten.

68

Betty hätte nie erwartet, dass es so schwer sein könnte, einen Bürostuhl umzuwerfen. Sie hatte es eine gefühlte Ewigkeit lang vergeblich versucht und änderte schließlich ihre Taktik. Mithilfe winziger Stöße ihrer gefesselten Beine rollte sie den Stuhl in Richtung des Radiators am Ende des Containers.

Sie kannte sich mit diesen alten Radiator-Modellen aus. Die wurden irgendwann so heiß, dass man sich verbrannte, sobald man sie berührte. Deswegen stand auf jedem dieser Dinger eine Warnung, sie niemals abzudecken und immer frei stehend in einem Raum zu platzieren. Der Kabelbinder, mit dem Lucky ihre Beine zusammengebunden hatte, bestand aus Kunststoff. Der hoffentlich schmelzen würde, sobald sie ihn in Verbindung mit den heißen Rippen des Radiators in Verbindung brachte.

Sich so fortzubewegen, bereitete ihr zwar Schmerzen in

den Beinen und Füßen, aber Betty biss die Zähne zusammen und machte weiter. Schon spürte sie die Wärme des Geräts.

Wie gut sie tat!

Endlich hatte sie es geschafft. Sie war dem Radiator nah genug gekommen, um ihre Beine zu heben und gegen dessen schmale Rippenkanten zu halten. Die Lederstiefel schirmten zwar die schlimmste Hitze ab, trotzdem schrie Betty vor Schmerz auf, sobald ihre Beine die Oberfläche des Heizgeräts berührten.

Ein unangenehm stechender Geruch stieg davon auf. Der Kabelbinder zerschmolz.

Ihre Beine waren frei.

»Fuck you, Lucky!«, brüllte sie, während sie ihre Füße wieder auf den Boden stemmte, dem Stuhl einen heftigen Schub verpasste und damit gegen die Containerwand rollte, wo sie ihn mithilfe einiger beherzter Tritte umdrehte und frontal vor der Wand platzierte.

Sie ahnte, dass das, was sie jetzt vorhatte, nur in neuen Schmerzen enden konnte. Dennoch stemmte sie die Füße gegen die Wand und schob sie daran immer höher – so hoch, bis der Stuhl schließlich umfiel.

Der stechende Schmerz in ihrer linken Schulter bewies Betty, wie recht sie mit ihrer Vermutung hatte. Aber immerhin brachte sie es jetzt fertig, ihre Hände an der hohen Stuhllehne entlangzubewegen, bis Betty sie, begleitet von einem erneuten Schmerzensruf, über die Lehnenkante streifen konnte.

Sie hatte sich von dem Stuhl befreit.

Betty lief zur Containertür und versetzte ihr zwei Tritte, die sie ins Schloss warfen.

Auf dem Tisch lag ihr zerschossenes Handy. Und sämtliche Monitore zeigten eine Warnmeldung, dass die Verbindung zum Internet unterbrochen sei. Sonst zeigten sie nichts mehr, obwohl Funktionslämpchen signalisierten, dass das auf Wolfshorn installierte Intranet offenbar weiterhin tadellos funktionierte.

Allerdings bedeutete dies eben auch, dass sie vorläufig keine Möglichkeit hatte, Hilfe zu rufen.

Wie lange ist dieser fette Securitytyp mit der Säufernase eigentlich schon da draußen unterwegs?, fragte sie sich. Müsste er nicht längst zurück sein? Oder gehörte der etwa dazu? Lucky war jedenfalls ganz schön vertraut mit ihm umgegangen. Und was war mit den Playern im Haus? Wo waren Lizzy, Herbert und Ralph? War der fette Sicherheitsmann wirklich zu ihnen unterwegs, um sie aus dem Labyrinth zu schaffen?

Die Handschellen öffnen konnte sie nicht. Aber wahrscheinlich konnte sie sich zu Boden fallen lassen und ihre Beine so weit an den Körper heranziehen, dass sie ihre Arme an ihnen vorbeischieben und so zumindest nach vorn bringen könnte.

Betty brauchte mehrere Minuten dafür, und sie vermutete, dass sie sich dabei mehrere Muskeln gezerrt hatte.

Schließlich stand sie auf und ging zu den Tastaturen und Monitoren auf dem Tisch.

Sie riss so lange an den Bändern des Knebels, bis sie sich lösten. Ihre Mundwinkel fühlten sich wund an, und ihr Kiefer tat weh.

Ich sollte mich um die Player im Haus kümmern, dachte sie. *Außerdem muss ich irgendwie meine Hände freikriegen.*

9 // 5. JANUAR

18:41 bis 20:07 Uhr

69 Lucky ging durch den Raum mit dem vergorenen Fisch. Er hielt sich dabei die Nase zu und öffnete den Zugang zum nächsten Raum, den er zu durchqueren hatte, um zur Treppe in den zweiten Stock zu kommen.

Wer ist nur auf diese kranke Idee mit dem scheiß Gammelfisch gekommen?, fragte er sich angewidert und hoffte, dass er Martha und den Hänfling gleich in der Gummizelle antraf. Das würde Zeit sparen und bot ihm außerdem die Gelegenheit, sich trotz seines engen Zeitplans doch noch ein bisschen Spaß mit der Blumenfee zu gönnen.

Er fand es seltsam, dass Iris sich offenbar ebenfalls noch in der Gummizelle aufhielt. Wogegen Mats und Melanie bereits zum Westflügel vorgedrungen waren. Was bedeutete, dass sie beide wohl unabhängig voneinander den Zugang dorthin gefunden hatten. Mats hätte er dies jederzeit zugetraut. Dass die Trällerbiene es ebenfallls geschafft hatte, erhöhte Luckys Respekt vor ihr.

Von ihrem Aufenthaltsort im Westflügel war es nicht mehr weit bis zum Dachgeschoss, dem Preisgeld und dem Ausgang. Ein ewiger Jammer, dachte Lucky, dass der Zugang zur Feuertreppe und die schwere, besonders gesicherte Tür, die von der Giebelspitze des Gutshauses auf diese Feuertreppe führte, so massiv und extrem gesichert waren, dass er sie ohne wirklich schweres Werkzeug nicht hätte überwinden können. Wie viel Mühe und Zeit ihm das erspart hätte, dachte er bedauernd.

Aber dass er sich nun mal gezwungen sah, den Weg durchs Gutshaus nehmen zu müssen, hatte auch seine angenehme Seite. Denn das verschaffte ihm immerhin die Gelegenheit, sich an der attraktiven Martha bedienen zu können.

Hab ich ein Problem damit, dass Iris dabei wahrscheinlich zuschaut, wie ich Martha durchficke?, fragte er sich. *Nein*, entschied er. Und nahm sich vor, noch fünf Minuten dranzuhängen und Iris als Nachtisch ein bisschen wehzutun, nachdem er sich Martha für den Hauptgang gegriffen hatte.

70

Betty wusste, dass sie den Videofeed der Kameras, den das Wolfshorn-Intranet zum Container übertrug, nicht nach draußen senden konnte, weil die Verbindung zum Internet unterbrochen war.

Doch was sie gerade auf Jonas' und Marthas Feeds sah, war unbegreiflich für sie.

Am Boden der Gummizelle lag eine kopflose Frauenleiche, die einen Overall trug, der voller Blut war. Daneben lag etwas, das eindeutig Iris' abgetrenntem Kopf ähnelte.

Es sah aus wie in einem Horrorfilm. Aber Horrorfilme waren Fiktion und sollten das gefälligst auch bleiben.

Ihr fiel ein, dass der Letzte, der sich mit Iris in diesem Raum aufgehalten hatte, Mats gewesen war.

Wie gehe ich denn jetzt damit um, dass dort Iris' Leiche liegt, fragte sich Betty.

Aus so etwas entstanden psychische Traumata. Ich riskiere hier wahrscheinlich lebenslange psychische Schäden, dachte Betty. *Das bezahlt mir keiner! Das war niemals Teil des Deals gewesen. Wie stand frau denn so etwas durch? Scheiße, scheiße, scheiße, was mach ich denn jetzt bloß?*, dachte sie voller Panik.

71

»Ja, frisch geöffnete Leichen stinken fürchterlich«, sagte Martha, während sie die breiten Lederschlaufen musterte, die etwa fünfzig Zentimeter unterhalb der Decke angebracht waren. An jeder der Wände gab es zwei Stück davon. Dienten sie vielleicht dazu, einen verborgenen Ausgang zu öffnen?

Jonas saß so weit wie möglich von Iris' Leiche entfernt auf der Pritsche, hielt sich die Nase zu und wurde zunehmend fahler.

»Weshalb kommt keiner, um uns rauszuholen? Die müssen doch gesehen haben, was mit Iris ... los ... ist! Gibt's hier keine Vopos mehr?«

»Vopos sind schon länger aus. Aber wir haben trotzdem Polizei hier im Osten«, verbesserte ihn Martha, die seine plötzliche Lethargie ziemlich aufregte.

»Mann, du weißt doch, was ich meine«, rechtfertigte sich Jonas. Er schien plötzlich alles zu tun, um ihren Anblick zu vermeiden.

Martha ließ für einen Moment ihren Gedanken freien Lauf. *Eine Leiter, wo könnte hier eine Leiter verborgen sein und wo führt die hin?*, fragte sie sich. Oder war diese Leiter auch eins der Details, die sich zwar auf der Zeichnung befanden, aber trotzdem nicht im Haus?

O Gott, bestimmt halten mich die Zuschauer inzwischen erst recht für eine Psychopathin, weil ich wegen Iris' Leiche nicht in Tränen ausgebrochen bin. Aber ich kann halt einfach irgendwie mit solchen Situationen umgehen. Das ist ein Talent oder so was. Scheibenkleister, wo ist der Ausgang? Was, wenn jeden Moment Mats oder Melanie hier auftauchen? Einer von denen muss Iris das da angetan haben. Hier ist doch kein Fremder im Haus, oder doch? Mist, was soll ich denn jetzt machen? Wir können auch nur noch nach oben. Es sei denn, wir schaffen es durch eins der Fenster. Nein, Mist, die sind ja alle vergittert, und schon im zweiten Stock sind wir viel zu weit oben, um runterspringen zu können, ohne uns dabei schwer zu verletzen. Was mache ich denn jetzt bloß? Jonas ist doch auf mich angewiesen. Der ist mit all dem hier total überfordert. Ich muss hier raus. Und weshalb kommt eigentlich keiner, um uns rauszuholen? Ich will, dass uns jemand hier herausholt! Ich brauche Hilfe. Fuck, wir sind so was von am Arsch. Was, wenn wir die Nächsten sein sollen?

Martha holte einige Male kurz nacheinander tief Luft und versuchte, sich zu konzentrieren.

Da waren Stiefelspuren auf dem Boden, der genau wie die Wände aus einem starken weißen Gewebe bestand, das über eine halb weiche Polsterung gespannt worden war. Diese roten Fußspuren – stammten die etwa von ihr? *Bin ich in Iris Blutlache getreten?*

Martha sank hastig zu Boden, zog ihre Handschuhe aus dem Gürtel, unter den sie sie vorhin geschoben hatte, und wischte damit an der Sohle ihres rechten Schuhs herum.

»Du bist auf Iris getreten? Bist du etwa auf Iris getreten? Du bist so scheiße, Martha, weißte das?!«, rief Jonas ihr zu und verkroch sich ängstlich noch tiefer in die Ecke der Zelle.

Martha warf ihm einen bösartig kalten Blick zu. »Klar, ich bin das Monster! Und ohne mich wärst du jetzt bestimmt nicht hier. Dann wärst du einfach genauso tot wie Iris.«

Jonas zeigte ihr den Stinkefinger.

Gleich darauf schrie er auf.

Martha begriff nicht, was das sollte. Bis sie Jonas' entgeistertem Blick folgte.

Iris' Leiche bewegte sich.

Sie hob sich vom Boden auf und fiel wieder zurück, hob sich wieder ein Stück weit auf und fiel erneut zurück.

Martha war unfähig, sich zu bewegen. Obwohl sie genau wusste, dass sie sich besser genau jetzt bewegen sollte. Und zwar von hier weg.

All das Weiß macht mich wahnsinnig, dachte sie.

72

Etwas blockierte den Zugang zur Gummizelle. Lucky stand auf einer Leiter in einem der Räume, in denen man Kabel, Technik und Sicherungskästen untergebracht hatte, und von hier aus hätte er eigentlich mühelos durch eine Falltür in die Gummizelle über ihm gelangen müssen.

Nur ließ sich die verdammte Tür nicht öffnen. Saß etwa jemand darauf? Unwahrscheinlich. Das Teil war gut verborgen, und es wäre schon ein unglaublicher Zufall, dass einer der Player sich darauf befand und die blockierte.

Die Kammer hatte nur eine Notbeleuchtung. Und irgendetwas tropfte an den Rändern der Falltür herunter.

Lucky fummelte seine Stabtaschenlampe aus der Jackentasche, schaltete sie ein, steckte sie in den Mund und drehte dann seinen Kopf auf der kurzen Leiter einige Male hin und her, um die Ränder und Verriegelung der Falltür auszuleuchten.

Ist das etwa Schmieröl?, fragte er sich. *Welcher Idiot hatte das denn angerichtet?!*

73

Betty tippte mit den immer noch vor Kälte steifen Fingern wie besessen auf der Haupttastatur im Technikcontainer herum. Wobei sie Luckys Handschellen zum Glück weniger behinderten, als sie befürchtet hatte.

Sie war inzwischen überzeugt, dass sie Sacke ebenso wenig trauen durfte wie Lucky. Die beiden hatten sich offenbar zusammengetan und waren hinter dem Preisgeld her.

Aber Lucky hatte ihr vorhin außerdem seine Waffe zwischen die Schenkel gerammt und ziemlich eindeutige Ansagen gemacht. Und da im Haus waren zwei Frauen unterwegs. Außerdem war Melanies Videofeed abgebrochen. Und Iris lag gerade ohne Kopf und mit nur noch einer Hand in der Gummizelle.

Du musst das verdrängen, sagte sie sich. *Du musst dich konzentrieren! Konzentrier dich gefälligst! Wenn du jetzt zu lange an Iris denkst, kannst du den anderen nicht mehr helfen, dann tickst du aus!*

Betty atmete einige Male bewusst tief ein und aus. Das

half. Das half eigentlich immer. Ob sie nun in Berlin ihren Bus verpasste oder hier mit kopflosen Leichen konfrontiert wurde.

Sie bezweifelte, dass Lucky die Gelegenheit ungenutzt verstreichen lassen würde, die beiden Frauen anzugreifen, wenn er sowieso schon mal dort war und seine Waffe dabeihatte.

Ich muss Melanie und die Blumenfee warnen und ihnen helfen, sich vor Lucky und Mats in Sicherheit zu bringen, nahm Betty sich vor.

Das Problem dabei war nur, dass sie dazu einen Weg finden musste, mit ihnen zu kommunizieren. Die Lautsprecher an den Masten draußen funktionierten jedenfalls nicht mehr. Das hatte sie gleich zuerst versucht.

Grundsätzlich hätten sich die Mikros der Actioncams an den Stirnbändern der Player zu Lautsprechern umpolen lassen sollen. Aber Betty war dafür technisch nicht versiert genug. Sie kannte sich ein wenig mit Steuerungssoftware aus, und die Türen und Zugänge im Haus, die eigentlich von hier aus hätten zu bedienen sein müssen, waren nicht mehr steuerbar.

Es fiel ihr nicht schwer zu erraten, weshalb. Lucky hatte daran gedreht. *Wenn ich schon nicht mit ihnen kommunizieren kann, dann kann ich ja vielleicht Luckys Manipulation rückgängig machen und die Player im Haus dann so lange in ihren Räumen einsperren, bis endlich von irgendwoher Hilfe kommt*, dachte Betty. In Berlin musste Kevins Team ja längst festgestellt haben, dass hier gerade gar nichts mehr ging. Folglich musste jemand schon auf dem Weg zum Gut sein.

»Konzentrier dich«, flüsterte Betty dem Bildschirm zu. Wie ging das noch mal mit den Steuerungsparametern?

Sie behielt die Videofeeds im Auge. Während Jonas und Martha in der Gummizelle vorläufig sicher waren, bewegte sich Melanie im Westflügel auf einen Ort zu, den sie besser nicht erreichen sollte, falls sie eine Chance haben sollte, lebend aus Wolfshorn herauszukommen. Bautz hatte diesen Raum »das Zimmer, das Verrückte macht« getauft, und auch wenn Betty das für ein bisschen übertrieben gehalten hatte, war es doch einer der Räume, aus denen man wirklich nur mit großer Mühe entkommen konnte.

74

»Da will jemand rein. Die haben Hilfe geschickt!«, sagte Martha und hüpfte mit nur einem Stiefel an den Füßen auf Iris' Leiche zu, um sie beiseitezuschieben.

Doch sie stoppte vor der breiteren der Blutlachen, die sich um die Tote gebildet hatten. Um sie wegziehen zu können, hätte Martha in das Blut treten müssen, weil sie erst dann Iris Arme ergreifen konnte.

Doch das brachte sie nicht fertig.

Iris' Leiche bewegte sich wieder.

Martha legte sich auf den Boden und streckte mit vor Abscheu verzogenem Mund die Hand so weit aus, wie sie konnte. Dennoch fehlten einige Zentimeter bis zu Iris' Arm.

»O Gott«, rief Martha und rutschte noch näher an die Blutlache heran. Endlich gelang es ihr, die Leiche zu ergreifen und mühsam zur Seite zu ziehen, wobei sie den Ärmel ihres Overalls in die Blutlache tunkte.

»Hilf mir!«, brüllte sie Jonas zu und riss ihn damit aus seiner Lethargie.

Er lief zu ihr und verzog vor Ekel und Angst das Gesicht, als er sich in das angetrocknete Blut kniete und ebenfalls nach Iris' noch verbliebener Hand griff. Dann zogen sie die Leiche gemeinsam zur Seite.

»Gleich! Moment!«, rief Martha dem Fußboden zu.

Dann starrten beide mit einer Mischung aus Angst und Erleichterung auf den rostrot und feucht schimmernden Boden, der sich plötzlich anhob. Wodurch Martha und Jonas endlich die Falltür ausmachen konnten, auf der Iris ihren Kopf verloren haben musste.

»Was zum...«, sagte Lucky, während er seine Schultern durch die Öffnung schob und sich dabei dem Nackenstumpf einer blutverschmierten Frauenleiche gegenübersah.

»Wir müssen hier raus!«, rief Jonas und reichte Lucky die Hand, um ihm heraufzuhelfen.

75

Sacke hatte vor zehn Minuten Lizzy, Herbert und Ralph zurückgelassen und kämpfte sich jetzt durch eine Schneewehe auf eine Kehre zu, hinter der einer der Notausgänge liegen musste. Von dort aus war es dann nicht mehr weit bis zum Technikcontainer. Er hatte Ralph, Lizzy und Herbert eng aneinandergelegt und sie anschließend noch so gut es ging mit seinem Daunenmantel zugedeckt.

Er war nach wie vor fest davon überzeugt, dass es eine plausible Erklärung für all das gab und dass er sie in ein paar Minuten von Lucky im Container erhalten würde.

Nur fand er kurz darauf den Notausgang, den sein Tablet ihm anzeigte, verriegelt vor.

Scheiße, dachte er, da hatte Lucky wohl einen Fehler gemacht. Er schaute auf seinem Tablet nach dem nächsten Notausgang. Der lag ein ziemliches Stück weit weg.

76

Iris' kopflose Leiche hatte Lucky einen heftigen Schrecken eingejagt, gerade weil er ahnte, wer sie so zugerichtet haben musste. Auch wenn er sich nicht vorstellen konnte, warum.

Doch es gab jetzt wirklich Wichtigeres als die Frage, wie Iris ihren Kopf verloren hatte.

»Wir müssen hier raus«, drängte Martha, während über die Ränder der Falltüröffnung Iris' Blut in den Raum unter ihnen tropfte. »Bestimmt ist Melanie auch noch hier im Haus unterwegs. Und Mats sowieso. Die wissen vielleicht noch gar nichts davon.«

Dass Melanie noch nicht wusste, dass einer ihrer Mitspieler ausgetickt war, fand Lucky ziemlich wahrscheinlich. Obwohl er es andererseits für absolut überflüssig hielt, Mats zu warnen, weil er der Einzige war, der als Verursacher dieser Schweinerei hier infrage kam.

Lucky zog seine Waffe aus dem Hosenbund und zerschoss die beiden Kameras, die in der Gummizelle angebracht waren.

Martha zog den Kopf ein und legte die Hände vors Gesicht. Jonas fuhr zwar erschrocken zusammen, rührte sich aber nicht vom Fleck. *Gut so*, dachte Lucky.

»Runter mit den Cams! Los!«, rief er.

Martha streifte sofort ihre Actioncam von der Stirn und schaltete sie ab. Jonas fummelte ängstlich an seinem

Gerät herum und brachte es ebenfalls fertig, es abzustellen.

Eine dünne Rauchwolke von den Schüssen hing im Raum. Sie roch scharf, chemisch und brannte ein wenig in den Augen.

Lucky richtete die Waffe auf Martha, die er eindeutig für die Gefährlichere von den beiden hielt. Dann warf er ihr zwei der Kabelbinder zu. »Du fesselst jetzt den Lauch!«

Sie reagierte schneller und rationaler, als Lucky erwartet hatte. Obwohl er sicher war, dass sie besser als der Junge wusste, was ihr bevorstand.

Lucky wartete ab, bis Martha Jonas' Hände gefesselt hatte, bevor er seinen nächsten Befehl gab. »Du stellst dich mit der Visage voran an die Wand. Und dann hältst du schön die Fresse!«

Jonas setzte sich unsicher in Bewegung und presste sein Gesicht so fest gegen die Polsterung, dass Lucky sich einen Moment lang fragte, ob er überhaupt noch Luft bekam.

Martha hielt ihre Hände halb erhoben und schaute Lucky an. Ihr Blick hatte etwas Verhangenes, auch wenn darin nichts von der Unterwerfung zu erkennen war, auf die er vielleicht gehofft hatte.

»Komm schon, ich will sehen, was ich kriege. Runter mit dem Lappen, und dann legst du dich schön auf den Bauch, Arsch hoch. Ich will Doggy Style«, sagte er und richtete seine Waffe auf Jonas. Eine unmissverständliche Geste: Falls Martha seinem Befehl nicht folgte, würde er Jonas erschießen.

Martha öffnete den Reißverschluss ihres schmutzigen Overalls. Sie trug schwarze Unterwäsche. Lucky mochte das.

Sie setzte sich hin, zog die Stiefel aus und streifte die Hosenbeine ab.

Mann, dachte Lucky voller Vorfreude, *die hat so feste Titten und so nen flachen Bauch, nichts mit Fettröllchen oder Hängepartie*. Er wies mit der Waffe zur gegenüberliegenden Wand.

Martha nickte und hakte ihren BH auf, den sie gleich darauf abstreifte und auf den Overall warf. Dem BH folgte das Höschen.

Scheiße, die hat ja nen Busch, dachte Lucky nach einem gierigen Blick zwischen Marthas Schenkel. Und der ist rötlich? Dabei ist die doch ne Blonde. Irre.

Martha kreuzte die Arme über den Brüsten und setzte sich langsam rückwärts auf die gegenüberliegende Wand zu in Bewegung.

»Nimm die Arme runter«, befahl Lucky.

Zögernd senkte sie die Arme und gab ihm den Blick auf ihre Brüste frei. Sie hatte eine Narbe am Bauch. *Blinddarm*, dachte Lucky.

»Marsch, marsch«, trieb er sie an und wackelte dazu mit dem Pistolenlauf.

Jonas gab Geräusche von sich, die sich wie Schluchzen anhörten. Lucky fand es entwürdigend. Dieser kleine Kacker sollte wenigstens so viel Anstand haben, leise zu schluchzen.

77

Sacke schaute ächzend zum Himmel hinauf. Er war sicher, dass die Falle, in die er eben getappt war, nicht hier hätte sein sollen. Jedenfalls dem Plan auf seinem Tablet zufolge, das jetzt einen Meter unter ihm auf dem Boden der Wippfalle lag, in die er eben getappt war.

Und dabei war ich so verdammt nah an dem Notausgang, dass ich ihn fast schon berühren konnte, dachte er.

78

Betty, die immer noch nicht über den Schock hinweggekommen war, den ihr der Anblick von Iris' Leiche versetzt hatte, registrierte erschrocken, dass Lucky die beiden Kameras zerschoss. Gleich darauf deaktivierten Jonas und Martha auch ihre Actioncams.

Sie ahnte, was Martha bevorstand, und ging im Kopf sämtliche ihr zur Verfügung stehenden Optionen durch, es zu verhindern. Nur um festzustellen, dass es nichts gab, was sie für Martha tun konnte.

Fuck, und dabei habe ich sie immer wie eine Bitch behandelt, dachte sie zutiefst beschämt.

Ich will hier weg. Ich muss hier raus. Das stand so nicht in meiner Jobbeschreibung, dachte sie.

Sie hatte jetzt die Verantwortung für das Leben von mehreren Menschen. Und ihr wurde bewusst, dass sie dafür einfach nicht geschaffen war.

Ich bin Mediendesignerin, Fotografin und Kamerafrau, dachte sie. *Ich habe vor einem halben Jahr ein Praktikum bei PatCheck ergattert. Was ist denn überhaupt passiert, dass ich jetzt hier mit gefesselten Händen in einem verdammten Container am Arsch der Heide in Brandenburg sitze und genau weiß, dass im Haus gerade die Blumenfee von Lucky vergewaltigt wird, während neben ihr eine kopflose Leiche liegt? WAS SOLL ICH DENN JETZT NUR MACHEN?*

79 Martha hatte Lucky angesehen, wozu er in die Gummizelle gekommen war. Bisher war sie mit knapper Not davongekommen, dachte sie, aber jetzt gab es offenbar keinen Ausweg mehr.

Irgendetwas musste bei mehr als nur einem Bruchteil der Männer schiefgelaufen sein, wenn sie zweimal im selben Jahr von irgendeinem Typen vergewaltigt werden sollte, dachte Martha erschrocken.

Sie hoffte plötzlich, dass es wenigstens schnell gehen würde und sie nicht gezwungen war, Lucky dabei ins Gesicht zu sehen. Das hätte sie nicht ertragen, das wusste sie.

Es war offensichtlich zwecklos, auf Hilfe zu hoffen. Alles, was sie hatte, war ihre Fähigkeit, sich in sich selbst zurückzuziehen und dabei zu versuchen, ihren Körper irgendwie von ihrem Bewusstsein abzutrennen. Sie hatte von Yogis und Lamas gelesen, die diese Fähigkeit angeblich bis zur Perfektion entwickelt hatten.

Das bin nicht ich, sagte sie sich. *Dieser Leib, der da irgendwie mit mir verbunden ist, dachte sie, hat nichts mehr mit mir zu tun. Er wird seine physischen Funktionen durchlaufen, weil es einfach sein Daseinszweck ist zu funktionieren. Er wird atmen, sich bewegen, Stoffwechsel durchführen und Blut durch seine Adern pumpen, vielleicht wird er sogar Schmerzen empfinden können. Aber all das zählt nichts, weil nichts mehr zählen* DARF.

Die sehen jetzt ja auch all die Cut-Narben, dachte sie verwirrt und fühlte sich verletzlich, wehrlos und unzulänglich, während sie den Overall und die Unterwäsche abstreifte und sich dann langsam in die Ecke begab, auf die der Lauf der Waffe zeigte.

Sie war nicht mehr sicher, ob sie wirklich verstand, was er ihr befahl. Obwohl sie andererseits genau wusste, dass sie exakt das tat, was er ihr befahl.

Sie kniete nieder und war erstaunt, wie kalt sich der Boden anfühlte.

Aus dem Augenwinkel heraus sah sie Iris' Kopf. Ihr Gesicht wirkte fahl, und die Augen waren eingetrübt.

Du musst das vergessen, beschwor sie sich. *Vergiss das jetzt, du bist woanders, das hier existiert alles nicht, das hier ist eine einzige Illusion.*

Sie hörte, wie der Mann mit der Waffe irgendwo ganz nah links neben ihr seinen Gürtel öffnete. Die Schnalle klirrte dabei leise.

Martha biss sich auf die Unterlippe und spürte, wie jener Leib, der nicht mehr ihrer sein durfte, sich verkrampfte, sich ihre Schenkel, Arm- und Bauchmuskeln zusammenzogen.

Ich bin nicht hier, das hier ist eine Illusion, wiederholte sie stumm ihr unzulängliches Schutzmantra. Noch während sie es dachte, wusste sie, dass es eine Lüge war, deren Halbwertszeit längst überschritten war.

Sobald Lucky ihr – wie um seinen Besitz an ihr kundtun – einen Schlag auf den Po versetzte, stieß sie einen Schrei aus und erwartete den nächsten Schlag mit derart übersteigerten Sinnen, dass sie sich fühlte, als hätte sie keine Haut mehr.

Sie spürte, wie Lucky hinter ihr in Stellung ging und sich über sie beugte. Sein Geruch nach Supermarktdeo, Zigaretten und kaltem Kaffeearoma überwältigte sie. Das war das Aroma der Betongettos, der Gestank jener Männer, die das Leben ausgesiebt und auf Parkbänke und zu den

Supermarktvorplätzen gespült hatte. Wo sie sich im Osten und Westen allmählich zu Tode rauchten, stritten, fixten oder soffen.

Obwohl sie den Kopf zur Seite gedreht hatte und ihre Augen geschlossen hielt, sah sie einen Flash jenes weißteigigen Fleischs ältlicher Männer vor sich.

Einmal Verliererin, immer Verliererin, dachte sie. *Du hast ja auch niemals versucht, dich aus dem Dreck, aus dem du kommst, wirklich herauszuwühlen. Und deswegen ist das hier vielleicht ja sogar genau das, was du verdienst.*

80

Während Betty in dem Baucontainer regungslos auf den dunklen Screen starrte und sich dabei ihrer Hilflosigkeit nur einmal mehr bewusst wurde, fiel ihr ein, dass es möglicherweise doch etwas gab, womit sie Lucky vielleicht noch darin hindern konnte, Martha zu vergewaltigen.

Sie tippte einige Befehle in die Tastatur und schaute auf die kleine Grafik, die daraufhin am unteren Rand des Bildschirms erschien.

Fuck, was soll ich da denn auswählen?, fragte sie sich, erinnerte sich dann aber an die Planungsphase des Hauses. Sie dachte daran zurück, wie erstaunt und skeptisch damals alle im Büro gewesen waren, als Bautz dieses Feature vorschlug und starrköpfig darauf bestand, dass man es genau so installierte, wie er es erwartete. »Ihr habt doch keine Ahnung, ihr Küken, wie furchtbar richtig schlechte Musik sein kann«, hatte er gesagt. »Alles nur eine Frage der Auswahl und des Zeitpunktes, an dem man sie einsetzt.«

81

Lucky war jetzt so weit. Seine Beute kniete wehrlos vor ihm am Boden und wirkte dabei vielleicht sogar ein wenig zu willfährig und hilflos.

Doch da war Iris' Kopf. Und der sah ihn an.

Sein Penis verweigerte ihm den Dienst.

Das ist nicht wahr, dachte Lucky panisch. *Da ist alles, was ich an Schlampe je wollte und brauchte, direkt vor mir, bereit, benutzt zu werden, aber er steht nicht?!*

Lucky wurde sich klar darüber, wie lächerlich das war. Da stand er nun mit den Jeans um die Knöchel vor dem Objekt seiner Begierde und brachte es nicht?

Er holte tief Atem, versetzte Martha eine Reihe von Schlägen auf den Hintern, hob das linke Bein aus den Jeans am Boden und versetzte Iris' Kopf einen Tritt.

Der Kopf flog davon, schlug gegen eine der gepolsterten Wände, prallte davon ab und blieb in Jonas' Nähe liegen. Dort war er schließlich nur noch ein Gegenstand, das Symbol einer überwundenen Irritation.

Geschafft, dachte Lucky, schaute auf Martha herab und gab sich selbst Motivationshilfe, indem er Hand an seinen Penis legte.

»Ja, du bist ein Sieger/Ja, du bist ein Sieger/Zeig der Welt, was du kannst/Heute gibt es nun wirklich kein Tabu/Heute greifst du mal an/Und die ganze Welt schaut dir dabei zu/Und der Horizont wird explodieren/Ja, ich weiß es, du kannst es riskieren«, drang Florian Silbereisens und Thomas Anders' Ballermann-Schlager, so laut aus den Lautsprechern im Raum links unter ihnen, dass Lucky beinahe spüren konnte, wie der Boden und die gepolsterten Wände um sie herum zu vibrieren begannen.

Der Musiklärm brach ab.

Einige Sekunden Stille.

Dann erfüllte der Song erneut den Raum.

Brach wieder ab.

Und erklang von Neuem.

Lucky richtete seine Waffe auf Marthas Rücken, bereit, jederzeit zu schießen.

»Ja, du bist ein Sieger/Ja, du bist ein Sieger/Zeig der Welt, was du kannst/Heute gibt es nun wirklich kein Tabu/Heute greifst du mal an.« Die dümmlichen Lyrics sanken in Luckys Hirn und drehten sich da umeinander wie Wasser in einem Ausfluss.

Lucky kriegte gerade keinen hoch, und der beschissene Schlagerlärm war der Beweis dafür, dass er sich sogar als zu blöd erwiesen hatte, diese Betty-Schlampe im Container so zu fesseln, dass sie auch gefesselt blieb.

Diesen Lärm konnten er schließlich nur ihr zu verdanken haben. Oder Sacke? Hatte der fette Idiot es etwa doch aus dem Labyrinth herausgeschafft, war zum Container zurückgekehrt und hatte Betty dort befreit?

82

»Wir sind bei 400 000 unique Usern auf YouTube! Keine Ahnung, was gerade auf Twitch und Facebook läuft. Aber Kevin muss weitermachen«, verkündete Basecap.

Nele prüfte die aktuellen Zuschauerzahlen der Facebook-Watchparty. »Das sind bloß vierundachtzigtausend. Aber, Mann…«

Bautz schaute an den beiden vorbei zum Studio, in dem Kevin gerade zum fünften Mal einen Hoodie mit dem

Wolfshorn-Logo hochhielt. Angeblich hatten sie in der letzten halben Stunde knapp zweitausend von den Dingern verkauft. Zu einem Einzelpreis von flockigen 39,95 Euro. Ohne Versand.

Bautz verstand die Welt nicht mehr. Sie hatten Millionen von Euro in *Wolfshorn* investiert und Tausende von Arbeitsstunden. Doch ihre Zuschauerzahlen stiegen, sobald die Übertragung aus Brandenburg abkackte und ihnen nichts weiter übrig blieb, als Kevin mit einem Stapel dieser Hoodies und keinem echten Skript in das kleine Studio zu setzen. Das war absolut sinnfrei. Das war mehr als absurd.

»Worüber redet der da gerade eigentlich?«, fragte Bautz.

»*Warcraft III: Reign of Chaos.* Und wie uns das teilweise als Vorbild für *Wolfshorn* gedient hat«, antwortete Basecap.

»Was?«

»Ist ein MMORPG aus Amerika«, erklärte Nele.

Für Bautz klang MMORPG nach dem Namen einer Hightech-Waffe. Aber möglicherweise handelte es sich ja trotzdem um irgendein Onlinegame.

»Schaltet Werbeclips rein! Los! Wir haben den Werbekunden Zuschauerzahlen von über einer halben Million zugesagt, und die sollen sie gefälligst auch kriegen. Kevin kann in zwei Minuten auch noch weiterlabern«, befahl Bautz.

Basecap gab der Kamerafrau ein Zeichen. Sie nickte ihm zu.

Kevin hob die Hand, und die Kameratussi winkte ihn ab.

»Alter«, sagte Nele, »Ich will jetzt nicht in der Haut von dem Ordnungsamtmenschen in Senftenberg stecken. Wie lange hat Kevin den jetzt gerade live vor Kamera gedisst?«

»Mindestens ’ne Viertelstunde. Der Mann ist Toast«, antwortete ein anderes Mädchen. »Es lebe das Netz. Da läuft nichts so glatt und geil wie ein schöner Old-School-Rant.«

Social Media, dachte Bautz, war von einer Gang ausgegrenzter Hippiekinder groß gemacht worden, die wussten, wie es sich anfühlte, im Klassenzimmer in eine Ecke gestellt und ausgelacht zu werden. Sie wussten deswegen allerdings auch, wie geil es war, von seinem Platz an der Schulbank aus denjenigen auslachen zu dürfen, der in der Ecke stand. Es hatte zwar eine Weile gedauert. Aber inzwischen waren diese Arschlöcher zu ihrer Vergeltung gekommen, indem sie den größten nur vorstellbaren Pranger überhaupt errichtet hatten. Kein Wunder, dass das, was in den sozialen Medien am besten funktionierte, Meckerreden waren.

Und jetzt hat dieser professionelle Bedenkenträger in Senftenberg jedes Recht der Welt, uns mit Beleidigungs- und Unterlassungsklagen zu überziehen, dachte Bautz. Er klatschte in die Hände, um sich die Aufmerksamkeit der Anwesenden zu sichern. »Ist mir egal, wie ihr es anstellt, aber ich muss nach Wolfshorn. Die Zeit läuft!«

Die Blicke, die er dafür erntete, glichen denen von Kühen, die vergessen hatten, wo ihre Weide lag, fand Bautz.

»Heli ist nicht. Das Wetter ist zu schlecht. Der kriegt keine Starterlaubnis«, verkündete ein anderer von Kevins Teammitgliedern. »Auto ginge. Also Stadtpanzer mit Allrad und Schneeketten. Braucht ungefähr zwei bis zweieinhalb Stunden. Aber ich glaube, wir können da auch einfach anrufen.«

Bautz drehte sich zu dem Jungen herum und starrte ihn wütend an. »Was? Ich habe seit einer scheiß Stunde vergeblich versucht, eine Verbindung dahin zu kriegen, und du behauptest, du wüsstest, wie ich Wolfshorn erreichen kann?«

»Nee, aber mir fiel gerade ein, dass der Security-Typ ja ein Handy haben muss. Die Nummer steht nicht in unserem Nummernverzeichnis für Wolfshorn. Also hab ich vorhin in seinen Bewerbungsunterlagen nachgesehen«, antwortete der Junge, dessen Name vielleicht Paul lautete.

»Mann, Bautz. Geil, oder? Wir haben die Zahlen gehalten und gesteigert! Ich bin so fett drauf gerade, ich könnte die noch zwei Stunden Impro-Style zuquatschen, und wir hätten die halbe Mille geknackt«, rief Kevin aus dem Studio zu ihm herüber.

»Sagt mal, seid ihr alle verrückt geworden, oder was?«, brüllte Bautz.

In die darauffolgende Stille hinein sagte Nele: »Wir droppen. Zwanzigtausend weniger während der ersten beiden Werbeclips. Shit.«

»Ich brauch ein Auto. Irgendwas Marke Stadtramme mit Allrad. Jetzt!«, rief Bautz.

Keiner antwortete ihm.

83

Martha riss wütend den Reißverschluss ihres Overalls bis zum Kragen hinauf und verschloss dann auch den. Sie fingerte ganze dreimal daran herum, um sicherzustellen, dass er auch wirklich geschlossen war. *Wie bescheuert*, dachte sie, als ob das irgendetwas nützte, falls ER zurückkehrte.

»Wieso ist der abgehauen? Was passiert hier eigentlich? Das ist doch alles total daneben!«, rief Jonas.

Dieser kleine Arsch fragte nicht mal, wie es ihr ging, dachte Martha wütend. Wenigstens war die Ballermannmucke verstummt, sobald Jonas vor einigen Minuten seine Kamera wieder angeschaltet und sich damit in der Gummizelle umgeschaut hatte. Und auch zuvor waren die Pausen zwischen den Musiklärmstößen schon länger geworden. Martha war ziemlich sicher, dass sie die Silbereisen-Beschallung nicht irgendeinem technischen Fehler zu verdanken hatten, sondern einem Menschen, der ihnen irgendwo auf dem Gut wahrscheinlich immer noch zusah.

»Martha?«

»Was?«

»Geht's dir gut?«

»Nein. Und fick dich ins Knie.«

Jonas trat zu Iris' Leiche, hielt sich die Hand über Mund und Nase, und schaute in das Loch, durch das Lucky verschwunden war. »Die Musik ist von dort gekommen. Vielleicht kommen wir da ja am schnellsten hier raus?«

Martha antwortete nicht. Stattdessen sprang sie an einer Wand hinauf und hängte sich in zwei der Schlaufen, die unter der Decke angebracht waren.

Nachdem sie einsah, dass sie damit weiter nichts erreichte als eben an den Schlaufen zu hängen, versuchte sie es wortlos und verbissen beim nächsten Schlaufenpaar.

»Was machst du denn? Bist du irre? Wir müssen hier

weg!«, rief Jonas ihr zu und zeigte dabei auf das Loch im Boden.

»Dann hau doch ab! Ich geh nicht dahin, wo dieser Wichser hingegangen ist. Ich geh nach oben«, antwortete Martha.

»Warum?«

»Weil das Arschloch eben nach unten gegangen ist. Deswegen!«, begründete sie ihre Entscheidung und überprüfte das letzte Schlaufenpaar. Ohne Ergebnis.

Du musst dich jetzt konzentrieren, dachte sie. *Du darfst nicht an IHN und daran denken, was er getan hat. Du lebst jetzt und hier und hast jetzt und hier ein Problem zu lösen. Also los. Finde den AUSWEG!*

Ihr fiel auf, dass die Schlaufenpaare einander gegenüber angebracht waren. Sie glaubte zu begreifen, weshalb. Außerdem ahnte sie, wieso der Kerl sie ausgerechnet hier angegriffen hatte, obwohl er wahrscheinlich wusste, dass Iris' Leiche in der Gummizelle lag.

»Häng dich da drüben an die Schlaufen«, rief Martha Jonas ohne weitere Erklärung zu. Sie ging zu ihm und sägte mit dem Messer aus ihrem Survival-Pack an seinen Fesseln herum, bis sie die durchtrennt hatte.

»Du bist doch völlig verpeilt!«

»Ist mir egal, was du von mir denkst. Hauptsache, du tust, was ich sage. Häng dich jetzt gefälligst an die beiden Schlaufen.«

84

Sacke schaute an der Halteleine entlang nach oben.

Die Halteleine war etwa anderthalb Meter unter dem Rand des Lochs angebracht, und Sacke glaubte, dass er sich an ihr heraufziehen und von dort aus über den Grubenrand hinweg klettern zu können.

Er packte die Leine und stemmte die Füße gegen die raue Grubenwand. Er schaffte es, einmal umzugreifen, dann rutschte er ab und fiel ins Fangnetz zurück.

Aufgeben kam nicht infrage. Also startete er einen neuen Versuch.

85

In der Gummizelle sprang Jonas zu den Schlaufen hinauf und umklammerte sie. Martha tat dasselbe bei dem gegenüberliegenden Schlaufenpaar.

Nichts.

»Die nächsten«, sagte sie und wartete, bis Jonas vorsichtig an Iris' Leiche und Blutlache vorbeigetreten war. Dann wiederholten sie ihre Übung an dem nächsten Schlaufenpaar. Dieses Mal hatten sie Erfolg.

In der Decke des Raums öffnete sich eine zweiflügelige Falltür.

»Wie bist du drauf gekommen?«, fragte Jonas.

»Zwei von den Schlaufen wären eine Attrappe gewesen. Aber vier von den Teilen? So verschwenderisch sind Bautz und Kevin nicht. Die mussten zu irgendetwas dienen!«

»Hm, scheiße, stimmt«, gab Jonas leise zu. »Aber Iris' Killer ist immer noch hier irgendwo unterwegs. Und da oben ist erst mal nur der dritte Stock. Wir müssen aber ganz rauf zum Dachboden, um zum Ausgang zu kommen. Das kann noch Stunden dauern! Wir wissen auch gar nicht, was da oben ist. Unten waren wir schon mal, da kennen wir uns besser aus und kommen schneller raus.«

»Und wohin kommen wir dann? Auf einen zugeschneiten Platz, von dem es keinen anderen Ausweg gibt, als wieder in das Labyrinth hinein. Wenn ER gerade die Hilfe war, auf die wir gehofft haben, dann will ich nicht, dass mir hier noch einer zu Hilfe kommt. Dann will ich nur noch raus aus diesem scheiß Haus! Es sind ungefähr fünf Kilometer bis zum Dorf. Das schaffen wir sogar im Dunklen, bei dem Schnee und in den dünnen Overalls.«

Jonas war anzusehen, dass er immer noch zweifelte. Martha wurde klar, dass sie Iris' Leiche erneut bewegen mussten, um an das Loch in der Decke zu gelangen.

86

Sacke wagte es. Er balancierte zu der Halteleine. Schwankend und fluchend streckte er beide Hände nach der Halteleine aus und klammerte sich schließlich an ihr fest.

Geschafft, dachte er schwer atmend.

Ich bin zu fett und viel zu schwer, dachte er. *Das schaffe ich niemals.*

Trotzdem gab der dickliche Sicherheitsmann mit dem Herzen eines zähen alten Hütehundes nicht auf.

Und schaffte es schließlich, sich einen Meter an der Leine entlang nach oben zu ziehen, dem ersten folgte ein zweiter Meter. Noch ein letzter Zug, und er konnte seine Finger um die Öse klammern, an der die Halteleine befestigt war und sich dann hoffentlich an ihr noch einmal das letzte Stück bis zum Grubenrand hinaufstemmen.

Doch die Öse war von einer dünnen Eisschicht überzogen.

87

Betty war erleichtert gewesen, als Martha und Jonas ihre Kameras wieder einschalteten und dabei zumindest äußerlich unverletzt wirkten.

Während die beiden durch eine Tür in der Decke in den Raum über der Gummizelle stiegen, versuchte sie verbissen, die Steuerungssoftware zu manipulieren, um sämtliche Übergänge zwischen den Themenräumen im Haus freizugeben. Das würde idealerweise dazu führen, dass jeder, der sich noch im Haus befand, schneller zum Ausgang im Dachgeschoss gelangen konnte, und außerdem jeder der Notausgänge und Durchgänge im Labyrinth geöffnet blieb.

Doch dieser Plan hatte diverse Haken. Erstens konnten sich so auch Lucky und Mats schneller durchs Gutshaus und das Labyrinth bewegen. Und zweitens waren eben nicht alle Zugänge zu den Räumen und Labyrinthpfaden zentral so einfach steuerbar.

Betty machte sich außerdem große Sorgen um Melanie, deren Actioncam etwa zum selben Zeitpunkt zu senden aufgehört hatte, als Mats sich vorhin ihrem aktuellen Standpunkt näherte.

Doch darüber wollte und konnte sie jetzt nicht nachdenken, weil sie dies unter solch hohen Druck gesetzt hätte, dass es ihr unmöglich geworden wäre, auch nur einen einzigen Befehl in die Tastatur zu tippen.

Da sie Tür und Fenster mittlerweile geschlossen hatte, hörte sie nicht, dass im Container nebenan bereits seit einer Viertelstunde Sackes Handy klingelte.

88

Die pummeligen Finger von Sackes rechter Hand rutschten von der überfrorenen Öse ab. Weil er sich jedoch zu sehr darauf verlassen hatte, dass er sich an ihr würde festklammern können, hatte er zugleich den Griff seiner linken Hand um die Halteleine gelockert und sich etwas zurückgebeugt. Er erkannte seinen Fehler zu spät.

Sacke fiel.

Und fiel.

Er drehte sich und verfing sich mit den Beinen im Netz, sodass er hart mit dem Kopf auf dem Grund der Grube aufschlug, sich dabei zwei Halswirbel brach und noch im Moment seines Aufschlags das Bewusstsein verlor. Er sah Licht.

Sacke starb exakt um 20:07 Uhr. Seine letzten Gedanken galten seiner geschiedenen Frau und dem Sommerurlaub, den sie vor zehn Jahren gemeinsam an der Ostseeküste verbracht hatten.

89

»Das Teil gehört meinem Bruder. Der ist Investmentbanker bei der CoBa«, erklärte Basecap, während er den riesigen Range Rover startete.

Bautz wunderte sich ein wenig darüber, dass Basecap

einen Bruder haben sollte, der Investmentbanker war und über einen solchen Luxusstadtpanzer verfügte. Bisher war Bautz stillschweigend davon ausgegangen, dass Basecaps Geschwister stempeln gingen oder in Putzkolonnen arbeiteten. Immerhin sah der Junge aus wie ein Türke oder Albaner.

Aber es war ihm auch egal. Hauptsache, sie kamen weiterhin so rasch voran wie bisher.

Neben Bautz saß Nele, die auf ihrem Tablet permanent irgendwelche Messages versandte und Kontakt mit Kevin hielt. Der hatte beschlossen, im Studio zu bleiben, um hin und wieder spontan Livestreams aus dem Studio machen zu können. Damit hoffte er, einen ansehnlichen Rest von Zuschauern bei der Stange zu halten, bis Bautz, Nele und Basecap Wolfshorn erreichten, um dort nach dem Rechten zu sehen.

Im Kofferraum lagen zwei Kameras und eine ziemlich lange Box aus Metall, die angeblich Basecaps Bruder gehörte.

Eigentlich sollte ich mir vor Angst um mein Investment in Wolfshorn und die Show in die Hose scheißen, dachte Bautz. *Dabei bin ich so ruhig wie lange nicht mehr.*

IV

KRÄHENFEST

10 // 5. JANUAR

20:09 bis 23:51 Uhr

90 »Nicht!«, rief Jonas und hielt Martha davon ab, sich weiter in den Raum hineinzubewegen, der indirekt von zwei schwachen Lampen beleuchtet wurde. An der Decke waren Hunderte Kunstrosen befestigt, die mit den Blüten nach unten hingen. Dazwischen befanden sich vier flache, merkwürdig geformte Gefäße, deren Zweck Martha nicht erkennen konnte. Ein dumpfer, feuchter Geruch beherrschte den Raum, dessen Ursprung Martha ebenfalls schleierhaft war.

»Was denn?«

»Siehste? Da ist was über den Boden gespannt«, erklärte Jonas, der gerade die Falltür hinter sich verschlossen hatte.

Der Boden bestand aus einer glatten graublauen Kunststoffschicht. Die Falltür war von einer etwa zwanzig Zentimeter hohen Kante umgeben.

Sie folgte Jonas' Aufforderung und entdeckte ein Netz aus Kunststofffäden, die etwa in fünf Zentimetern Höhe quer über den Boden gespannt waren.

Martha konnte im schwachen Licht lediglich sehen, dass sie kurz über den etwa zehn Zentimter hohen Scheuerleisten endeten, die sich um jede der Wände zogen.

»Die sind mit den Dingern da oben verbunden, oder? Also nicht mit den Blumen, sondern mit den anderen Teilen«, sagte Jonas.

»Die Blumen sind Kunstrosen. Aber stimmt, die Fäden sind mit den Behältern verbunden«, antwortete Martha.

Jonas schaute zu den Gefäßen hinauf. »Scheiße, was meinste, was da drin ist?«

»Konfetti wird's eher nicht sein.«

»Hm.«

»Siehst du eine Tür hier raus?«

»Nee, aber ist auch zu dunkel hier.«

Jonas zog seine Stablampe aus der Gürteltasche und leuchtete damit die Wände ab. Doch die Lampe verlosch nach einigen Sekunden. Verblüfft schüttelte er sie.

Martha griff zu ihrer eigenen Lampe, doch auch deren Licht wirkte bedenklich schmalbrüstig. *Die haben da halb aufgebrauchte Batterien hineingetan, diese Schweine*, dachte sie verärgert.

Gleich darauf entdeckte sie eine Tür, deren Schwelle ihr verdächtig hoch erschien. *Das ist keine Schwelle, sondern eine Stufe*, dachte sie und wunderte sich über deren Zweck.

Sie schwenkte ihre Lampe zur Decke, während Jonas weiterhin an seiner herumschraubte. Martha war sicher, dass sie zumindest ein Rätsel des Raums gelöst hatte.

»Das Zimmer ist so was wie eine große Wanne. Schau mal, die Schwelle an der Tür da drüben und die hohen Scheuerleisten an den Wänden. In den Wannendingern an der Decke ist bestimmt irgendeine Flüssigkeit drin.«

Jonas schaute zur Decke und nickte. »Fuck! Also doch ne Dusche mit Kamelpisse?«

»In Brandenburg? Nee. Dafür gibt's hier ja jede Menge Kühe, oder?«

Weshalb funktioniert mein Verstand eigentlich schon wieder so reibungslos, obwohl diese Kackbratze mich vorhin zu vergewaltigen versucht hat, fragte sie sich. *Ich konnte noch nicht mal duschen. Bin ich doch ein Monster, wie alle sagen? Eine Psychopathin?*

Ein deutliches Kratzen war zu hören. Es kam aus der Richtung der Tür. Martha leuchtete mit dem schwachen Strahl ihrer Stablampe darauf. Die Tür war plötzlich aufgeschwungen. Wie und weshalb auch immer.

»Mann, die Tür ist offen?!«, sagte sie.

»Alter!«, entgegnete Jonas.

Martha warf einen langen und sehr ärgerlichen Blick zur Decke und fragte sich dabei, was neben Kuhpisse in der Nähe von Wolfshorn an ekligen Flüssigkeiten relativ leicht zu beschaffen gewesen sein mochte.

Ohne ein Wort stürmte Jonas mit eingezogenem Kopf und über den Nacken gelegten Händen auf die Tür zu, wobei er wie ein ungelenker Tänzer mal ausgreifende, mal kurze Schritte machte, um den Fäden am Boden auszuweichen.

Er kam überraschend weit, ohne eine der Fußangeln zu berühren. Doch allein ihre schiere Anzahl stellte sicher, dass er früher oder später einen von ihnen berühren oder zerreißen musste.

Als Martha sah, was da aus dem ersten und kleinsten Behälter fiel, fühlte sie sich zunächst tatsächlich an eigenartig längliche Konfetti erinnert. Nur waren es Konfetti, die sich bewegten, und es waren unglaublich viele davon.

Sobald einige von ihnen auf Jonas fielen, blieb er verdutzt stehen, verkrampfte sich und begann dann sich panisch jedes der merkwürdig lebendigen Konfetti vom Leib zu schütteln.

Mehlwürmer, dachte Martha, als sie im trüben Licht sah, wie sich die winzigen Wesen auf dem glatten graublauen Boden wanden.

Sie hatte in ihrem Leben zwei Hamster, vier Ratten und für einige Zeit sogar ein Chamäleon besessen. Sie ekelte sich nicht vor harmlosen Mehlwürmern. Selbst wenn es unangenehm war, sollten einem einige der Viecher ins Haar geraten.

Jonas sah das offenbar weniger entspannt. Er hampelte und schüttelte sich jetzt so panisch und raumgreifend, dass er drei weitere Fußangeln auslöste, woraufhin immer mehr Mehlwürmer herabregneten. Die beiden größten Gefäße unter der Decke waren noch sicher verankert. Martha ahnte allerdings, dass dies nicht so bleiben würde, falls sie Jonas nicht zur Ruhe brachte.

»Das sind nur Mehlwürmer. Die tun dir nichts. Halt endlich still. Du löst nur die anderen Fallen aus«, rief sie ihm zu. Dann ging sie auf ihn zu, vorsichtig darauf bedacht, weder weitere Fußangeln auszulösen noch die Würmer am Boden zu zertreten.

Als sie bei Jonas angekommen war, half sie ihm, die wimmelnden Tiere aus seinen Haaren und den Falten des Overalls herauszuklauben. Er zitterte und blickte sie ängstlich an.

»Mann, ich hab früher selbst Mehlwürmer gezüchtet. Für meine Ratten. Kuhpisse wäre schlimmer gewesen«, versuchte sie ihn zu besänftigen.

»Du hattest … Ratten?«, fragte er stockend.

»Ja, ist ’ne Weile her.«

»Du, du... bist so eklig, weißte das eigentlich?«

»Halt gefälligst still, da sind immer noch welche auf deinem Kopf.«

91

Lucky war dem Mehlwurmraum ausgewichen und durch den zweiten der beiden Technikräume, die sich in jeder Etage befanden, ins nächsthöhere Stockwerk gestiegen.

Es war ihm nicht ganz leichtgefallen, den Raum darüber zu betreten. Hier war es dunkel, und das würde auch so bleiben. Der Raum war voller eigentlich harmloser Gegenstände, die man im Dunkeln aber durchaus für verdammt eklig oder bedrohlich halten konnte. Bautz hatte angeblich eine Wette mit Kevin laufen, dass hier mehr Player an ihre Grenzen gelangen würden als in dem Mehlwurmzimmer, vor dem Kevin und mindestens zwei Drittel seiner Computerkinder sich schon während der Entwicklungsphase halb zu Tode geekelt hatten.

Während er sich durch eine Falltür im Boden in den Raum hinaufstemmte, versuchte er sich zu erinnern, wo der optimale Pfad durch den Raum verlief. Es gelang ihm halbwegs.

Trotzdem schreckte er heftig zurück, als ihn irgendetwas am Gesicht streifte, das sich anfühlte und roch wie das feuchte, zottelige Fell einer Bisamratte.

Nachdem er sich wieder gefasst hatte, setzte er seinen Weg unbehelligt fort und gelangte zu der Tür, die er mittels eines verborgenen Hebels öffnete.

Er stand jetzt in einem schmalen Flur, von dem vier Türen abgingen. Drei davon führten in Räume, aus denen es keine Ausgänge gab und deren Zugänge sich hinter jedem Player automatisch wieder verriegelten. Nur eine der vier Türen führte in ein Zimmer, von dem aus man weiter in Richtung Ausgang und Preisgeld gelangte.

Seiner Überwachungs-App zufolge musste Melanie sich genau dort verkrochen haben. Das machte Lucky nervös. Er wollte nicht daran erinnert werden, wie vollständig er vorhin bei Martha versagt hatte. Lucky redete sich zwar ein, dass sein Versagen vor allem an Iris' Kopf gelegen hatte, der ihn anzuschauen schien. Und dann auch noch der plötzliche Ballermann-Saufsong. Kein Mann hätte da schließlich einen hochbekommen!

Lucky wusste, dass nur Betty für die Musik verantwortlich sein konnte. Er sollte sich also besser beeilen, an das Geld zu kommen, bevor der rachsüchtigen Kuh irgendetwas einfiel, was ihn tatsächlich aufhalten würde.

Da, wo er hinging, konnte er sich schließlich so viele Nutten leisten, wie er wollte, und sicher waren sogar ein paar blonde dabei.

Er suchte einen Moment lang nach der verborgenen Öffnungsmechanik der Tür, fand sie, zog die Waffe aus dem Hosenbund, hielt sie an seinen rechten Oberschenkel gepresst und betrat den Raum.

Melanie saß mit ihrem lächerlich stumpfen Survial-Pack-Messer in der Hand am Boden und schaute ihm entsetzt entgegen.

»O mein Gott, endlich! Wo haben Sie so lange gesteckt? Hier sind Menschen getötet worden! Das Mindeste, was man erwarten konnte, war doch wohl, dass man bei Ihrer

Show nicht ermordet wird, oder!? Mein Anwalt vertritt auch Rammstein und Die Toten Hosen. Der wird Ihnen und Ihren Vorgesetzten jeden Cent aus der Tasche ziehen!«, rief sie, stand auf und kam auf ihn zu.

»Halt die Fresse«, sagte er.

Sie blieb stehen und wurde sogar um noch eine Nuance fahler, sobald sie seine Pistole sah.

»Wieso hat Mats die Esotante umgelegt?«, fragte er.

»Ich war nicht dabei. Ich habe nichts davon gesehen. Nur ihre Hand in der furchtbaren Küche. Sie war vor mir dort. Ich musste mich von ihr trennen. Sie hat sich als furchtbare Nervensäge entpuppt und wollte mich sogar im Speiseaufzug hängen lassen. Ich leide an Klaustrophobie! Aber Mats war schon in der Küche, als Iris da raufgefahren ist. Ich habe ihn gehört. Sie hat schrecklich geschrien! Sie wollte ja unbedingt in diese Küche gehen. Ich hab ihr gesagt, dass das ein Umweg ist. Aber nein, sie wusste es besser. Außerdem war Iris da schon völlig fertig. Sie wollte nur noch ihre Ruhe haben und schlafen!«

Lucky stieß Melanie den Lauf der Pistole in den Bauch.

»Lüg mich nicht an!«, sagte er.

Melanie erstarrte, senkte den Kopf und schaute ungläubig auf Luckys rechte Hand und die Waffe herab.

»Wird's?«, sagte er.

Sie wich zwei Schritte vor ihm zurück, bis sie mit dem Rücken gegen die Zimmerwand stieß.

»Iris war trotzdem an allem schuld. Wir sind mit dem komischen Aufzug in die Küche gekommen. Ich musste Iris ja fast da hineinheben, so fertig war die! Die hat es ja dann kaum geschafft, oben den Hebel zu betätigen, damit ich da auch hochkomme. Und ich leide wirklich an Klaustrophobie. Die Fahrt in dem Speiselift war eine Tortur für mich!«

»Mir ist scheißegal, welche Probleme du mit Aufzügen hast. Was ist in der Küche passiert?«

»Was ist passiert? Was ist passiert? Denkst du, dass mir deine Pistole Angst macht?«, zischte Melanie.

Lucky sah ihr kalt und entschlossen in die Augen. »Na klar.«

Melanie hatte diese Reaktion offenbar nicht erwartet. Lucky sah, wie ihr Blick sich veränderte. Seltsamerweise schien sie ihn jetzt offener und selbstsicherer anzuschauen.

»Okay, schon gut. Sie hat Mats ausgelacht. Weil er so komische Geräusche gemacht hat und in der Küche immer auf und ab getigert ist. Als hätte er gar nicht mitgeschnitten, dass wir beide auch da waren. Dann hat sie seine Aura erwähnt und gesagt, dass die ziemlich komisch aussehen würde. Das hat er gehört. Dann hat er das Küchenbeil genommen und ihr die Hand abgeschlagen. Was hätte ich denn tun sollen? Ich bin doch auch nur eine Frau! Iris hat so schrecklich geschrien. Sie hat am Fußboden gelegen und ist zu ihrer Hand gekrochen. Das musste ich mitansehen?! Wie Iris schreiend zu ihrer Hand kriecht! Wer denkt denn endlich mal an mich? An mein TRAUMA?«

»Ich nicht«, antwortete Lucky rückhaltlos ehrlich.

Melanie sah ihn verblüfft an.

»Weiter«, befahl er.

»Was denn, weiter? Mats hat den Kamin geöffnet und Iris dann hinter sich her in die Gummizelle gezogen.«

»Du sollst mich nicht belügen, Bitch?«

Sie zögerte ihre Antwort heraus. Schließlich gab sie zu, dass sie sich zwischen zwei der Küchenregale versteckt hatte. Nachdem Mats Iris in die Gummizelle gezogen und dort irgendetwas mit ihr angestellt hatte, was sie verstummen ließ, kehrte er zurück und hielt Iris' Kopf in der Hand. Er hielt ihn Melanie vor das Gesicht und sagte etwas, das sie nie wieder vergessen würde: »Hauptfeldwebel Fleck meldet Weichziel eins neutralisiert.«

Lucky glaubte ihr. Diese Schranze war schlicht und ergreifend unfähig, sich etwas so Absurdes auszudenken.

»Er hat dir gegenüber also Meldung gemacht?«, vergewisserte er sich noch einmal.

Melanie nickte. »Wenn sich das so nennt, ja. Klar. Ich, also... Siehst du das hier?« Sie zeigte auf ein Netz rötlich brauner Flecken an ihrem Overall. »Das ist Iris' Blut!«

Lucky warf einen Blick darauf. »Okay. Aber sonst hat er nichts gesagt?«

»Nein. Was hätte er denn sagen sollen? DER HATTE IRIS' KOPF IN DER HAND!«

»Wie bist du aus der Küche wieder rausgekommen?«

»Also, das war wirklich strange. Mats hat Iris' Kopf dann einfach in die Gummizelle geworfen und ist zu dem Wildschweinkadaver gegangen, hat daran gezogen, und dann hat sich die Tür geöffnet. Eine absolute Zumutung, dass man in einen Tierkadaver greifen musste, um den zweiten Ausgang aus dieser Küche zu öffnen!«

Du egoistische Heulboje musstest ja nicht in den Kadaver greifen, das hat Mats für dich erledigt, dachte Lucky und fragte sich, ob er ihr einfach ins Gesicht schießen sollte. Der Rest der Welt war ohne Melanie besser dran, fand er. Doch dann verwarf er den Gedanken wieder.

Die Wände des Raums waren bis zur Decke mit dunkelbraunen Schränken voller kleiner Schubladen bedeckt, auf deren Vorderseiten komplizierte Zahlenreihen geschrieben waren. Lucky wusste, dass in den Fächern die Karteikarten zweier Kleinstadtbibliotheken verwahrt wurden. Es würde Stunden dauern, in jedes der Fächer hineinzusehen und dort nach irgendeinem Hinweis auf einen Ausweg zu suchen. Der dort auch gar nicht zu finden war. Sondern in einer Kombination aus Primzahlen bestand, die auf einer der Schubladenfronten in dem Schrank direkt neben der Tür geschrieben war. Die Tür hatte ein Touchpad, in die man die Zahlenkombination einzutippen hatte, um sie zu öffnen.

Bautz hatte diesen Raum »Das Zimmer, das Verrückte macht« getauft.

Lucky fragte sich, was er von Melanies Bericht halten sollte. Was war da schiefgelaufen bei Mats? Hatte sein plötzliches Austicken etwas mit dem Medikament in seiner Feldflasche zu tun? Es war Lucky inzwischen klar, warum Mats es so mühelos vor allen anderen durch das Labyrinth und das Gutshaus geschafft hatte. Bautz hatte seinem Star nämlich mit einigen Hinweisen unter die Arme gegriffen. Bestimmt hatte er dafür darauf bestanden, dass Mats hinter Kevin Olsens Rücken das Preisgeld mit ihm teilte. Das hätte jedenfalls zu dem alten Schacherer gepasst.

»Ich will hier raus! Jetzt sofort!«, rief Melanie.

Lucky richtete seine Waffe auf sie. »Ziegen wollen auch lange Schwänze, aber kriegen keine. Die Welt ist ungerecht.«

»Was?«, fragte Melanie verwirrt, wenn auch weit weniger eingeschüchtert, als Lucky es erwartet hatte. Sein Schwanz rührte sich.

What the fuck.

92 Bettys Handgelenke fühlten sich schwer und taub an. So mühelos war es dann doch nicht, mit gefesselten Händen die Tastatur zu bearbeiten.

Es war ihr immer noch nicht gelungen, die Steuerungssoftware zu knacken und zu manipulieren.

Wenigstens waren Martha und Jonas wohl erst einmal in Sicherheit.

Außerdem befanden sich sowohl die beiden als auch Melanie in relativ sicherer Entfernung von Mats – von dem sie immer noch nicht wirklich fassen konnte, dass er Iris getötet haben sollte.

Wo, fragte sie sich, war Lucky abgeblieben?

Scheiße, natürlich, dachte Betty und tippte trotz der Schmerzen nun noch schneller auf die Tastatur ein.

Jetzt! Das müsste es gewesen sein!

Sie drückte auf die Entertaste.

93 Martha unterdrückte die Panik, die sie inzwischen in immer kürzeren Wellen überkam, und konzentrierte sich darauf, Jonas zuzusehen, der mit den merkwürdig geformten Blech- und Holzteilen ein kompliziertes 3D-Puzzle zusammenzusetzen versuchte. Martha wäre dazu nicht in der Lage gewesen und daher spätestens in diesem Raum gescheitert.

An die linke Wand war eine Anleitung in Reimform gepinselt worden, die möglicherweise ja verriet, wie man die zweite Tür dieses Raums entriegelte.

Neben dieser Tür befand sich ein Ziffernpad. Den Code, mit dem sich das Türschloss öffnen ließ, erfuhren die

Player der gereimten Anleitung zufolge nur, falls sie es fertigbrachten, das 3D-Puzzle zusammenzusetzen, an dem Jonas so verbissen arbeitete.

Die Tür, durch die sie vorhin das Zimmer betreten hatten, enthielt auf dieser Seite weder Knauf noch Klinke und auch sonst keinerlei sichtbaren Hinweis darauf, dass sie von hier aus zu öffnen sein könnte.

Martha verabscheute es, untätig zuschauen zu müssen, wie Jonas an dem Puzzle arbeitete. In diesem Haus liefen ein Killer und ein Vergewaltiger herum, die jederzeit hier auftauchen konnten. Wie war noch Kevins Werbeslogan gewesen? Die härteste Survival-Show Europas? *Volltreffer*, fand Martha.

»Was ich hier mache, wird nicht leichter, wenn du die ganze Zeit wie ein angeschossenes Huhn durch die Butze tigerst.«

»Hast du mich gerade Huhn genannt?«

»Mann, schon gut!«, entgegnete Jonas.

Nichts war gut, fand Martha.

Das Puzzle bestand aus Dutzenden ziemlich bizarr geformten Teilen, welche mit psychedelischen Spiralmustern versehen waren, die Martha hochgradig verwirrend erschienen. Jedes der Teile war rundum damit bedruckt worden, was es sehr schwer machte herauszufinden, wohin sie gehörten. Es gab auch keine Hinweise darauf, wie das Ganze – erst einmal zusammengesetzt – aussehen sollte.

Außerdem gab es hier eine Box, die jede Menge Zahnräder, Wellen, Walzen und Blechbänder enthielt.

»Was wird das, wenn's je fertig werden sollte?«, fragte sie Jonas, weil sie die Stille nicht mehr länger ertrug.

»Weiß ich noch nicht. Aber da steckt ein System dahinter.«

»Wieso kannst du so was eigentlich zusammenbauen?«

Jonas schob ein etwa zehn mal zwanzig Zentimeter großes Puzzleteil zu einem etwas kleineren und musterte sie.

»Weil ich einen IQ von 128 habe. Außerdem macht mir das Spaß«, antwortete Jonas, hörbar genervt von ihrer Unterbrechung.

»Ah. Okay«, antwortete Martha, blieb stehen und schaute auf den Berg von Puzzleteilen. Jonas hatte bislang lediglich eine etwa sechzig mal sechzig Zentimeter große Grundplatte zusammenfügen können.

O Gott, das hier konnte noch Stunden dauern, dachte Martha.

Jonas legte noch mehr Puzzleteile auf dem Dielenboden aus, nach einem System, das nur er durchschaute. Trotzdem schien der Berg der ungenutzten Teile kaum kleiner zu werden.

Der einzige – wenn auch recht trübe – Lichtblick, den Martha sah, bestand darin, dass sie von hier aus wahrscheinlich nur noch einen weiteren Raum durchqueren mussten, um ins Dachgeschoss und zum Ausgang zu gelangen.

Allerdings ging sie davon aus, dass auch ihr Angreifer mit der Pistole auf dem Weg dahin war. Und sehr wahrscheinlich war der sogar schneller als sie.

»Hey.«

»Was?«

Jonas zeigte auf seine Actioncam, deren rotes Funktionslämpchen erloschen war.

»Die Akkus sind alle. Die haben nicht damit gerechnet, dass wir so lange unterwegs sind.«

Martha nahm das Stirnband mit ihrer Kamera ab und betrachtete das Gerät. Das Lämpchen leuchtete zwar noch, flackerte aber bedenklich. Martha schaltete die Actioncam ab, um Energie zu sparen. Vielleicht würde es später nützlich sein, sie noch einmal aktivieren zu können, dachte sie.

94

Lucky tippte zum vierten Mal den Code ein, den er von der Innenseite des zweiten Fachs in der linken Reihe gleich neben der Tür ablas. Doch die Tür blieb zu.

Frustriert warf er einen Blick auf Melanie, die mit einem Kabelbinder gefesselt auf dem Bauch am Boden lag und gerade ein bisschen mit den Beinen wackelte, was er beinah sexy fand. Doch Lucky hatte gerade so gar keinen Nerv für Sex. Denn Betty hatte es offensichtlich geschafft, die Steuerungssoftware des Gutshauses zu manipulieren und ihn hier einzusperren. Die Schlager-Attacke vorhin war auch ohne größere Manipulationen an der Steuerungssoftware möglich gewesen. Die Türen zu verriegeln, allerdings nicht.

Melanie robbte von ihm weg zur gegenüberliegenden Wand. Sie hatte Angst vor ihm, und Lucky konnte ihr das nicht übel nehmen. An ihrer Stelle hätte er auch Angst gehabt.

Ich könnte versuchen, die Tür aufzuschießen, dachte er. Doch damit würde er das Risiko eingehen, Mats aufzuschrecken, der sich seinem Tablet zufolge ganz in der Nähe im Dachraum aufhielt. Und Mats zu früh über sein Kommen zu informieren, hielt Lucky für außerordentlich unklug.

Ihm kam eine Idee.

Er ging zu Melanie, die nur noch panischer von ihm wegzurobben versuchte, beugte sich zu ihr herunter, griff sich ihren Overall und drehte sie auf den Rücken.

»Wo ist deine Kamera?«, fragte er.

»Weg.«

Er trat ihr gegen die Nieren. Melanie bäumte sich auf und rollte sich zusammen.

»Der Nächste geht in dein Gesicht«, kündigte er an. »Wo ist die Kamera?«

»In meiner Tasche!«

Lucky tastete grob die Taschen von Melanies Overall ab und fand schließlich ihre Actioncam. Er schaltete sie ein und richtete sie auf Melanie, dann auf die Waffe in seiner rechten Hand. Dann richtete er die Waffe auf Melanie, die vor Angst zu zittern begann. *Fehlt bloß noch, dass du dich einpisst*, dachte Lucky, *dann bist du zwar wirklich sicher davor, dass ich dich doch noch vergewaltige, aber es könnte sein, dass ich dich dann auch einfach abknalle.*

Er hörte ein Klicken von der Tür, richtete die Kamera auf sein Gesicht und sagte sehr langsam und deutlich: »Geht doch.«

Dann schaltete er Melanies Actioncam ab, warf sie zu Boden und zertrat sie.

Lucky ging zur Tür, riss den Fachdeckel, auf dessen Innenseite der Code vermerkt war, aus seiner Halterung und verließ den Raum. Er achtete dabei darauf, dass er hinter sich die Tür wieder verschloss.

Kurz darauf kehrte er zurück, trat zu Melanie und befahl ihr: »Aufstehen.«

Weil ihre Hände gefesselt waren und sie vor Angst kaum

einen klaren Gedanken fassen konnte, gelang es ihr nicht, auf die Füße zu kommen. Also zog Lucky sie unsanft nach oben.

»Ich traue dir nicht. Aber vielleicht kann ich mit dir ja den Irren da draußen ablenken.«

Melanie stand mit gesenktem Kopf und wackeligen Knien vor ihm. Bestimmt würde es ihn ein wenig ausbremsen, sie mitzunehmen. Aber möglicherweise wäre sie ihm später bei Mats als Geisel oder menschlicher Schutzschild nützlich. Er zog ein Taschenmesser hervor, öffnete es und zerschnitt Melanies Fesseln.

»Ausziehen«, befahl er ihr.

»Was?«, fragte sie erschrocken.

Er stieß sie brutal gegen die Brust. Sie taumelte und fiel zu Boden. »Ausziehen! Runter mit dem Lappen!«, wiederholte er seinen Befehl.

Melanie begann zögernd, den Reißverschluss ihres Overalls zu öffnen, in dem sich der GPS-Positionsmelder befand, dessen Signal Betty im Container empfing.

95

Betty hatte eingesehen, dass sie Lucky nicht in dem Archivraum einsperren konnte, sobald er Melanie mit seiner Waffe bedrohte. Also hatte sie die Tür freigegeben.

Von dem Archivraum aus mussten Lucky und Melanie nur eine Treppe überwinden, um dann in den vorletzten Raum vor dem Dachboden und dem Ausgang zu gelangen. Im Dachgeschoss hielt sich offenbar Mats auf, dessen Kamera schon ewig abgestellt oder defekt war.

Betty machte sich inzwischen Sorgen um Herbert, Lizzy und Ralph, die der dicke Sicherheitsmann schon längst aus dem Labyrinth herausgeholt haben sollte.

War es ein Fehler gewesen, ihm zu misstrauen? Hatte Lucky den Securitymann irgendwo da draußen ausgeschaltet? Die Kameras der drei Player im Labyrinth hatten jedenfalls schon vor einer gefühlten Ewigkeit zu senden aufgehört.

Betty schaute zur Tür und fragte sich, ob sie hinausgehen und nachsehen sollte. Lucky war im Gutshaus beschäftigt, und er würde ziemlich lange brauchen, um von da, wo er sich gerade befand, wieder nach unten zu kommen. Eigentlich war das genug Zeit für eine Expedition ins Labyrinth. Aber ihre Hände waren gefesselt, und sie hatte keine Ahnung, wie sie sich damit – noch dazu im Dunkeln – durch das Labyrinth kämpfen sollte. Inzwischen musste es voller Schnee sein. Nein, das war unmöglich.

Auf ihrem Bildschirm war zu sehen, dass sich Ralph, Lizzy und Herbert zusammen an einer Stelle etwa siebzig Meter weit im Innern des Labyrinths befanden. Draußen herrschten inzwischen sicher Temperaturen um die minus sieben oder acht Grad. Seit Herbert sich vor etwa einer Stunde zu Lizzy und Ralph durchgekämpft hatte, hatte keiner der Player im Labyrinth sich großartig bewegt. War das ein gutes Zeichen?

Jetzt erlosch auch Marthas Videofeed im Puzzleraum.

Betty blieb noch die Grafik, auf der die Standorte der Player im Haus dargestellt waren, weil man deren Overalls mit winzigen GPS-Sendern ausgestattet hatte. Aber davon abgesehen, war sie von nun an im Grunde blind, bis irgendeiner von ihnen in den großen Dachbodenraum mit dem

Preisgeld gelangte. Der enthielt zwei Kameras, auch wenn keine davon bislang Mats erfasst hatte.

Was sollte sie tun?

Dieser Container bot nun wirklich keinen Schutz gegen einen bewaffneten und entschlossenen Mann wie Lucky. Immerhin war es hier inzwischen warm und hell, und die Bildschirme vermittelten ihr wenigstens die Illusion, dass ihr ein letzter Rest von Kontrolle geblieben sei.

Vielleicht, dachte sie, wäre es besser gewesen, vorhin doch von irgendwoher Hilfe zu holen. Lucky hatte jedoch den Schlüssel zu seinem Allrad-Lada mitgenommen. Sie hätte aber nicht gewusst, wie sie den Wagen kurzschließen sollte. Und zu Fuß dauerte es Ewigkeiten durch den Schnee bis zum Dorf.

96

»Und jetzt?«, fragte Martha, während sie skeptisch das halb fertige Ergebnis von Jonas' Arbeit betrachtete.

Er hatte auf der Grundplatte vier Seitenwände zusammengefügt und war nun dabei, konzentriert jene mysteriöse Box voller Zahnräder zu betrachten.

»Jetzt weiß ich, was es werden soll.«

»Und was?«

»Eine Spieluhr. Die sind beliebt bei 3D-Puzzles.«

»Dann ist das Box-Ding da die Mechanik?«

»Ja«, antwortete Jonas und steckte die Box auf die Grundplatte. Es sah aus, als gehörte sie wirklich dorthin.

Was Jonas dann tat, grenzte für sie an ein Wunder. Denn er fügte rasch nacheinander die restlichen Puzzleteile, die er zuvor in vier Stapeln geordnet hatte, zusammen.

Zwar fand Martha die psychedelischen Spiralmuster auf dem fertigen Teil jetzt sogar noch furchtbarer als je zuvor. Aber immerhin ähnelte das, was er da zusammensetzte, inzwischen wirklich einer großen, hässlichen Spieluhr.

»Gib mir mal die zwei länglichen Blechteile dort!«

Martha reichte Jonas die beiden merkwürdig geformten Teile. Er wendete sie hin und her, schloss einen Moment lang die Augen und legte die Teile dann wieder ab und steckte sie zusammen.

Er musterte das Ergebnis konzentriert, stieß einen Fluch aus, nahm die Blechteile wieder auseinander und steckte sie neu zusammen.

»Und jetzt?«, fragte Martha.

Jonas schob den schmaleren Teil des länglichen Gegenstands, den er gerade zusammengefügt hatte, in das Loch im Deckel der Spieluhr.

Das, dachte Martha, hätte die Kurbel der Spieluhr sein sollen. Aber bisher sah es nicht wirklich so aus, sondern erinnerte eher an einen Hebel mit einer Querstange darauf.

»Irgendwas ist bestimmt immer noch falsch…«, flüsterte Jonas, ergriff das Hebelteil und drehte es nach links.

Nichts.

Er drehte es nach rechts.

Wieder nichts.

»Mann!«, fluchte Martha.

Jonas zog den Hebel aus der Spieluhr und musterte ihn. Dann begann er, ihn auseinanderzunehmen, und fügte die einzelnen Elemente neu zusammen. Das Ergebnis war ein ganz ähnlich aussehender Gegenstand, nur dass der Querholm jetzt länger war, und jenes Puzzlestück, das zuvor den Querholm gebildet hatte, nun den Teil ausmachte, den er in die Spieluhr einführte. Er ruckelte etwas daran herum und schaute dann von der Spieluhr wieder zu Martha auf.

»Jetzt«, sagte er, drückte auf den Hebel und drehte ihn zugleich nach links. Tatsächlich erklang Musik, mit der Jonas allerdings offensichtlich nichts anzufangen wusste.

»Ist das ›The Winner Takes It All‹ von ABBA?«, fragte Martha.

»Wer ist ABBA?«

Martha schaute ihn verblüfft an. »Du bist wirklich ein Monster.«

Jonas zuckte mit den Achseln und schaute zur Tür. »Und wie hilft uns das jetzt weiter? Die Tür ist immer noch zu.«

Martha musste ihm gezwungenermaßen recht geben. Der ABBA-Song öffnete keine Türen.

»A-B-B-A?«, sagte Jonas, ging zur Tür und gab dort die Ziffernfolge 1, 2, 2, 1 ins Touchpad ein. Die Eins für A, den ersten Buchstaben des Alphabets, die Zwei für B, den zweiten.

Die Tür blieb zu. Auch die Kombination aus den entsprechenden Zahlen der Anfangsbuchstaben des Songtitels brachte nichts.

»Das war's. Mehr fällt mir nicht ein«, sagte Jonas.

»Mir auch nicht«, gab Martha zu. Dann drehte sie die Kurbel nach rechts. Ein anderer Song erklang: »Üb immer Treu und Redlichkeit, bis an dein kühles Grab«.

Jonas versuchte es mit derselben Methode wie eben, gab also die entsprechenden Zahlen für die Anfangsbuchstaben der Worte des Liedtitels ins Touchpad ein.

Ohne Erfolg.

Er drehte sich zu Martha um und schaute sie an. »Was?«, sagte sie leise. »Ich hab auch keine Ahnung mehr!«

Jonas sieht aus wie ein enttäuschtes Katzenbaby, dachte sie.

»Dann lass uns zurückgehen. Denk doch mal nach, Martha. Der Typ vorhin war ja nicht nur hier, um dich zu … Du weißt schon. Der ist hinter dem Preisgeld her. Das ist aber genau dort, wo du hinwillst.«

Martha hatte die Möglichkeit, beim Ausgang auf den Typen mit der Pistole zu treffen, auch schon bedacht und war dabei zu demselben Schluss gekommen wie Jonas. Allerdings war der Typ mit der Waffe trotzdem vorhin nach unten gegangen – zurück in Richtung des Haupteingangs. Martha war sich bewusst, dass sie zumindest teilweise irrational reagierte, weil sie sich vorkam wie ein Stück Wild in einer Falle, das jederzeit von einem Raubtier aufgespürt, angefallen und verschlungen werden konnte.

»Selbst wenn er hinter der Kohle her war, dann hat er die sicher schon längst und ist abgehauen, oder? Der gehört zu Kevins Team und muss sich im Haus ja auskennen. Zurückzugehen kostet uns viel Zeit, die wir nicht haben. Außerdem wissen wir nicht, wo Mats ist. Oder glaubst du, dass Melanie Iris den Kopf abgeschlagen hat? Mats kann genauso gut unten lauern. Besser ein Ende mit Schrecken als ein Schrecken ohne Ende.«

Jonas wirkte nicht überzeugt von ihren Argumenten.

»Na, hier sind wir zumindest so lange sicher, bis Hilfe kommt. Die scheiß Türen sind zu. Und zwar beide.«

»Und wer sagt dir, dass die Tür, die hier rausführt, auf der anderen Seite keine Klinke hat?«

Jonas wich ihrem Blick aus.

Eben, dachte Martha, ging zur Tür mit dem Touchpad und trat einige Male heftig dagegen.

97

Lucky stand in einem hohen Flur, von dem aus nur eine weitere Tür abging. Er wusste, dass dahinter der letzte Raum vor dem Dachgeschoss lag. Weil er sie nicht öffnen konnte, vermutete er, dass Betty auch diese blockiert hatte.

Die Nummer mit der Kamera kam jetzt nicht mehr infrage, weil er sie zerstört hatte.

Die Tür zu dem Raum, den er durchqueren musste, wirkte ziemlich massiv. Ob er sie trotzdem eintreten konnte?

»Na toll! Jetzt weißt du nicht weiter, was? Mir ist kalt. Willst du, dass ich mich erkälte? Wäre ja kein Wunder, nach dem, was einem hier alles so zugemutet worden ist«, beschwerte sich Melanie.

»Halt die Klappe!«, blaffte Lucky, unschlüssig, was er jetzt tun sollte.

Er sah zu spät, wie Melanie ihr linkes Bein anwinkelte, sich auf dem rechten Bein halb um sich selbst drehte, und ihm dann den linken Fuß hart und heftig gegen den Bauch rammte.

In ihrem Tritt lag genug Kraft, um ihn zu Fall zu bringen. Doch statt zu Boden zu gehen, taumelte er gegen die Tür, fand Halt, und noch bevor Melanie zum nächsten Schlag oder Tritt ausholen konnte, schlug er ihr die Faust ins Gesicht.

Ihr Kopf flog von dem Schlag so heftig zurück, dass er

fürchtete, er hätte ihr das Genick gebrochen. Sie stürzte zu Boden. Doch Melanie war härter im Nehmen als gedacht. Irgendwann bewegte sie sich und griff wimmernd nach ihrem Gesicht.

98

Betty hatte die Tür zu dem Puzzleraum verriegelt und Jonas und Martha dadurch dort bis auf Weiteres in Sicherheit gebracht. Sie war erleichtert und stolz.

Lucky befand sich jetzt in dem vorletzten Raum, den er überwinden musste, um zum Dachgeschoss, dem Preisgeld und Mats zu gelangen.

Das nächste Zimmer, jener letzte Raum, der zwischen dem Flur, in dem Lucky sich gerade aufhielt und dem Dachgeschoss lag, war allerdings auch ausgerechnet der, in dem sich Jonas und Martha aufhielten.

Was soll ich jetzt tun?, fragte sich Betty. Ihn dort zwischen den beiden Räumen festhalten? Das war durchaus möglich, indem sie die zweite Tür zum Puzzleraum blockierte.

Die Frage war nur, wie Lucky darauf reagieren würde, dass sie ihn in diesem schmalen Flur festsetzte. Sollte sie ihn also besser gleich zu Martha und Jonas in das Puzzlezimmer hineinlassen, bevor er ausrastete und vielleicht zu Melanie in das Archivzimmer zurückkehrte und ihr erneut die Pistole an den Kopf hielt, um sich so den Zugang zu erzwingen?

Den Zugang zum Archivraum konnte sie jedenfalls nicht blockieren. So weit war sie bei der Manipulation der Steuerung noch nicht vorangekommen.

Betty mochte und bewunderte Melanie, die sie für eine

starke, unabhängige Frau hielt, der unfairerweise vom Patriarchat bisher der ganz große Durchbruch verweigert worden war.

Falls sie also jetzt Lucky zu Martha und Jonas ins Puzzlezimmer einließ und dann dort einsperrte, wäre zumindest Melanie sicher vor ihm.

Allerdings war abzusehen, dass Lucky dann stattdessen Martha bedrohen würde, um sich den Weg zum Preisgeld zu erzwingen. Aber die war ja wohl eine Psychopathin und hatte im Sommer in Leipzig diese beiden Räuber fertiggemacht und sich anschließend von der Bild-Zeitung noch dafür feiern lassen. Sowieso kam Betty Martha grundverpeilt vor. Ihre Gothic-Nummer war so zwanzigstes Jahrhundert! Frauen wie Martha waren es, die der #MeToo-Bewegung und dem neuen Feminismus das Wasser abgruben. Der Romantikmist, auf den die stand, war eine einzige erbärmliche Unterwerfungsgeste gegenüber dem Patriarchat. Herrgott – diese Gothic-Krähen trugen sogar Korsett und standen auf ganz schlimme Rüschenblusen!

Eklig.

Konnte sie es also verantworten, dass Lucky Marthas Raum betrat? Wie würde der reagieren, falls sie ihn dann dort festsetzte, indem sie das Puzzlezimmer wieder verriegelte? Es war zu erwarten, dass Lucky dort früher oder später dieselbe Drohmasche versuchte, die er vorhin erfolgreich bei Melanie durchgezogen hatte.

Doch Martha war eine Psychopathin und würde anders als Melanie vielleicht mit Lucky fertigwerden. Wenn sie zwei Räuber in Leipzig ausgeschaltet hatte, konnte Lucky kein unlösbares Problem für sie darstellen, oder? Und außerdem war sie nicht allein. Jonas, der Nerd, war bei ihr.

Jetzt kam es vor allem darauf an, Zeit zu gewinnen, bis endlich Hilfe eintraf. Die Frage, auf die für Betty letztlich alles hinauslief, lautete: War Lucky fähig, Martha oder den Nerd zu verletzen, sie gar zu töten, um zum Ausgang und dem Preisgeld zu kommen?

Möglich.

Allerdings kam ihr Lucky immer noch relativ harmlos vor im Vergleich zu Mats. Denn der war immerhin ein Killer.

O Gott, dachte Betty. *Das hier war das reinste Psycho-Tetris. Was mache ich denn jetzt*, fragte sie sich, *kann ich es wirklich verantworten, Martha mit Lucky zu konfrontieren?*

99

Jonas hatte die Zeichnung am Boden ausgebreitet und schaute gemeinsam mit Martha darauf.

»Wir sind so kurz davor. Scheiße«, sagte Martha.

»Aber die Zeichnung stimmt nicht. Das wissen wir.«

»Vielleicht, was die Zimmer unten betrifft. Aber hier oben stimmt die mit allem, wo wir bisher gewesen sind, überein. Hinter der Tür ist das Dachgeschoss, und da irgendwo muss auch der Ausgang sein. Wir sind so gut wie hier raus!«

»Können wir die Tür eintreten?«

Das hatte Martha vorhin bereits versucht, aber keinen Erfolg damit gehabt.

»Tu dir keinen Zwang an«, forderte sie Jonas auf, dem der triefende Sarkasmus in ihrer Antwort bestimmt nicht entging.

»Hm«, sagte Jonas und musterte die Tür zum x-ten Mal. »Ich versuch's trotzdem noch mal.«

Beide waren so mit der Touchpad-Tür beschäftigt, dass keiner von ihnen sah, wie die zweite Tür geöffnet wurde. Lucky stieß die halb nackte Melanie in den Raum, folgte ihr und warf die Tür hinter sich wieder zu.

»Hallo«, sagte er und richtete seine Waffe auf Jonas.

»Er ist verrückt! Hier sind alle irre!«, rief Melanie und rannte nach links, so weit wie möglich weg von Lucky und den beiden anderen Playern. Ihr Gesicht war bläulich angeschwollen.

Das ist ein Albtraum, das passiert doch jetzt nicht wirklich, dachte Martha erschrocken. Aber sie konnte dennoch nicht umhin festzustellen, dass Melanie nuttige Sexshop-Dessous trug. *Und da hält dieses Arschloch mit der Knarre mich wahrscheinlich trotzdem noch für die größere Schlampe*, dachte sie verbittert, während sie langsam beiseitetrat.

»Alle meine Hühner auf einer Stange«, verkündete der Typ mit der Pistole.

100

Sie waren bisher gut vorangekommen, fand Bautz. Er hasste es, untätig im Wagen zu sitzen, während er in seinem Hirn Dutzende Katastrophenszenarien abspulte, die alle mit demselben Ergebnis endeten: dass *Wolfshorn* zur größten Peinlichkeit seiner Karriere wurde.

Bautz hatte Niederlagen einstecken müssen und war danach jedes Mal wieder aufgestanden, um neu anzufangen. Er hatte sogar diese #MeToo-Vorwürfe vor einigen Monaten unbeschadet überstanden, weil er gerade noch rechtzeitig vor dem ganz großen Shitstorm einigen Klatschreportern Hinweise auf einen TV-Promi geliefert hatte, der seit Jahrzehnten deutlich heftiger wütete als Bautz selbst.

Aber das jetzt hatte möglicherweise eine ganz andere Dimension. Deutschland war im Grunde immer noch katholisch und deswegen stets bereit, einem reuigen Sünder dessen sexuelle Eskapaden zu verzeihen, anders als etwa die Briten oder Amis.

Zugleich war die Berliner Republik der späten Merkel-Ära aber auch die Nation des Klein-Klein, der Bedenkenträger und Mittellinienfetischisten. Solche Typen ahnten längst, dass sie sich demnächst einem raueren Wind zu stellen hatten. Genau deswegen fielen sie auch gehässig und verbissen über jeden her, der zu sehr am Status quo kratzte. Und was einem in diesem Land erst recht keiner je verzieh, war, sich mithilfe von Innovationen wie der Wolfshorn-Show über den langweiligen Durchschnitt zu erheben, nur um dann damit krachend zu scheitern.

Ich sollte mir also besser eine verdammt gute Exit-Strategie zurechtlegen, sobald sich herausstellt, dass die Kacke etwas zu heftig dampft, dachte Bautz.

Basecap drosselte die Geschwindigkeit, weil im Schneetreiben vor ihnen auf der Landstraße ein Hindernis auftauchte.

»Das ist ’ne Straßensperre!«

Das sehe ich auch, dachte Bautz sauer.

Basecap ließ den Stadtpanzer sacht ausrollen, sodass der keine drei Meter vor den beiden quer gestellten Streifenwagen mit ihren blinkenden Warnlichtern zum Stehen kam.

Zwei in Mäntel gekleidete Schupos näherten sich dem Range Rover.

»Überlass das Reden mir, okay?«, wies Bautz den Jungen am Steuer an und griff nach seiner Brieftasche.

101

»Wenn du mir noch mal an die Wäsche willst, du Arschloch, musst du mich schon als Leiche vergewaltigen«, rief Martha.

Lucky lachte sie aus und schlug sie mit seiner Pistolenhand. »Als ob du entscheiden dürftest, von wem du hier gefickt wirst!«

Martha hatte den Schlag nicht kommen sehen, taumelte zur Seite und sank schließlich auf die Knie.

»Noch einer ohne Fahrschein?«, fragte er in den Raum hinein. Dann trat er zum Touchpad und gab dort die Zahlenkombination 1, 2, 2, 1 ein. Genauso, wie Jonas es zuvor getan hatte.

Doch auch jetzt blieb die Tür zu.

Anders als Martha und Jonas ahnte Lucky allerdings, weswegen sie verschlossen blieb.

»Scheiße!«, fluchte er und musterte die Türbänder. Er fragte sich, ob die aus Stahl waren, oder ob Bautz an ihnen genauso gespart hatte wie fast überall sonst und sie daher aus weicherem Material bestanden.

Vor einigen Jahren war er als zweiter Kameramann für einen Kinofilm engagiert worden, in dem ein Schauspieler eine Tür aufschießen sollte. Der Requisiteur und einer der SEK-Beamten, die man als Berater für das Projekt angeheuert hatte, machten sich ewig über die Szene lustig. Der SEK-Mann zeigte ihm später, dass der Schauspieler sich selbst verletzt hätte, so wie er laut Drehbuch auf das Türschloss feuerte. Denn das bestand aus Stahl, von dem die Projektile abgeprallt wären und den Schützen hätten treffen und verletzen können.

Trotzdem setzte Lucky alles auf eine Karte, drehte sich zur Seite, um den abprallenden Projektilen möglichst wenig Angriffsfläche zu bieten, und schoss viermal auf die Türbänder.

Die Kugeln prallten wie erwartet davon ab und zischten als Querschläger durch den Raum. Eine davon zerschmetterte die Spieluhr, die Jonas so mühsam zusammengesetzt hatte, die zweite fuhr in eine der Wände, die dritte bohrte sich neben Luckys linkem Schuh in den Dielenboden.

Der vierte Querschläger tötete Melanie.

Er schlug auf Höhe der Nasenwurzel in ihren Kopf ein. Sie fiel um und blieb mit einem Ausdruck tiefen Erstaunens in ihren geweiteten Augen regungslos am Boden liegen.

Lucky brauchte einige Sekunden, um zu erfassen, was er gerade getan hatte. Er senkte die Waffe und schaute entsetzt auf Melanie, aus deren Wunde ein wenig Blut über ihre Wange hinweg auf den Boden lief.

Marthas Blicke wischten fassungslos zwischen dem von seiner Tat völlig gebannten Lucky und Melanie hin und her. Sie sprang auf und rannte auf Lucky zu. Er hob zwar noch die Waffe, aber brachte es nicht mehr fertig, auf sie zu schießen, bevor ihr Tritt ihn traf und gegen die Tür schleuderte.

Er fiel samt dem Türblatt in den Dachboden und umklammerte dabei immer noch seine Waffe. Martha blieb schwankend im Türrahmen stehen und schaute erstaunt auf Lucky.

Jonas lief an ihr vorbei und trat Lucky zuerst ins Gesicht, dann auf die Hand, mit der er die Pistole hielt. Lucky schrie auf und ließ die Pistole los. Seine Nase blutete.

Triumphierend beugte Jonas sich herunter, griff nach der Waffe und richtete sie auf Luckys Gesicht. »Wallah, du Wichser bist aber mal so was von fertig!«, brüllte er.

Fertig ist der erst, sobald er tot ist, dachte Martha und verachtete sich dafür, dass sie selbst jetzt nicht die Courage aufbrachte, Jonas die Waffe abzunehmen und dem Typen für das, was er ihr angetan hatte – und für das, was er ihr antun *wollte* – einfach mitten ins Gesicht zu schießen.

Sie blickte auf.

Und sah sich einem merkwürdig verformten Gespenst in schmutzigem Weiß gegenüber.

102

»Worum geht's denn?«, fragte Nele den Polizeibeamten freundlich. Noch bevor Bautz irgendetwas hatte sagen können. Statt dem Beamten antwortete ihr jedoch ein wuchtiger Mann in Warnweste, schwarzer Kopfsocke und einem orangefarbenen Arbeitsanzug. »Ganz Brandenburg bis runter nach Sachsen und Bautzen ist dicht, wegen des Schnees. In Polen rufen sie gerade die Armee zu Hilfe, um wenigstens die Stromversorgung zu sichern. Und bei uns wird's auch nicht mehr lange dauern, bis das so weit ist. Ab hier ist Ende. Wenden Sie und fahren Sie zurück!«

Der Mann in Orange schwenkte seine Handstrahler über die von Schneeverwehungen übersäten Felder links der Straße. In dem gelben Licht wirkten die Verwehungen wie Dünen in einer frostigen Wüste.

»Hören Sie, wir müssen nach Wolfshorn. Da findet gerade eine Liveshow statt. Dort gibt es offenbar Probleme, die wir klären müssen. Das sind doch von hier aus bloß noch ein paar Kilometer«, mischte sich Basecap ein.

Nele warf ihm einen genervten Blick zu.

»Eine Show? Bei dem Wetter?«, fragte der Mann in Orange erstaunt.

Ein zweiter Polizeibeamter, der gerade am Streifenwagen Basecaps Identität und die Fahrzeugpapiere überprüft hatte, kehrte zurück. »Schorsch«, wandte er sich an den Mann in Orange. »Das sind die Berliner, die Wolfshorn gekauft haben.«

Schorsch nickte dem Polizisten zu. Dann warf er einen langen, mitleidigen Blick ins gut beleuchtete Innere des Range Rovers.

»Na so was.«

»Ja«, antwortete der Polizist. Unter dem Schirm seiner Uniformmütze waren seine Augen nicht zu erkennen.

Bautz hatte das Gefühl, dass sie in größeren Schwierigkeiten steckten als erwartet. »Was ist denn das Problem, meine Herren? Ich helfe doch immer gerne!«, versuchte er das Gespräch auf eine andere, mehr inklusive Ebene zu heben.

»Wir haben kein Problem«, antwortete Schorsch. »Sie haben eins. Einer aus eurem Haufen hat vorhin auf YouTube meinen Schwager Klaus Meyer aus Senftenberg zur Schnecke gemacht.«

Der Polizeibeamte schob an Schorsch vorbei seinen Kopf näher zum geöffneten Fenster des Stadtpanzers heran. »Drehen Sie um und verlassen Sie unverzüglich den Gefahrenbereich, Bürger! Andernfalls muss ich Ihren Wagen entfernen lassen und Sie alle wegen Widerstands gegen Vollstreckungsbeamte festnehmen.«

Nele fand, es sei höchste Zeit für eine Prise Deeskalation. »Sie haben meinen Chef offenbar missverstanden, Herr Kommissar. Auf Wolfshorn könnten Menschenleben in Gefahr sein. Jegliche Kommunikation mit unserem Team dort ist abgebrochen. Wir sind alle sehr besorgt, dass es da zu einem Unfall gekommen sein könnte.«

Schorsch richtete den Strahl seiner Lampe auf einen vereisten Mast, der einige Meter hinter der Straßensperre am Feldrand aufragte. »Sehen Sie das? Da sollte eigentlich 'ne Telefonleitung dranhängen. Aber um die hat sich heute Nachmittag Blitzeis gebildet, dadurch ist die zu schwer geworden und abgerissen. Im gesamten Landkreis sind die Festnetztelefone tot. Die Sendemasten fürs Handynetz machen es auch nicht mehr lange, wenn es weiter so arschkalt bleibt und sich noch mehr Eis bildet. Aber vielleicht treibt ihr ja irgendwo ein Satellitentelefon auf. Das könnte immer noch funktionieren, falls eure Leute auf Wolfshorn auch eins haben.«

Scheiße, dachte Bautz zornig, *wir hätten mit dem Projekt nie in den Osten gehen sollen. Im Sauerland gab's schließlich auch Anwesen, die man für einen Apfel und ein Ei hätte kaufen können. Und dort hingen die Telefonleitungen ja wohl nicht an Holzmasten, sondern verbuddelten die frostsicher am Straßenrand. Außerdem wussten die Bullen und Straßenarbeiter im Westen, wie man sich zu benehmen hatte.*

»Wir sind hier nicht mehr in der DDR. So lasse ich mich von Ihnen nicht behandeln!«, regte Bautz sich auf.

»So, so...«, sagte Schorsch.

»Öffnen Sie den Kofferraum«, befahl der Polizeibeamte.

Bautz hat es so was von verkackt, dachte Nele, *die werden uns wirklich noch festnehmen!*

Basecap öffnete per Knopfdruck die Kofferraumklappe, die automatisch aufschwang. Unwillkürlich wandte sich jeder im Wageninnern um, als der Polizist und Schorsch um den Land Rover herumgingen und dann in den Kofferraum schauten.

Irgendetwas geschah dort, das Nele nicht gänzlich nachvollziehen konnte. Denn Schorsch richtete plötzlich seinen Strahler auf ihre Gesichter.

103

Hinter der zerborstenen Tür standen vier altertümliche Spiegel in verrotteten Holzrahmen, die Gestalt und Gesichter der darin gespiegelten Personen verzerrt wiedergaben.

Das Gespenst, das Martha eben zu sehen geglaubt hatte, war sie selbst gewesen.

Hinter den Spiegeln und um sie herum war offenbar weiße Wäsche aufgehängt. Und zwar verdammt viel davon.

Wäsche auf einem Dachboden war zwar nicht ungewöhnlich. Aber eben auch nicht wirklich das, was sie hier erwartet hatte.

Weit hinten in dem riesigen Dachraum war eine Empore zu erkennen. Darauf war ein Käfig installiert, und in dem Käfig saß Mats auf einem Thron. Der Anblick wirkte so bizarr, dass Martha zunächst an eine optische Täuschung glaubte.

»Ey, wie heißt du eigentlich?«, fragte Jonas den Mann am Boden.

Der grinste, so gut er konnte. »Ist gerade vielleicht schwer zu glauben für dich. Aber die meisten Leute nennen mich einfach Lucky.«

Jonas lachte. Was sich als Fehler erwies. Denn plötzlich fiel er neben Martha schreiend zu Boden, weil Lucky ihm die Beine weggetreten hatte.

Jonas ließ dabei die Pistole los, die einige Meter weit über den Boden rutschte.

Noch bevor Lucky sie ergreifen konnte, trat Martha ihm zwischen die Beine. Er krümmte sich schreiend zusammen.

Sie hob die Waffe auf und trat noch einmal nach. Ihr Tritt traf Luckys Bauch. Martha schob die Waffe in die Tasche ihres Overalls.

Jonas kam unsicher wieder auf die Beine.

»Der hat irgendwo noch mehr Kabelbinder. Fessel ihn!«, wies Martha ihn an. Sie fragte sich, was sich wohl hinter all der aufgehängten Wäsche verbarg.

Während Jonas die Kabelbinder um Luckys Handgelenke zusammenzog, schaute Martha sich weiter auf dem Dachboden um. Ein Labyrinth aus Wäsche wäre eindeutig zu einfach, dachte sie.

Die schlichten Lampen, die hier für Licht sorgten, hingen ziemlich tief. Dadurch lag der größte Teil des Gebälks im Dunklen. Immerhin war zu erkennen, dass über Mats' Käfig an vier kräftigen Ketten eine Plattform aufgehängt worden war, die von zwei Spots grell ausgeleuchtet wurde. Ein dickes Seil mit einigen Knoten darin hing von der Plattform herab. Es endete in Mats' Käfig.

Ist das der Ausgang?, fragte sich Martha.

»So, Lucky ist verschnürt«, verkündete Jonas.

Martha nickte ihm zu.

Jonas wandte sich ab und ging auf die erste Reihe weißer Wäsche zu. Martha war drauf und dran, ihm zu folgen.

»Eh! Ihr kommt da alleine nicht durch!«, krächzte Lucky ihnen vom Boden her zu. »Da gibt's Fallen. Ich weiß, wo die sind. Ihr aber nicht.«

Jonas blieb stehen und blickte auf Lucky herab, der sich gerade mühsam aufrichtete.

Mats bewegte sich in seinem Käfig. Er schaute zu ihnen herüber. Sein Overall war voller braunroter Flecken. *Das ist Blut*, dachte Martha erschrocken. *Iris' Blut.*

Mats schaute zu ihr. Aber er sagte kein Wort dabei. Er hatte irgendetwas in der Hand. War das ein Fleischerbeil? So eines wie das, was sie in der Gummizelle vorhin gefunden hatten? Und weshalb war Mats überhaupt noch hier? Hätte er nicht längst abhauen sollen?

»Das Arschloch hat recht. Wir nehmen ihn mit. Er geht voran«, sagte Martha.

»Der ist stärker als wir beide. Was, wenn er uns noch mal angreift und uns die Waffe abnimmt? Dann sind wir beide dran!«

Martha zeigte auf Mats' Käfig. »Wenn er hier rauswill, muss er an Mats vorbei. Genau wie wir. Aber ich gehe bestimmt nicht als Erste in den Käfig, um mich zerhacken zu lassen.«

»Sobald wir beim Käfig sind, lege ich den Verrückten für euch um. Wir teilen uns dann eben die Kohle!«, schlug Lucky vor.

Martha ahnte, dass irgendwo in ihrem Plan, hier herauszukommen, ein gähnendes Loch klaffte. Aber sie hatte keinen besseren zur Hand, und sie vertraute ihrem Gefangenen zumindest so weit, dass er sie über die Fallen nicht belogen hatte.

»Was sind das für Fallen?«, fragte sie.

Lucky schüttelte den Kopf, was ihm offenbar Schmerzen bereitete.

Martha verstand ihn. Sie hätte an seiner Stelle auch den Mund gehalten.

»Wo ist der Ausgang?«

»Von der Plattform führt eine Hängebrücke zu einer Tür, dahinter liegt die Feuertreppe. Die führt hinter dem Haus nach unten.«

»Um dahin zu kommen, muss man an dem Seil zur Plattform hochklettern?«

»Ja.«

»Hilf ihm hoch«, sagte Martha zu Jonas.

»Wir müssen hier raus. Da halte ich mich doch nicht mit diesem Arschloch auf.«

»Doch«, antwortete Martha. »Tust du!«

Jonas und Martha wechselten einen langen Blick. Martha erkannte dabei sowohl Furcht wie Unverständnis in Jonas' Augen. Aber sie hielt seinem Blick trotz ihrer eigenen Angst so lange stand, bis er Lucky schließlich aufhalf.

Wenn ich dich nicht selbst umbringen kann, dachte Martha, *dann sorge ich zumindest dafür, dass du noch vor mir draufgehst, weil Mats dich nämlich umlegt, falls er wirklich so verrückt geworden ist, wie er da oben auf seinem Thron gerade aussieht.*

104

Der Polizist richtete seine Dienstpistole ins Innere des Range Rovers, nachdem Schorsch von der Straßenmeisterei vorsorglich einige Schritte von dem Wagen weggetreten war.

»Mein Name ist Aristoteles Klymnikolopoulos, der Wagen gehört meinem Bruder Odysseus, und er hat einen Waffenschein für die Flinte in der Box. Ich wusste nicht, dass die da noch drin ist, als ich mir vorhin den Wagen bei ihm geborgt habe«, erklärte Basecap.

Nele saß steif neben ihm. Sie hatte ihre Hände gut sichtbar nebeneinander aufs Armaturenbrett gelegt und atmete flach.

»Wie war der Name? Klymni irgendwas? Ist der Kanake?«, fragte Schorsch seinen Polizeikumpel.

»Klymnikolopoulos ist griechisch. Erkennt man an der Endung«, erklärte Bautz übereifrig.

»Hm, klingt trotzdem nach Kanake«, entgegnete Schorsch.

»Aussteigen. Du da am Steuer zuerst. Dann der Typ hinter dir. Zuletzt die Beifahrerin«, befahl der Polizist. Drei weitere Polizisten bauten sich jetzt breitbeinig mit ihren Händen am Waffenholster zwischen den Streifenwagen und ihrem Kollegen vor dem Range Rover auf.

Aristoteles »Basecap« Klymnikolopoulos stieg gehorsam aus dem Wagen, wobei er sich sehr bewusst langsam bewegte, und warf dann einen langen Blick auf Nele.

Bautz allerdings, der dem Befehl des Polizisten zufolge als Nächster hatte aussteigen sollen, rührte sich nicht.

»Also, Genossen«, sagte er laut und deutlich, um seinen Witz unnötigerweise noch mehr zu betonen. »Mir wird das hier zu blöd. Ich rufe jetzt meinen Anwalt an.«

Basecap und Nele erstarrten, als Bautz ungerührt in seine Jacke griff, um sein Handy hervorzuziehen.

Eine Minute darauf saß Nele mit gefesselten Händen in einem der Streifenwagen und atmete immer noch flach.

Bautz und Basecap hingegen lagen neben dem Range Rover mit dem Gesicht voran im Schnee.

Bautz fror erbärmlich, während ihn der Polizist abtastete. Der Beamte zog Bautz' Handy aus dem Jackett und warf es dann einem seiner Kollegen zu.

»Schön still liegen!«, befahl ein anderer Beamter.

Bautz hatte allerdings auch gar nicht die Absicht, sich zu bewegen. Er war noch völlig damit beschäftigt, zu rekonstruieren, wie er innerhalb von wenigen Sekunden aus dem warmen und hellen Inneren des Stadtpanzers hierher in den Schnee gekommen war.

105

Marthas Vermutung, dass sich hinter der vermeintlichen Wäsche mehr verbarg, als es den Anschein hatte, erwies sich als zutreffend.

Denn bei der vermeintlichen Wäsche handelte es sich in Wirklichkeit um große Stücke von imprägniertem Segeltuch. Sie hingen an Leinen, die in etwa zweieinhalb Metern Höhe befestigt waren. Die schmalen Abstände zwischen den Textilstücken waren gerade groß genug, um eine flache Hand hindurchzuschieben. Außerdem hatte man sie nicht nur an der oberen Leine befestigt. Jeweils auf Bauchhöhe und etwa zwanzig Zentimeter über dem Boden verliefen feinere Drähte parallel dazu. Der Stoff war steif und glatt und straff gespannt.

Jonas' Versuch, sich kurzerhand frontal durch die Textilwände einen direkten Weg zu der Empore mit dem Käfig zu bahnen, schlug spektakulär fehl. Durch die dreifache Befestigung war es unmöglich, das Segeltuch einfach beiseitezudrücken. Mit den abgerundeten Kinderbesteckmessern aus ihren Survival-Packs war dem Stoff erst recht nicht beizukommen.

Also blieb ihnen nichts anderes übrig, als den Pfaden zwischen den Textilwänden zu folgen, obwohl diese im Zickzack verliefen und sich der Weg zur Empore dadurch sehr deutlich verlängern würde.

Von Anfang an war Martha der Geruch nach Frittenfett aufgefallen, der über dem gewaltigen Raum hing. Dieser Geruch verstärkte sich noch, je näher sie der Empore kamen. Martha hätte in einem so alten Gebäude Dielen oder grobe Bretter auf dem Fußboden erwartet. Doch der Boden hier bestand aus Estrich, der mit einem hellen Kunststoff versiegelt worden war. Aber da Martha nicht glaubte, dass ihnen von Frittenfett oder einem Kunststoffboden Gefahr drohen könnte, dachte sie zunächst nicht weiter darüber nach.

Wenigstens hatte sich Lucky bislang als gefügig erwiesen und sie einige Male auf Fußangeln aus Draht hingewiesen, die quer über die Pfade verliefen und sie zum Stolpern gebracht hätten. Martha vermutete, dass diese Fußangeln nicht die einzigen Hindernisse waren. Sie fürchtete, dass Lucky ihnen die wirklich gefährlichen Tücken des Dachbodens bewusst vorenthielt. Weswegen sie sich besonders vorsichtig bewegte und dabei angestrengt versuchte, sowohl den Boden als auch die Wände und den bedrohlich dunklen Raum über ihnen im Auge zu behalten.

Jonas lief deutlich unbekümmerter voran.

Sie fürchtete sich davor, Mats gegenüberzutreten. Was immer in der Gummizelle zwischen ihm und Iris vorgefallen war, konnte kaum rechtfertigen, was er ihr angetan hatte. Doch Martha zweifelte auch weiterhin daran, dass ein Mann, der am Morgen noch absolut rational und zurechnungsfähig gewirkt hatte, innerhalb weniger Stunden zu einem blutgierigen Monster mutieren konnte. Irgendetwas musste geschehen sein, das Mats über die Kante getrieben hatte.

Es war nicht mehr weit bis zur Empore und dem Käfig. Und inzwischen waren sie weit genug in das Segeltuchlabyrinth eingedrungen, um beides deutlicher erkennen zu können. Zunächst war da dieser alte, reichlich verzierte Stuhl, in dem Mats jetzt saß. Er erinnerte mit den bizarren Schlangenschnitzereien, den ausladenden Armstützen und der hohen Lehne an den Thron eines bösen Herrschers in einem Horrormärchen, und sicher hatten Bautz und Kevin ihn in irgendeinem Bühnenfundus entdeckt.

Der Käfig hingegen wirkte ebenso neu wie robust. Bisher hatte Mats dort nahezu regungslos gesessen. Das Fleischerbeil lag quer über seinen Knien. Er hielt den Kopf gesenkt. In dem Licht der Strahler, das Mats und den Käfig so plastisch aus dem Halbdunkel herausschälte, schimmerte das viele Blut auf seinem Overall beinahe schwarz.

Ich muss mich zusammenreißen, dachte Martha, *sonst kommt hier wahrscheinlich keiner von uns lebend raus. Immer schön ein Problem nach dem anderen angehen.*

106 Betty begriff nicht, warum Lucky und Martha plötzlich gemeinsam in dem Videofeed von einer der Kameras auf dem Dachboden erschienen. Sie fror das Bild ein und betrachtete es. Waren Luckys Hände etwa auf dem Rücken gefesselt? Kein Zweifel.

Die Blumenfee hatte ihn demnach überwältigt und schickte ihn jetzt als Ersten über den Dachboden zum Ausgang? Seltsam.

Immerhin war bisher offenbar kein weiterer der Player zu Schaden gekommen, dachte sie und warf einen Blick auf die Grafik, die ihr bewies, dass Melanie sich immer noch in dem Archivraum aufhielt, wo sie vor Lucky sicher war. Dass Melanie sich dort bereits seit geraumer Zeit nicht bewegt hatte, erschien ihr nicht weiter ungewöhnlich. Was hätte Melanie dort auch schon anderes tun sollen, als sich in irgendeine Zimmerecke zu setzen und abzuwarten, bis endlich Hilfe kam? Dass diese Hilfe allerdings weiter auf sich warten ließ, bereitete Betty zunehmend größeres Kopfzerbrechen. Der Videofeed aus Wolfshorn war jetzt bereits seit mehr als zweieinhalb Stunden unterbrochen. In Berlin hätte man längst Alarm schlagen und Polizei, Feuerwehr oder einen Krankenwagen schicken sollen. Und selbst bei dem schlechten Wetter konnte es doch nicht so lange dauern, bis hier endlich mal irgendwer aufschlug!

Betty fragte sich zudem, wo der fette Sicherheitsmann blieb und weshalb sie nichts von Herbert, Lizzy und Ralph gehört hatte. Ihren Positionsmarkern zufolge hielten sich die drei nach wie vor eng nebeneinander im Labyrinth auf.

Wenigstens hatte sie vorhin dafür sorgen können, dass

der Zugang zu dem Käfig auf der Empore im Dachboden verschlossen und Mats darin gefangen blieb.

Nervös verfolgte sie weiter den Videofeed vom Dachboden. Obwohl es dort nur vier stationäre Kameras gab, war das immer noch besser, als weiterhin blind und taub zu sein, fand sie.

Soll ich nicht doch rausgehen und nach den vier Leuten im Labyrinth sehen? Auf dem Dachboden konnte ja eigentlich nicht mehr viel schiefgehen.

Traute sie der Psychopathin Martha zu, noch einmal mit Lucky fertigzuwerden?

Das tat sie.

Würde man sie strafrechtlich dafür verantwortlich machen können, falls den drei Playern im Labyrinth etwas zugestoßen war?

Es gab im Strafgesetzbuch immerhin einen Paragrafen für unterlassene Hilfeleistung. Und bestimmt gab's da noch einige mehr, die ihr gefährlich werden konnten. Würde Kevin ihr bei einem Verfahren zur Seite stehen?

Schwer zu sagen.

Kurz entschlossen stand sie auf, legte sich den Mantel über die Schultern und schaute noch einmal nachdenklich zu den Computerscreens. Schließlich wandte sie sich von ihnen ab, nahm zwei Blätter Papier aus dem Drucker und fertigte darauf eine grobe Skizze des Labyrinths an. Dann zeichnete sie den Weg ein, der zu den drei Playern führte. Sie öffnete die Containertür.

Wenn ich mit den gefesselten Händen hinfalle, brauche ich bestimmt ewig, um wieder auf die Beine zu kommen, dachte sie.

Dann traf sie der erste frostige Windstoß und bewies

ihr, dass der lediglich über ihre Schultern gehängte Mantel deutlich weniger Schutz vor der Kälte bot, als sie gehofft hatte.

Was war das?, fragte sie sich, hob den Kopf und lauschte in die Nacht hinein. Klingelte da etwa irgendwo ein Handy?

Ja, dachte sie. *In dem zweiten Container klingelt ganz eindeutig ein Handy.* Es musste das des Sicherheitsmannes sein.

Betty ging so schnell sie konnte auf den Container zu.

107

Dass er vorhin aus Versehen Melanie getötet hatte, beschäftigte Lucky. Wie konnte man nur derartiges Pech haben, fragte er sich. Dieser ganze Scheißtag bestand bisher im Grunde nur aus einer einzigen Pechsträhne. Die hatte schon damit angefangen, dass sie ihm ausgerechnet diese Moppeltante Betty in den Container gesetzt hatten. Die Pechsträhne setzte sich fort, als der Zugangscode zum Hintereingang geändert worden war, er dann angesichts von Iris' abgetrenntem Kopf keinen hochbekommen hatte und schließlich aus Versehen Melanie erschoss. Zu allem Überfluss hatte ihn die Gruftitorte eben überrumpelt, woraufhin ihr nerdiger Partner ihn entwaffnen und fesseln konnte.

So allmählich wurde es wirklich höchste Zeit, dass er mal wieder etwas Glück hatte.

Der Student war zu zaghaft mit den Kabelbindern gewesen. Lucky war daher sicher, dass er sich mit ein bisschen Anstrengung würde befreien können. Er musste es nur ziemlich schnell tun, und vor allem zum richtigen Zeitpunkt. Dass die Gruftitorte vorhin seine Pistole in ihre Tasche gesteckt hatte, wertete Lucky inzwischen als Zeichen dafür, dass sich seine Pechsträhne tatsächlich dem Ende näherte.

Während er weiter fügsam zwischen den Segeltuchwänden hindurchlief und Martha gehorsam auf die immer dichter angebrachten Fußangeln aufmerksam machte, verdrängte er die Erinnerung an Melanie, die so plötzlich mit einem Loch im Kopf in ihrer Unterwäsche am Boden gelegen hatte.

Er war bisher nur einmal hier oben gewesen. Damals wurde hier noch gebaut.

Doch Lucky kannte die Baupläne und setzte darauf, dass er keine böse Überraschung erleben würde. Ihm blieben nur noch ein paar Minuten, bis er seine wahrscheinlich letzte Chance nutzen konnte, um Martha und ihren Dackel zu überwältigen und sie dann endgültig fertigzumachen.

Mats saß da oben auf seinem lächerlichen Thron jedenfalls so günstig wie eine Tontaube auf einem Zaunpfahl. Ihn konnte er nicht verfehlen, wenn er demnächst auf ihn schoss.

»Vorsicht! Fußangel!«, sagte er.

Martha blieb hinter ihm stehen. Er spürte ihre Blicke in seinem Nacken.

108

Kevin war noch ganz verschwitzt und spürte immer noch deutlich sein Adrenalinhoch. Vor zwei Minuten hatte er seinen zweiten Live-Rant im Studio beendet und dabei seine Zuschauer-Bestmarke noch einmal deutlich übertroffen. 583000 fucking unique User. Das sollte ihm mal einer nachmachen!

Ich brauch Zucker. Ich muss meinen Adrenalinpegel runterkriegen, dachte er.

»He, Kevin?«, rief Paul.

»Was?«

»Betty aus Wolfshorn. Die ist an das Handy von dem Securitytypen gegangen.«

Auf dem Weg zu dem Telefon griff Kevin sich eine Cola-Flasche, öffnete sie an der Kante des Konferenztisches und trank einen großen Schluck daraus.

»Hi, what's up?«

Während der folgenden zwei Minuten lauschte er Bettys Redeschwall.

Ganz ruhig, dachte Kevin. *Du hast gerade die Sponsoren happy gemacht, und solange das Gutshaus und das Labyrinth in Wolfshorn stehen, ist nichts verloren.* Für alle übrigen Katastrophen gab es Verträge mit den Playern und Versicherungen.

Iris sollte wirklich tot sein? *Fucking unfassbar*, dachte er.

»Betty? BETTY?«, unterbrach er eine weitere ihrer hyperaufgeregten Wortkaskaden.

»HÖR MIR DOCH ZU, KEVIN!«, rief Betty in Sackes Telefon. »Hast du es nicht KAPIERT? Iris ist TOT! Lucky ist AUSGERASTET, Mats ist ein KILLER, und ich habe keine AHNUNG, wie es den übrigen Playern im Haus geht. Wir sind GEFICKT! Die Versicherung wird uns fertigmachen. Du bist PLEITE! Und bestimmt gehen wir demnächst alle in den KNAST!«

Mann, die ist wirklich kurz davor, völlig hysterisch zu werden, dachte Kevin. »So, biste jetzt fertig, Betty? Dann hörst *du* mir jetzt mal zu! Keiner von uns geht in den Knast. Die Player haben Verträge unterschrieben. Wir haften nicht für Schäden, die sie sich während der Show zuziehen. Falls Mats wirklich ausgerastet sein sollte, dann hat er das selbst zu verantworten. Bautz, Aristoteles und Nele sind auf dem Weg zu dir. Und bis sie da sind, behältst du einfach die Nerven.«

»Die Nerven behalten? Nice, Kevin, richtig NICE! WIE DENN? Hier läuft ein Killer frei herum, und ich bin ganz allein und…«

»Chill gefälligst mal, ja?«, antwortete Kevin deutlich schärfer. »Bautz ist unterwegs, und ich rufe jetzt gleich noch die Polizei an und rede mit denen. Du bleibst am besten, wo du bist, und wartest ab, bis Hilfe kommt. Trink was oder so. Aber komm gefälligst runter!«

Kevin drückte das Gespräch weg und atmete genervt zweimal tief durch. Das hatte ihm sein Yogatrainer empfohlen, und bisher hatte es immer funktioniert.

»Ich muss mit Bautz reden. Jetzt!«, rief er.

Mindestens vier seiner Angestellten versuchten daraufhin gleichzeitig, Bautz zu erreichen.

Was nicht gelang.

Paul hingegen wählte Neles Nummer.

»Polizeihauptmeister Simon Hart«, meldete sich eine Stimme, die nicht nach Nele klang.

109

Martha glaubte, Gemurmel aus der Richtung des Käfigs zu hören. Doch vielleicht war es auch nur das Betriebsgeräusch irgendeines Geräts hier oben.

»Das Frittenfett riechst du auch, oder?«, fragte Jonas hinter ihr.

Sie nickte und versuchte, zwischen den Segeltuchwänden hindurch zu dem Käfig zu schauen. Doch von hier aus konnte sie nur Teile von Mats' Beinen und Händen sehen. Er schien sich immer noch nicht von der Stelle gerührt zu haben. Was seltsam war. Im Grunde sogar beängstigend.

Wieso reagierte er nicht auf ihre Anwesenheit?

»He, Arschloch«, sagte sie und stieß Lucky in den Rücken. Er blieb stehen und schaute sich zu ihr um.

»Was?«

»Warum ist Mats ausgerastet? Das passiert doch nicht einfach so.«

»Keine Ahnung.«

Martha glaubte ihm nicht.

»Weitergehen«, wies sie ihn an.

Lucky setzte gleichmütig seinen Weg zwischen den Stoffwänden fort.

Vor ihnen lag eine Kehre, und Martha ahnte, dass es die letzte vor dem Ausgang und der Empore war. Sie verlangsamte ihr Tempo. Als Jonas zu ihr aufschloss und etwas sagen wollte, drehte sie sich zu ihm um und streckte ihm den rechten Zeigefinger entgegen.

Jonas hielt den Mund.

Lucky ging ungerührt weiter und passierte die Kehre. Martha zog die Pistole hervor und schaute sie eine Sekunde lang an.

»Fuck, du hast keine Ahnung, wie man damit umgeht, oder?«, flüsterte Jonas.

Martha schüttelte unwirsch den Kopf. Er nahm ihr vorsichtig die Waffe aus der Hand, hielt sie seitlich von ihr weg, ließ das Magazin aus dem Griff schnappen und zog dann den Schlitten etwas zurück, um ihr zu zeigen, dass ein Projektil in der Kammer war. Zuletzt wies er auf die Sicherung der Pistole und flüsterte: »Du musst sie nur ungefähr auf dein Ziel halten. Solange du nicht weiter weg bist als fünf oder sechs Meter, trifft das Ding schon ungefähr das, was du treffen willst. Okay?«

Er wirkt so sicher im Umgang mit dem Ding, dachte Martha beeindruckt. »Willst du sie haben?«, fragte sie.

Jonas schüttelte sehr langsam den Kopf.

Also nahm sie Pistole wieder an sich und schaute zu der letzten Kehre, hinter der Lucky längst verschwunden war.

Sie beeilte sich, ihn einzuholen.

Es blieben nur noch wenige Meter bis zum Ende des Segeltuchlabyrinths. Martha ahnte, dass ihr Gefangener die Ankunft vor der Empore für einen Befreiungsversuch nutzen würde.

Etwa zwei Meter vorm Ausgang des Segeltuchlabyrinths löste Martha unbemerkt von ihr eine der Fußangeln aus.

Doch als sie kurz darauf die etwa vierzig Quadratmeter große Freifläche vor der Empore betrat, ertönte ein heftiger Knall.

Die Verschalung der Emporenkonstruktion riss auf. Hunderttausende Daunenfedern wurden aus dem Emporenunterbau geschleudert, die wie Schneeflocken im Raum schwebten.

Bei aller Furcht und Schrecken, die Martha lähmten, boten all die weißen Federn, die plötzlich durch den Raum schwebten, einen so märchenhaft bizarren Anblick, dass sie unwillkürlich verharrte und das Spektakel gebannt betrachtete.

Die Federn waren allerdings nicht alles, was die Explosion aus dem Innern der Emporenkonstruktion hervorbrachte.

Denn jetzt schwappten außerdem Tausende Liter Speiseöl aus den Behältern, die in der Empore verborgen waren, und ergossen sich über den versiegelten Boden.

Lucky tauchte plötzlich neben Martha auf. Seine Handgelenke waren zwar blutig und aufgerissen – aber frei.

Er schlug Martha nieder, trat ihr gleich darauf ins Gesicht und schaffte es, ihr die Waffe zu entwinden.

Das über den Boden fließende Öl umspülte mit seinem ekligen Gestank die verletzte Martha und sorgte dafür, dass der Boden spiegelglatt wurde.

Jonas, der zu hastig versuchte, zu ihr zu gelangen, fiel hin und rutschte einige Zentimeter auf Martha zu, die panisch versuchte, vor Lucky davonzukriechen.

Aus ihren Augenwinkeln heraus nahm sie wahr, dass Mats in dem Käfig von seinem grotesken Thron aufgesprungen war und mit einer Hand das Käfiggitter packte, während er mit der anderen das Küchenbeil schwang und irgendetwas rief.

Jonas versuchte, erneut auf die Beine zu kommen und glitt dabei wieder aus.

Lucky richtete seine Waffe auf Martha. »Dreh dich um, du Nutte! Auf den Bauch. Und Hände in den Nacken!«, befahl er.

Martha folgte seinem Befehl, so gut sie es konnte. Das stinkende Frittenöl lief um ihre Wangen, sickerte in ihre Haare und berührte ihre Nase und Lippen.

Er wird nicht noch mal versuchen, mich zu vergewaltigen, dachte sie. *Er ist zu sehr mit dem Preisgeld beschäftigt. Er muss an Mats vorbei, um zum Ausgang zu kommen. Und Mats wird ihn töten.*

110 »Das war ein Notruf. Das muss Ihnen doch klar sein! Wir verlieren hier kostbare Zeit, während auf Wolfshorn Menschenleben in Gefahr sind«, argumentierte Nele aufgebracht mit Polizeihauptmeister Simon Hart. Der jedoch seit mindestens zehn Minuten keinerlei Anstalten machte, in eine ihrer Aufregung angemessene Form von Aktionismus zu verfallen.

»Das weiß ich«, antwortete er genervt. »Aber meine Dienstelle verfügt über kein Fahrzeug, das der aktuellen Straßenlage gewachsen wäre. Wir müssen auf den Schneepflug der Straßenmeisterei warten. Nützt keinem was, wenn wir uns ein paar Kilometer von hier in einer Schneewehe festfahren.«

Seine Gelassenheit war für Nele völlig unbegreiflich. Sie stieß Bautz an, der inzwischen neben ihr auf der Rückbank des Streifenwagens saß, während Aristoteles »Basecap« Klymnikolopoulos hinter der Trennschutzscheibe auf dem Beifahrersitz Platz genommen hatte. Von Bautz' Jacke und aus seinen Haaren tropfte Schneeschmelzwasser. Wenigstens hatte man ihnen vorhin die Handfesseln wieder abgenommen.

»Wissen Sie, wovor mein Anwalt wirklich Angst hat, Wachtmeister?«, fragte Bautz.

Simon Hart schüttelte draußen vor dem offenen Seitenfenster seinen Kopf. »Hauptmeister. Wenn schon, denn schon.«

»Vor großen Hunden. Aber sonst vor gar nichts. Da kommt was auf Sie und Ihre Behörde zu, sobald sich rausstellt, dass Sie zu feige waren, in einer Notsituation Hilfe zu leisten. Kann ja sein, dass ich mich irre, aber bei Beamten wird unterlassene Hilfeleistung wohl härter geahndet als bei Otto Normalverbraucher?«, sagte Bautz an Neles Kopf vorbei in Richtung des geöffneten Fensters.

Simon Hart antwortete nicht.

Schorsch legte ihm die Hand auf die Schulter. »Siehste, Simon, wegen so was bin ich richtig froh, dass ich damals beim Straßendienst und nicht bei den Bullen gelandet bin.«

»Haltet gefälligst die Klappe! Und zwar alle!«, blaffte Polizeihauptmeister Hart, wandte sich ab und ging zu seinen Kollegen, die sich um den zweiten Streifenwagen versammelt hatten und dort den Funkverkehr verfolgten.

»Alter, wenn Betty recht hatte, dann ist Iris wirklich tot?«, flüsterte Nele Bautz zu.

»Jetzt fang du nicht auch noch an, ja? Keiner ist tot. Das gibt's doch gar nicht. Das dumme Huhn hat sich geirrt.«

Nele warf Bautz einen entrüsteten Blick zu. »Hast du Betty etwa gerade als Huhn bezeichnet?!«

Bautz nickte selbstsicher. »Und da hab ich wirklich noch Rücksicht genommen.«

Unter den Beamten bei dem zweiten Streifenwagen breitete sich Unruhe aus. Simon Hart kehrte zurück. »Der Schneepflug ist in zehn Minuten hier«, erklärte er. »Bis dahin können Sie sich von mir aus gerne weiter streiten. Aber, Herr Bautz, meine Anwaltskosten übernimmt der Staat, und zwar mithilfe Ihrer Steuern. Falls Sie denn überhaupt welche zahlen.«

Nele grinste.

111 »Angriffsformation! Marsch, marsch!«, brüllte Mats aus dem Käfig heraus.

Lucky richtete zwar die Waffe schussbereit auf den Lauch und die Gruftihexe, schaute aber zu dem Käfig und fragte sich einmal mehr, weshalb Mats da herumbrüllte, obwohl er wegen der Pillendosis in seiner Trinkflasche doch völlig fertig sein müsste.

Überall flogen diese verdammten Daunenfedern umher, und Lucky fühlte sich wie auf dem Set eines Frau-Holle-Films.

Mats war ein auf Staatskosten gedrillter Killer, der bewiesen hatte, dass er mit einem Küchenbeil umgehen konnte. Lucky schaute über die Schulter hinweg zu Martha und Jonas, die beide in dem etwa drei Zentimeter hohen Film aus Frittenöl lagen.

Er packte ein Büschel von Marthas Haaren, zog sie daran auf die Füße und stieß sie gegen die Segeltuchwand. »Du gehst als Erste da hoch«, sagte er mit vorgehaltener Waffe. »Falls du Ärger machst, leg ich den Lauch um!«

Frittenfett tropfte aus ihren Haaren und rann ihr Kinn herab. Sie nickte ihm mit ängstlich aufgerissenen Augen zu.

Aber Lucky überschätzte die Angst, die er verbreitete. Denn der Lauch trat ihm vom Boden aus gegen die Beine. Sein Tritt traf ihn allerdings nicht heftig genug, um Lucky zu Fall zu bringen. Er ließ von Martha ab, drehte sich halb um und jagte dem Lauch zwei Kugeln in den Oberkörper.

Blut spritzte aus den Wunden, und der Junge gab ein Geräusch von sich, das für Lucky nicht mehr menschlich klang.

Die Gruftikrähe brüllte erschrocken den Namen des Lauchs und stieß ihm ihre Faust gegen die Brust. Ihr Schlag war längst nicht heftig genug, um ihn umzuwerfen. Also knallte er ihr seine Pistolenhand gegen die Schläfe.

Halb ausgeknockt rutschte sie an der Segeltuchwand zu Boden. Lucky zog sie fluchend wieder herauf und hielt ihr den Pistolenlauf gegen den Hinterkopf. Überall an ihren Haaren und dem Overall klebten diese scheiß Daunen. Die perfekte visuelle Umsetzung des alten Spruchs vom gerupften Huhn, dachte er.

»Hey, Gefreiter? Ich knall sie ab, wenn du den Käfig nicht gleich aufmachst!«, rief er der Empore zu.

Mats antwortete mit einem Schwall Militärjargon, den Lucky nicht verstand, und starrte die Gruftikrähe aus glasigen Augen an.

Die Tür des Käfigs hatte für den ersten Player, der sie erreichte, offen gestanden, damit er ihn betreten und an dem Strick nach oben klettern konnte.

Das wusste Lucky. Er wusste auch, dass es dem Ermessen dieses ersten Players überlassen bleiben sollte, ob er den Käfig weiter geöffnet ließ oder die Tür hinter sich schloss und damit alle nachkommenden Player ausschloss. Doch jetzt ließ sich der Käfig nur noch von innen öffnen.

Was bedeutete, dass er Mats dazu bringen musste, die Tür für ihn aufzumachen.

In fünf Stunden ging Luckys Flieger von Danzig, und draußen waren inzwischen wahrscheinlich sogar die meisten größeren Landstraßen zugeschneit und nahezu unpassierbar geworden. Er machte sich echte Sorgen um seinen Zeitplan.

Dennoch glaubte er, das Problem, wie er in den Käfig hinein und dann von dort aus an das Preisgeld und zum Ausgang gelangen könnte, gelöst zu haben.

Er trieb das Grufthuhn vor sich her zur Empore, wobei er einige Male ausrutschte.

Noch immer hatte er das Gefühl, sich durch ein bizarres Schneetreiben vorantasten zu müssen. Er hätte nie erwartet, dass diese Daunen so verdammt lange umherfliegen würden.

Seine Geisel verhielt sich untypisch gefügig. Vor der schmalen Treppe zur Empore stellte er sicher, dass sie ihn mit ihrem Körper halbwegs deckte, falls Mats auf die Idee käme, ihn mit seinem Küchenbeil durch die Gitterstäbe hindurch anzugreifen, sobald sie den Käfig erreicht hatten.

Martha stieg jetzt vor ihm die erste Stufe hinauf, rutschte aber wegen des Frittenöls an ihren Sohlen aus und fiel zu Boden, sodass er ihr fluchend aufhelfen musste.

Mats schaute ihnen wortlos dabei zu. *Dieser Typ ist wirklich und wahrhaftig abgedreht,* dachte Lucky.

Der Verrückte im Käfig rührte sich nicht und sagte auch kein Wort. *Sobald er die Tür geöffnet hat*, lege ich ihn um, nahm Lucky sich vor. Er hatte heute bereits einen Menschen getötet. Noch einen weiteren umzubringen, änderte nichts mehr für ihn.

Sobald Martha die ersten vier Stufen bewältigt hatte, folgte er ihr.

»Mach die Tür auf und komm raus!«, rief Lucky, sobald er hinter Martha auf der Empore angekommen war.

Aber der Irre schaute nicht einmal zu ihnen herüber, sondern starrte weiterhin mit diesem Tausendmeilenblick über die Segeltuchwände hinweg auf die umherfliegenden Daunenfedern.

»Ich zähle bis fünf, dann knall ich sie ab«, drohte Lucky,

obwohl er gar nicht sicher war, ob er überhaupt noch mehr als eine Patrone in seinem Magazin hatte.

Mats rührte sich nicht.

Lucky stieß Martha so heftig gegen die Gitterstäbe, dass sie vor Schmerz und Überraschung aufschrie.

Die Tür blieb jedenfalls zu und der roboterhafte Killer im Käfig rührte sich nicht.

»Hey! Ich rede mit dir! Ich lege die Alte um, wenn du nicht sofort die Tür öffnest!«

»Weichziel auf drei Uhr voraus«, antwortete Mats schließlich, nahm militärisch korrekt Haltung an und präsentierte das Fleischerbeil aus der Herzküche.

Lucky hatte eine Idee. Zwar hatte er keinen Tag in irgendeiner Armee verbracht. Aber er hatte genug Kriegsfilme gesehen, um sich denken zu können, wie der Hase bei dem Irren im Käfig lief.

112

Betty hatte vorhin Kevins Rat, sich nicht von der Stelle zu rühren, missachtet und war losgegangen, um nach dem Sicherheitsmann und den drei Playern im Labyrinth zu schauen.

Sie fühlte sich schuldig, und sie traute Kevin nicht, dass ihr keine Konsequenzen drohten, weil die Verträge mit den Playern und den Versicherungen absolut wasserdicht seien.

Immerhin war nach dem Gespräch klar, dass Hilfe unterwegs war. Darum glaubte sie, dass sie es riskieren sollte, nach den Vermissten zu schauen.

In Sackes Container hatte sie eine Kiste mit Signalfackeln gefunden. Sie hatte so viele wie möglich davon in ihre Manteltaschen gesteckt, weil sie fand, dass frau dort draußen im Labyrinth gar nicht genug Lichtquellen dabeihaben konnte. Anschließend war sie mit der kleinen Taschenlampe aus dem Bürocontainer zum Labyrinth losgezogen.

Jetzt blickte sie in das Loch, in dem Sackes Leiche allmählich zuschneite. Sie rief seinen Namen und leuchtete ihm mit der Lampe ins Gesicht.

Sacke rührte sich nicht.

Betty begriff endlich, dass er tot war.

113

Martha gehorchte Lucky und zweifelte nicht mehr daran, dass sie hier auf diesem Dachboden zwischen Daunenfedern und Frittenöl sterben würde.

Luckys brutale Schläge und Stöße nahm sie kaum wahr. Schmerz war eine Empfindung, die sie zwar auf einer Ebene ihres Bewusstseins registrierte, die aber für sie keine Rolle mehr spielte.

Immerhin war sie geistesgegenwärtig genug, im letzten Augenblick ihr Gesicht zur Seite zu wenden, als er sie eben hart gegen die Käfiggitter stieß. Dabei sah sie, wie sich unten am Ausgang des Segeltuchlabyrinths das Blut aus Jonas' Wunden mit dem trägen Frittenöl mischte. In ekligen Schlieren schwappte es um seinen Kopf herum.

Lucky stieß sie plötzlich grob beiseite. Sie rutschte auf dem Holz der Empore aus und fiel zu Boden.

Lucky nahm Haltung an und legte zackig militärisch die

Hand an die Schläfe. »Oberstleutnant Koslinsky zur Lageinspektion!«, rief er.

Martha richtete sich etwas auf und blickte auf die Pistole, die Lucky an seinen rechten Oberschenkel gepresst hielt.

Sie erinnerte sich daran, wie Jonas ihr die Funktionsweise der Waffe vorgeführt hatte. Es war eine Patrone in der Kammer gewesen, und mindestens eine weitere in dem Magazin, das er kurz hatte herausspringen lassen. Doch Martha glaubte auch, dass sie unter der Patrone im Magazin keine weitere gesehen hatte. Und der Typ hatte zwei Schüsse auf Jonas abgefeuert. Die Pistole war leer. Ohne Munition in seiner Waffe war Lucky besiegbar.

Mats nahm im Käfig ebenfalls Haltung an, grüßte militärisch zurück und rief: »Jawohl, Herr Oberstleutnant. Zugführer Fleck, Vertikalzug KSK, bereit zur Inspektion.«

Dann öffnete er die Käfigtür.

Martha umklammerte halb am Boden liegend das Gitter neben der Tür, um sich daran hochzuziehen.

Lucky stellte seinen Fuß zwischen Gitter und Käfigtür, richtete dabei die Pistole auf Mats und drückte ab.

Nichts geschah.

Martha versetzte ihm einen Stoß, der ihn gegen die Tür des Käfigs warf, die er daraufhin mit seinem Körper aufstieß. Er taumelte an Mats vorbei gegen den grotesken Thron und warf ihn beim Aufprall um.

Mats präsentierte weiterhin in Habacht-Haltung sein Fleischerbeil und stammelte Militärbegriffe vor sich hin.

Die Pistole war leer geschossen, also hatte Martha vielleicht eine Chance, an das Seil zu kommen und nach oben zu der Plattform zu fliehen.

Sie sprang auf und lief in den Käfig. Wo Mats sie zwar

anschaute, aber sie nicht bei ihrem Versuch, an das Seil zu gelangen, behinderte.

Lucky rappelte sich auf, stieß Mats beiseite und hechtete auf Martha zu, um sie zu Boden zu werfen. Martha gelang es jedoch auszuweichen, sodass ihr Angreifer unsicher zu einem der Gitter taumelte.

Mats hatte sich offenbar rein reflexartig zwischen dem umgefallenen Thron und dem Käfiggitter in Stellung gebracht.

»Tu was!«, brüllte Martha ihn an. In Erwartung eines Angriffs erhob sie die Fäuste und zog den Kopf zwischen die Schultern. Rechts von ihr löste Lucky sich eben von dem Gitter. Vor ihr lag der umgestürzte Thron und etwas links hinter ihr stand Mats.

Jetzt senkte er das Fleischerbeil. Seine eigenartig verhangenen Blicke flogen zwischen Martha und Lucky hin und her.

»Zugführer! Taliban voraus! Attacke!«, rief Lucky Mats zu und zeigte dabei auf Martha.

O Gott, das war's, dachte Martha, die sah, dass Mats einen Schritt nach vorn machte und das Fleischerbeil wieder erhob.

114

Betty hatte trotz ihrer gefesselten Hände zwei der Signalfackeln mühevoll entzündet und sie dann bei dem Loch zurückgelassen.

Anschließend war sie vorsichtig tiefer ins Labyrinth hineingetappt. Die Kälte biss in ihren Leib. Der Mantel, den sie nur übergehängt hatte, schützte sie kaum.

Einige Zeit hatte sie sich an dem diffusen Leuchten der Fackeln in ihrem Rücken orientieren können. Aber jetzt musste sie einsehen, dass sie sich trotz der Taschenlampe und der Lageskizze verlaufen hatte.

Das Handy des Sicherheitsmannes, das sie mitgenommen hatte, zeigte an, dass es kein Netz fand. Sie blickte ängstlich in die Richtung, in der sie das Gutshaus vermutete, und fragte sich, ob Lucky und Mats immer noch dort waren. Falls sie aus irgendeinem Grund ins Labyrinth zurückgekehrt waren, dann, fand Betty, war sie hier allein und unbewaffnet wohl basically fucked.

Ein Geräusch wie von aufflatternden Vögeln schreckte sie auf. Betty schaute sich panisch danach um.

115

Mats hackte auf Lucky ein, der sich aber unter den Hieben wegduckte.

Martha begriff, dass dies ihre Chance war, an das Seil zu gelangen.

Sie schob sich an dem Gitter entlang bis zur Rückseite des Käfigs, stieg auf den umgestürzten Thron, ergriff das Seil und begann sich daran hochzuziehen, während sich unter ihr die beiden Männer wie Boxer in einem viel zu engen Ring gegenseitig belauerten.

Einer von Mats' Schlägen, der eigentlich Lucky galt, traf sie an ihrem linken Fuß, durchdrang ihren Stiefel und schnitt in ihr Fleisch. Sie schrie auf, schaffte es aber, sich weiter hinaufzuziehen.

»Du Nutte bist die Nächste!«, brüllte Lucky ihr hinterher. Er konnte ihr jedoch nicht folgen, weil er vollauf damit beschäftigt war, Mats' roboterhaften Beilhieben auszuweichen.

Martha kletterte weiter an dem Strick hinauf. Es blieben noch mindestens drei Meter bis zu der quadratischen Öffnung in der Plattform, durch die das Seil führte.

Sie konzentrierte sich mit all ihren Sinnen darauf, Griff um Griff weiter nach oben zu gelangen. In ihrem verletzten Fuß wühlten Schmerzen, die durch ihren Schleier aus Angst drangen und sie zwangen, ihre Zähne aufeinanderzubeißen, um nicht bei jeder Bewegung aufschreien zu müssen.

Sie versuchte dabei das Stöhnen der beiden Kämpfer, ein gelegentliche Klatschen oder Klirren, die ihr aus dem Käfig entgegen drangen, zu ignorieren.

Schließlich griff sie mit der linken Hand über die Kante der Plattformöffnung, fand dort Halt an einer Randleiste und zog sich den letzten Meter herauf.

Wobei sie einen Blick nach unten warf.

Dort floh Lucky gerade vor Mats aus dem Käfig auf die Empore hinaus.

Mats setzte zu einem weiteren Hieb an, aber verfehlte seinen Gegner, der beim Versuch auszuweichen auf dem Holz ausrutschte und von der Empore stürzte.

Mats hechtete ihm blindlings hinterher. Dabei wirbelte er jede Menge Daunenfedern auf, die um die beiden Männer herumschwebten. Sie verliehen ihrem Kampf eine surreale, spielerische Note, die Martha unerträglich fand.

Sie riss sich vom Anblick der Kämpfer los und stemmte sich durch die Öffnung hindurch auf die schwankende Plattform und lag dann einen Augenblick lang ausgestreckt und schwer atmend auf dem Metall.

Der Schmerz in ihrem Fuß hatte sich zu einem ständigen Brennen ausgeweitet, und das grelle Licht eines der Bühnenspots, die über der Plattform im Dachstuhl angebracht waren, stach ihr in die Augen.

Sie blinzelte, zog ihr rechtes Bein an und stützte die Hände auf den Metallboden, um aufzustehen. Was sich auf der schwankenden Plattform als gar nicht so einfach erwies. Sodass sie mehrere vorsichtige Versuche benötigte, um wieder auf die Beine zu kommen.

Sie humpelte zu dem Plexiglaskasten, der im Zentrum der Plattform stand. Ein knallroter Buzzknopf, wie sie ihn aus Gameshows kannte, war darauf angebracht.

In dem Plexiglaskasten lag der Aluminiumkoffer, den Kevin am Mittag ins Gutshaus gebracht hatte.

Vielleicht löste der Buzzer ja ein Geräusch aus? Womöglich würde das Lucky lange genug ablenken, damit Mats ihn endgültig fertigmachen konnte, dachte sie und schlug mit der linken Hand auf den roten Kunststoff.

Die Bühnenstrahler über ihr flackerten, und es ertönte ein Sirenengeräusch, das sie zusammenfahren ließ.

Die Wände des Plexiglaskastens fielen zur Seite und gaben den Koffer frei.

Dreihunderttausend Euro, dachte Martha, während sie auf den Koffer blickte und ihr dabei klar wurde, dass sie sich vor dem Preisgeld ekelte. Der Koffer wirkte so harmlos und klein, dafür, dass wegen ihm mindestens drei Menschen gestorben waren.

Martha überwand ihren Ekel, ergriff den Koffer, öffnete ihn und erblickte Bündel von druckfrischen Hunderteuronoten. *Seltsam*, dachte sie, *sollten diese Bündel nicht Bank-Banderolen tragen?*

Sie hob eins der Bündel aus dem Koffer und blätterte es durch. Dann legte sie es zurück und überprüfte noch ein weiteres. Schließlich trug sie den geöffneten Koffer humpelnd zum Rand der Plattform.

Sie sah die beiden Männer, die sich einige Schritte vor der Empore gegenüberstanden. Beide waren von Frittenöl bedeckt, das ihnen aus den Haaren und von den Gesichtern tropfte und auch ihre Kleidung durchtränkt hatte. Auf dem Öl klebten jede Menge Daunenfedern.

Mats hielt das Küchenbeil gesenkt, und aus Luckys Oberschenkel floss Blut.

»Hey!«, rief Martha den Männern zu, die sich jedoch weiter gegenseitig belauerten.

»HEY!«, brüllte sie.

Beide legten die Köpfe in den Nacken und schauten aufgeschreckt zu ihr hinauf.

»Wollt ihr das? Ja? Hier ist es!«, rief Martha und schüttete den Kofferinhalt aus.

Zwischen den Daunenfedern segelte der Inhalt des Koffers auf die beiden Männer zu. Doch die meisten Banknoten waren gar keine. Denn Kevin und Bautz hatten ihren Preisgeldkoffer mit wertlosem Druckerpapier gefüllt.

»War es das wert? Really? DAS da?«, brüllte Martha in den Dachboden.

116

Betty sah im Licht der Taschenlampe einen roten Fleck im Schnee. Sie schwenkte die Lampe und erkannte, was jene Geräusche ausgelöst hatte, die sie vor Angst und Panik minutenlang hatten verharren lassen.

Eine Gruppe von Krähen hackte an den blutigen Gesichtern der drei Player herum, die dies für Betty unbegreiflicherweise widerstandslos über sich ergehen ließen. Gerade flatterte der größte der Vögel auf und vertrieb damit zwei andere, die auf Lizzys Gesicht eingehackt hatten. Die Siegerkrähe stieß ihren Schnabel in Lizzys linkes Auge.

117

Die ersten der falschen Scheine sanken dunkel fettig gefärbt im Frittenöl ein.

Lucky schaute Mats an und verdrängte den pulsierenden Schmerz in seinem Oberschenkel.

Bautz, dachte er, hätte sich niemals so weit erniedrigt, den Scheißkoffer mit wertlosen Papierstreifen zu bestücken. Diese Nummer musste auf dem Mist des YouTube-Arschlochs gewachsen sein.

Lucky begriff, dass er verloren hatte. Von hier gab es keinen Ausweg mehr. Zorn ergriff ihn. Der Gedanke daran, den Rest seiner Tage in einer Zelle verbringen zu müssen, lähmte ihn einen Moment. In seiner Hosentasche spürte er sein Feuerzeug. Aus seinem Zorn erwuchs eine Form von Tollkühnheit, die beinah an Vernunft grenzte.

Vielleicht, redete er sich ein, *schaffe ich es selbst mit dem verletzten Bein bis zur Plattform hinauf. Bin ich erst mal dort, ist die Gruftkrähe endgültig dran. Die musste man schließlich einfach nur runterwerfen. Dann stecke ich den ganzen Scheißladen an, schlage mich zum Container und zu Moppel-Betty durch, die ich ebenfalls fertigmache. Ich werfe ihre Leiche ins Feuer. Mit ein bisschen Glück bin ich der Letzte, der diese Kackparty im Haus überlebt. Und wer überlebt, hat nun mal recht.*

Das war ja wohl so. Mit dem trägen Sacke und den drei Idioten im Labyrinth werde ich mühelos fertig. Die waren weit weg gewesen, als hier im Haus alles zum Teufel ging. Denen kann ich irgendeine Story auftischen.

Noch während Lucky sich das alles einredete, wurde ihm klar, wie naiv diese Pläne waren. Trotzdem kam Aufgeben für ihn nicht infrage.

Mats schaute versonnen lächelnd und mit glasigem Blick dabei zu, wie die Papierstreifen herabsegelten. Er schien Lucky völlig vergessen zu haben.

Also zog Lucky sein Zippo-Benzinfeuerzeug hervor, humpelte die vier Meter zu der Empore hinüber, griff sich dabei eine Handvoll der durchweichten Papierschnipsel, stieg die ersten beiden Treppenstufen hinauf, klickte das Feuerzeug an, entzündete damit das Papier und warf es auf Mats.

Die Schlampe brüllte irgendetwas von der Plattform herab.

Das Papier drehte sich brennend einige Male um sich selbst, prallte dann von Mats' Overall ab und fiel zu Boden, wo es jedoch nicht verlosch, sondern weiterbrannte. So lange, bis das Frittenöl Feuer fing.

Flammen leckten gierig an Mats' Stiefeln, schossen entlang nach oben und hüllten ihn innerhalb von Sekundenbruchteilen ein.

Wieder brüllte Martha irgendeine Warnung von der Plattform herunter.

Für Lucky war völlig unbegreiflich, dass der Irre erst dann den Kopf senkte und an sich herabschaute, als er bereits von Flammen umhüllt war.

Mats stieß einen langen Schrei aus, drehte sich und

lief, brennend und zweifellos blind vor Schmerz, von der Empore weg zum Ausgang des Segeltuchlabyrinths.

Dort fiel er schließlich nieder und verbrannte mit grotesk wedelnden Armen und Beinen.

Die Flammen hatten sich inzwischen bis zur Empore gefressen und bedrohten längst auch Lucky selbst, der mit schmerzverzerrtem Gesicht mehr hüpfend als humpelnd in den Käfig eilte, dort den Strick ergriff und sich an den Knoten entlang nach oben hangelte.

»Ich komme! Ich werde dir wehtun!«, brüllte er dabei über das sich zunehmend lauter durch den Dachboden fressende Flammenmeer unter ihm hinweg.

118

Martha hatte Luckys Vorhaben zu spät durchschaut. Ihr Warnruf änderte nichts mehr an Mats' Schicksal. Dennoch war sie sicher, dass er ihr zugelächelt hatte, in jenem allerletzten Moment, bevor er den Kopf senkte und sich den Flammen ergab.

Wie Leuchtkäfer schwebten glühende Daunenfedern durch den Raum, drehten sich, sammelten sich in Wolken und zerfielen zu Asche.

Während sie am Schwanken der Plattform spürte, dass Lucky ihr immer näher kam, schaute sie zu der schmalen Hängebrücke, die hinter ihr von der Plattform aus zu einer Tür im Giebel des Gutshauses führte. Vielleicht war diese Tür ebenfalls verschlossen. Doch das glaubte sie nicht. Dort war der Ausgang.

Es war so einfach, ihn zu erreichen. Selbst mit dem verletzten Fuß.

Trotzdem blieb sie auf der schwankenden Plattform stehen und schaute durch das Loch auf Lucky, der sich Zug um Zug zu ihr hinaufarbeitete.

Sie hatte nichts, womit sie das Seil hätte kappen können.

Also würde sie hier warten, bis er in ihre Reichweite gelangte. Sie musste Lucky töten.

Sie musste es für Jonas tun, dessen Leiche da unten gerade verbrannte.

Sie musste es vielleicht sogar für Melanie tun, auch wenn Lucky die wohl nur aus Versehen umgebracht hatte.

Aber vor allem musste sie ihn für ihren eigenen Seelenfrieden und ihre Zukunft töten.

Sollten Schicksal, Gott, Vorsehung oder Karma wider Erwarten tatsächlich existieren, dann befahl ihnen Martha Benndorf hiermit, ihr gefälligst zu erlauben, den Mann am Seil zur Hölle zu schicken.

Der leere Aluminiumkoffer war die einzige Waffe, die ihr geblieben war. Was Martha auf eine zynische Weise nur angemessen fand.

Das Seil bewegte sich inzwischen heftiger.

Martha spreizte die Beine, um sicher stehen zu können, presste wegen des Schmerzes in ihrem verletzten Fuß die Lippen zusammen und hob den Koffer. Sie machte sich bereit, dessen Metallkante auf Luckys Hände oder Kopf zu stoßen.

Sie sah zu, wie er sich weiter zu ihr heraufarbeitete. Die Wunde in seinem Oberschenkel blutete. Sein Gesicht, das von den flackernden Flammen beleuchtet wurde, wirkte so alltäglich und austauschbar. Trotzdem war es das Gesicht eines Mörders.

Lucky unterbrach seine Kletterübung, krallte sich etwa

einen Meter unter dem Loch am Strick fest und schaute zu ihr herauf. »Der Scheißkoffer, Martha? Wirklich? Du willst mich mit dem Koffer schlagen? Ich werde dir so wehtun wie noch keiner zuvor!«

Zum ersten Mal überhaupt hat er mich eben bei meinem Namen genannt, dachte Martha.

Sie wartete auf ihn.

119

Betty knickte drei der Signalfackeln ab und warf sie nach den Leichen. Die Krähen, die sich bisher daran gütlich getan hatten, flogen aufgeschreckt davon.

Anschließend rammte sie drei weitere Fackeln vor den Toten in den Schnee. Und begann zu weinen. Die Krähen sammelten sich in einem weiten Halbkreis um sie.

Betty hatte den Eindruck, dass die Vögel sie musterten und abschätzten.

Diese Viecher fordern mich zu einer Geduldsprobe heraus, begriff sie erstaunt.

120

Es herrschte ein ohrenbetäubender Lärm. Die Hitze, die das Feuer erzeugte, brannte Martha im Gesicht und an den Händen. Krachend riss einer der alten Dachbalken. Fettiger, stinkender Rauch stieg überall vom Boden auf und nahm Martha den Atem. Sie hustete, schaute aber weiter gebannt durch die Öffnung auf Lucky herab.

Er stemmte eben mit schmerzverzogenem Gesicht die Füße gegen einen der Knoten in dem Seil und begann, daran hin und her zu schwingen. Was die an den vier Ketten aufgehangene Plattform zum Schaukeln brachte.

Martha war gezwungen, die Bewegungen der Plattform auszugleichen, was ihr mit dem verletzten Fuß nicht leichtfiel.

Es war offensichtlich, was Lucky damit bezweckte: Er versuchte sie zu Fall zu bringen oder zumindest von der Öffnung weg zu einer der Halteketten zu drängen, an der sie sich festhalten konnte.

Das kannst du haben, dachte sie, trat schwankend einen Schritt zurück und ließ sich auf den Boden fallen.

Lucky konnte sie dort nicht mehr sehen. Martha drehte sich auf den Bauch und robbte wieder etwas näher an den Rand der Öffnung heran. Der Lärm des Feuers machte es unmöglich, ihren Gegner zu hören. Aber das war auch nicht mehr nötig, denn sie spürte an der Bewegung der Plattform, dass Lucky jetzt an dem schwingenden Seil wieder weiter nach oben kletterte.

Die Plattform war inzwischen so heiß geworden, dass Martha fürchtete, sich daran zu verbrennen. Sie zwang sich, den Schmerz durchzustehen. Doch viel Zeit blieb ihr nicht mehr. Der dichte Rauch machte ihr das Atmen schwer, und die Flammen fraßen sich in rasender Geschwindigkeit durch die Balkenkonstruktion. Es war nur noch eine Frage von Minuten, bis sie auch jene Dachbalken erreichten, an denen die Plattform und mit ihr die Hängebrücke befestigt waren.

Lucky griff über den Rand der Öffnung und krallte die Finger um dieselbe Randleiste, an der auch Martha sich festgehalten und heraufgezogen hatte. Sie musste sich zwingen abzuwarten, bis nach den Fingern endlich auch Luckys Gesicht in der Öffnung erschien.

Martha atmete einmal tief ein, brüllte unwillkürlich ihre Angst und ihren Hass heraus und stieß dann den Boden des Alukoffers ins Gesicht des Mannes. Blut spritzte aus dem Gesicht über den Koffer und ihre Hände. Wahrscheinlich schrie er vor Schmerz und Überraschung auf. Doch seine Schreie gingen im Lärm des Feuers unter. Seine Finger lösten sich von der Randleiste, und Martha wusste, dass er jetzt in den Käfig und die Flammen hinabfiel.

Sie stand auf und schaute durch die Öffnung in den dichten Rauch und die Flammen. Da war nichts mehr von Lucky zu sehen. Doch sie war sicher, dass sie ihn getötet hatte.

Um sie herum fielen Dachziegel herab und stürzten Balken zu Boden. Sie humpelte über die schwingende Plattform zu der schmalen Hängebrücke, ergriff deren Halteseile aus dickem Draht und schrie vor Überraschung und Schmerz auf, als sie sich daran die Hände verbrannte.

120

Betty hielt bei den drei Toten die Stellung und überprüfte dabei immer wieder die Verbindung von Sackes Handy. Kein Netz. *Was mach ich denn jetzt?*, fragte sie sich. *Könnte die Polizei mir irgendetwas anhängen? Habe ich einen Fehler gemacht?*

Sie vermied es dabei, die Leichen anzusehen. Sie vermied es außerdem, zu den verflixten Aasvögeln zu schauen, die immer noch in aller Seelenruhe am Boden hockten, hin und wieder ein paar Flatterbewegungen machten und ansonsten immer wieder zu den Toten äugten.

Betty hatte aufgrund ihrer Lageskizze eine ungefähre Ahnung, in welcher Richtung das Gutshaus lag, selbst wenn sie in der Dunkelheit und wegen des immer noch leichten Schneefalls von hier aus nichts davon sehen konnte.

Das änderte sich, als am Himmel über den Labyrinthwänden ein merkwürdiges Licht aufflammte. Sie blickte verwundert in die Richtung des Phänomens und war ziemlich sicher, dass es sich in etwa auf Höhe des Gutshauses befand.

Plötzlich schien der Himmel in Licht zu explodieren, ein Krachen ertönte, und aus der Dunkelheit schlugen Flammen, die einen Teil des Gutshausdaches beleuchteten.

Betty fuhr zusammen.

Die Krähen flogen eine nach der anderen auf und setzten sich auf die Kanten der Labyrinthwände.

121

Martha lief über die wackelige Hängebrücke auf die Tür zu und spürte, dass die Sohlen ihrer Stiefel auf dem Metallgeflecht des Brückenbodens zu schmelzen begannen.

Noch eine Minute länger hier drin, dachte sie, *und mein Haar wird Feuer fangen.*

Sie hatte das Gefühl, von dem Feuer verfolgt zu werden. Es kam ihr vor wie ein lebendiges Wesen, das seinem eigenen Willen folgte und sie gleich einem hungrigen Raubtier als Beute betrachtete.

Die Klinke der Tür war so unfassbar heiß, dass Martha

bei der ersten zaghaften Berührung unwillkürlich zurückschreckte, aber schließlich packte sie aus purer Panik und Angst doch gleich mit beiden Händen die Klinke und öffnete die Tür.

Ein Schwall frostiger Luft traf sie. Hinter ihr schien das Flammenraubtier tief und lange Atem zu holen, um sich dann wie ein riesiger Raubvogel auf sie und die Tür zu stürzen.

Martha humpelte über die schmale Plattform der Feuertreppe zu den ersten Stufen, stolperte sie hinab, fiel hin und rutschte die Treppe hinunter auf den ersten Absatz, wo sie hart aufschlug und sich in Embryonalstellung zusammenrollte. Einige Meter über ihr schlugen Flammenzungen aus der Tür und erhellten die Dunkelheit der Winternacht.

Martha hatte sich bei ihrem Sturz die Treppe herab ihre Hüfte und die rechte Schulter verletzt und außerdem wohl die linke Hand gebrochen. Blindlings gegen den Lärm des Feuers anzuschreien, half ihr dabei, mit den Schmerzen fertig zu werden, während sie schwankend und fluchend die drei übrigen Treppen herab floh.

Sie sprang von der letzten Stufe und humpelte dann einige Schritte durch den so angenehm kalten Neuschnee. Schließlich ließ sie sich einfach vornüber in den weichen weißen Schnee fallen.

Irgendwann hob sie den Kopf und blickte in zwei Reihen großer Scheinwerfer. Das Motorengeräusch, das durch die Nacht drang, hörte sie nicht. Dazu war der Lärm aus dem Innern des Gutshauses zu groß.

Sie kam unsicher auf die Beine und humpelte dann mit den Armen wedelnd auf das Fahrzeug zu. Sobald sie erkannte, dass es sich um einen Schneepflug handelte, verharrte sie.

»Meint ihr das ernst? Wirklich? Ihr schickt einen scheiß Schneepflug?!«, brüllte sie den Lichtern entgegen.

V

DEALS

11 // MÄRZ

122 »Das war's für heute. Ich bleib für euch dran. The one percent destroys das freie YouTube. Euer YouTube!«, beendete Kevin die Aufnahme seines neuesten Clips.

Aristoteles »Basecap« Klymnikolopoulos gab ihm ein Zeichen, und Kevin verließ das Studio.

»Zahlen!«, rief er in das Büro hinein.

»150.000 and counting«, antwortete Nele, die hinter einem der Bildschirme saß.

»Cool«, sagte Kevin, öffnete eine Flasche Fritz Cola und trank gierig.

Während der letzten beiden Monate hatte er seine Abonnentenzahlen um ein Drittel erhöht und galt inzwischen als Deutschlands erfolgreichster YouTuber. Zwar liefen gerade vier Strafverfahren gegen ihn und Bautz an, aber Kevin war zuversichtlich, dass er die relativ ungeschoren überstehen würde. Außerdem hatte er – freiwillig! – den Angehörigen von sieben der neun Toten eine Entschädigung von jeweils fünfzigtausend Euro überwiesen und dies zu einem rundum gelungenem Event gemacht, das er live auf seinem Kanal streamte.

Von Jonas' Eltern erhielt er daraufhin eine Unterlassungserklärung, mit der ihm untersagt wurde, Jonas' Namen außerhalb der Strafverfahren in irgendeinem Medium zu nutzen.

Von Martha war nichts weiter gekommen als ein Schreiben, mit dem sie jede freiwillig erfolgte Entschädigungszahlung von Bautz und Kevin ablehnte. Sie lag wohl immer noch in einem Leipziger Krankenhaus und hatte eine Anwältin engagiert, von der Bautz behauptete, dass sie ein Landei sei, mit dem sie mühelos fertig würden.

Kevin war da etwas weniger optimistisch. Aber im Großen und Ganzen gab er seinem Geschäftspartner recht.

Martha Benndorf war kein echtes Problem mehr für sie. Einer von Bautz' Klatschreporterkontakten hatte eine Reihe Fotos von Martha aufgetrieben, die sie nahezu nackt und offenbar gut angeschickert in deutlich unvorteilhaften Posen bei einer ausgelassenen Fetischparty zeigten. Woraufhin Bautz ihm garantierte, dass man Martha in der Presse »schlachten« könne, sollte sie sich doch noch zu einem ernsthaften Problem entwickeln. »Das läuft dann nach dem Prinzip: sexsüchtige Perverse mit psychischen Problemen und Hang zu Drogen. Danach nimmt die kein Gericht mehr als Zeugin ernst«, hatte Bautz erklärt.

Sowieso waren das Probleme, mit denen Kevin sich beschäftigen würde, sobald sie akut wurden.

Aktuell beschäftigte ihn etwas anderes. Ein Filmproduzent namens George Meyerson III hatte ihnen ein Angebot für die Filmrechte an der Wolfshorn-Katastrophe gemacht. Bautz saß gerade im Hotel Adlon und verhandelte mit ihm. Sollte der Deal zustande kommen, könnten sie ihre Verluste mehr als nur ausgleichen und sogar mit einem ganz ordentlichen Gewinn rechnen. Kevin machte sich jedoch Sorgen, weil Bautz bereits seit über vier Stunden mit Meyerson zusammensaß und sich bisher nicht gemeldet hatte

»Kevin?«, rief Nele ihm zu und hielt dabei den Hörer eines Festnetztelefons in die Höhe. »Bautz!«

Kevin begriff nicht, warum der alte Mann ihn nicht auf seinem privaten Handy anrief, sondern stur weiterhin darauf bestand, ständig Festnetztelefone zu nutzen. Aber er nahm das Gespräch an. Gute Neuigkeiten. Kevins Laune bekam einen positiven Schub.

»Okay, sobald wir das geklärt haben, steht der Deal, oder wie?«, fragte er.

»Ja«, antwortete Bautz ungewöhnlich wortkarg.

Kevin machte eine Faust und pumpte sie dreimal nacheinander in die Höhe.

Er sah, wie Betty und Nele ihre Köpfe zusammensteckten und miteinander zu flüstern begannen.

123

Marthas Hand war wegen des Splitterbruchs geschient worden und lag in einem Stützverband aus Kunststoff. Ihr linker Fuß war verbunden, und ihr Haar war wegen zwei Platzwunden, die genäht werden mussten, auf Brandenburgische Jungnazilänge rasiert. Ihre Handflächen sowie Teile ihrer Schultern und des Nackens hatten Verbrennungen zweiten Grades erlitten und waren von glänzendem Wundgel bedeckt.

Ihre Arbeitslosen-Krankenversicherung hatte natürlich nicht ausgereicht, um ihr ein Bett in einem Einzelzimmer zu sichern. Was Martha deutlich vorgezogen hätte. Aber immerhin sorgten die Schwestern der Uniklinik dafür, dass sie trotzdem den größten Teil der Zeit allein blieb. Wofür Martha ihnen zutiefst dankbar war.

In vier Wochen war der Verhandlungstermin im ersten der Wolfshorn-Prozesse am Landgericht Berlin anberaumt. Sie hoffte, dann wieder fit genug zu sein, um daran teilnehmen zu können.

Ihre Anwältin meinte, dass Bautz und Kevin dabei so ziemlich jeden Euro verlieren würden, den sie nicht vorsorglich schwarz und anonym in einem Steuerparadies geparkt hatten.

Inzwischen hatte die Polizei die Abläufe auf Wolfshorn nahezu lückenlos ermittelt. Demzufolge hatte Bautz' Techniker Thomas »Lucky« Koslinsky die Trinkflaschen von sechs der Showteilnehmer mit einem eigentlich harmlosen Beruhigungsmittel versetzt. Doch weil Mats aufgrund seiner Kriegstraumata regelmäßig eine ganze Reihe von Medikamenten gegen seinen Gehirnfasching einwarf, hatte Koslinkys Psychodroge seine Hirnchemie völlig durcheinandergebracht. Kurz nachdem er das Gutshaus erreicht hatte, fühlte er sich offenbar in eine Kampfzone in Afghanistan zurückversetzt und hatte entsprechend reagiert.

»Sie alle waren für ihn Taliban, Frau Benndorf. Eigentlich kann man es dem armen Schwein nicht mal wirklich übel nehmen, oder?«, fasste einer der Brandenburger Hauptkommissare Mats' Zustand zusammen.

Die Vernehmung lag inzwischen einige Wochen zurück. Seither hatte Martha viel Zeit zum Nachdenken gehabt und sah Mats genauso wie der Beamte als ein weiteres

Opfer. Dass Ralph, Herbert und Lizzy im Labyrinth erfroren waren, weil sie von Koslinkys Psychopharmakatee zu groggy gewesen waren, um wieder herauszufinden, hatte sie heftig getroffen.

Fast noch furchtbarer fand sie allerdings den Auftritt von Jonas' Eltern in einer ZDF-Talkshow. Dabei war Jonas' Mutter spontan in Tränen ausgebrochen. Sie brachte während des gesamten Interviews nicht mehr als vier oder fünf zusammenhängende Sätze heraus. Aber Jonas' Vater kündigte an, dass er Bautz und Kevin in Grund und Boden klagen würde. Was ihm angesichts seines Vermögens wohl auch gelingen konnte.

Vor zwei Wochen, als man sie noch rund um die Uhr auf ziemlich guten Drogen gehalten hatte, war Hilde zu Besuch gekommen. Sie weinte und gab sich die Schuld für alles, was Martha auf Wolfshorn durchgemacht hatte, weil sie es gewesen war, die sie seinerzeit für die Show angemeldet hatte.

Doch von den Polizisten, ihrer Anwältin und Hilde abgesehen, hatte Martha keinen Besuch bekommen. Das kränkte sie. Es war höchste Zeit, etwas an ihrem Leben zu ändern. Selbst wenn sie noch nicht wirklich wusste, wie sie das anstellen sollte.

Manchmal, wenn sie nachts wach lag und sich fragte, was sie hätte anders machen sollen – um wenigstens Jonas, Melanie oder sogar Mats zu retten –, dachte sie auch an den Sicherheitsmann Sacke, den man mit gebrochenem Genick in einer der Fallen gefunden hatte. Die Polizisten waren überzeugt, dass er in sie hineingetappt war, weil er versucht hatte, Hilfe für Herbert, Ralph und Lizzy zu holen.

Das Album von Melanies Band war in die Charts eingestiegen, und zwei Singles daraus wurden regelmäßig im Radio gespielt. Martha konnte keinen der Songs ertragen.

124

»Natürlich kann es auch nur im Sinne der hier verunglückten Menschen sein, dass mein Partner Kevin Olsen und ich die Wolfshorn-Escape-Zone wiederaufbauen, und zwar besser und sicherer als vorher«, sagte Bautz gerade in das Mikro eines der Reporter, die zu der Pressekonferenz nach Wolfshorn gekommen waren.

Dort arbeiteten dieselben rumänischen Baukolonnen, die im vergangenen Jahr das Gutshaus ausgebaut und das Labyrinth errichtet hatten, gerade daran, das ausgebrannte Haus vollständig zu entkernen und das Dach neu zu decken.

Weniger Journalisten waren Bautz' Aufruf gefolgt, als er gehofft hatte. Aber letztlich, fand er, waren es immer noch genug, um ein ganz ordentliches Medienecho zu sichern. Und die Bilder, die sie von ihm und dem Sonnenuntergang über dem Brandenburger Gut einfingen, waren einfach geiles Fernsehen.

»Im April beginnt der erste von bisher vier anberaumten Prozessen, die klären sollen, wie es dazu kommen konnte, dass während Ihrer Wolfshorn-Survival-Show neun Menschen ums Leben kamen. Wie sehen Sie Ihre Chancen, dabei ohne einen Schuldspruch davonzukommen, Herr Bautz?«

»Sehr gut. Keiner aus unserem Team hat sich etwas vorzuwerfen. Selbst wenn wir alle natürlich die tragischen

Ereignisse zutiefst bedauern und unser Mitgefühl den Opfern und deren Familien gilt.«

»Immerhin heißt es ja, dass Sie es waren, der Thomas Koslinsky engagiert hat. Die Polizei wirft ihm vor, für mindestens acht der neun Todesfälle während Ihrer Show verantwortlich zu sein«, hakte der Journalist des Lokalsenders RBB nach.

»Das ist richtig. Doch wir können auch nachweisen, dass Herr Koslinsky uns bei seiner Bewerbung betrogen und seine Verurteilung wegen Vergewaltigung und die daraufhin erfolgte Gefängnisstrafe verschwiegen hat«, log Bautz in Kameras und Mikros der Reporter.

»Es kursieren hartnäckige Gerüchte, dass Sie die Ereignisse vom Januar in einem Kinofilm verarbeiten wollen. Können Sie diese Gerüchte bestätigen, Herr Bautz?«

»Kein Kommentar«, antwortete Bautz und genoss den Anblick der Sonne, die gerade rotorange hinter dem ausgebrannten Dach des Gutshauses versank.

125

Schwester Alexandra schob ihren weißen Servierwagen mit quietschenden Rollen ins Zimmer. Sie war eine sehr schlanke Frau mit knallrot gefärbten Haaren, die im Nebenjob in einer Burlesque-Tanztruppe auftrat.

»Abendbrot.«

»Toll«, antwortete Martha.

Die Schwester stellte ihr die Plastikteller mit Brot, Schinken, Butter, einem Apfel und einem Joghurt auf das kleine Schränkchen neben ihrem Bett. Dann beugte sie sich zu Martha herab und flüsterte: »Draußen ist Besuch für Sie. Eine Frau. Jung. Kurvig. Sie sagt, sie heißt Betty. Soll ich sie reinlassen, oder ist das bloß wieder eine von den Reporterinnen, die sich Zutritt erschleichen wollen?«

Schwester Alexandra genoss es, Reporter hinauszuwerfen, was hin und wieder bereits zu heftigen Szenen auf dem Flur der Station geführt hatte. Martha war ihr dankbar dafür. Falls sie ihr jetzt sagte, dass sie mit Betty nicht sprechen wollte, würde die Schwester sie rauswerfen.

»Ist okay, ich kenne die.«

Betty hatte sich verändert, seit Martha ihr zum letzten Mal auf Wolfshorn begegnet war. Sie hatte ihre zuvor nackenlangen aschblonden Haare zu einem ziemlich gewagten Undercut schneiden und schwarz färben lassen. Außerdem hatte sie einige Kilo abgenommen.

»Hallo«, grüßte sie.

Martha nickte ihr, wie sie fand, huldvoll zu. »Was gibt's?«

Betty setzte sich auf einen der Besucherstühle, der rücksichtsvolle zwei Meter von Marthas Bett entfernt platziert war.

»Du hast meine Aussage gelesen, oder?«

»Ja. War keine erhebende Lektüre. Du hättest dieses Schwein Koslinsky isolieren können. Jonas und Mats wären dann jetzt vielleicht noch am Leben. Sogar Melanie hätte eine Chance gehabt.«

»Ich dachte nur, dass …«, sagte Betty schließlich.

»… Jonas und ich weniger wert seien als Melanie? Klar, die große Künstlerin und Feministin gegen den Nerd und die Psychohexe. Keine Frage, wie da deine Wahl ausfällt.«

Betty antwortete nicht. Martha konnte das nachvollziehen, weil es nämlich keine Antwort gab, die irgendetwas besser gemacht hätte.

»Ich weiß, dass ich mich bei dir entschuldigen muss. Es tut mir leid. Wirklich! Kannst du mir verzeihen?«

»Nein. Jedenfalls jetzt noch nicht. Vielleicht später mal«, antwortete Martha aufrichtig.

Betty hätte merken sollen, dass Martha ihr sonst nichts anbieten konnte. Trotzdem blieb sie weiter auf dem Stuhl sitzen.

»Tja…«, sagte Betty und sah auf ihre Füße, die in weißen Nike-Sneakern steckten. »Wenn herauskommt, was ich dir jetzt sage, verliere ich meinen Job. Und Kevin könnte mich verklagen.«

Na toll, dachte Martha. *Vielleicht erzähle ich es ihm dann ja erst recht.*

»Was willst du mir sagen?«

»Kevin und Bautz verhandeln mit einem Hollywood-Produzenten über die Rechte an einem Wolfshorn-Film. Aber dazu brauchen sie das Material der Show. Und zwar alles. Auch das, was nicht mehr gestreamt wurde, aber auf den Festplatten im Container gespeichert wurde!«

Martha setzte sich in ihrem Bett auf. »Was? Das dürfen die nicht. Das ganze Videomaterial liegt doch bei Gericht!«

Betty nickte. »Laut eurem Vertrag gehört es trotzdem immer noch Bautz und Kevin. Nach dem Prozess können die damit machen, was sie wollen. Und sobald die erst mal einen Vertrag mit einem Produzenten gemacht haben, wird es richtig teuer, dagegen anzugehen. Das wissen die auch. Nur du weißt es natürlich nicht.«

Das Letzte, was Martha wollte und ertragen konnte, wäre,

zur unfreiwilligen Heldin in einem Hollywood-Slasherfilm gemacht zu werden.

»Mist!«, flüsterte sie.

»Ja«, antwortete Betty. »Ich habe vor ein paar Tagen zufällig ein Gespräch zwischen Kevin und dessen Anwälten mit angehört. Es gibt eine rechtliche Hürde bei dem Verkauf. Deine Anwältin könnte nämlich jeder weiteren Vermarktung des Materials widersprechen. Nur muss sie das innerhalb der nächsten vierundzwanzig Stunden tun, sonst läuft die Frist dafür ab.«

Betty stand auf, zog einen Zettel aus der Jackentasche und legte ihn auf Marthas Schränkchen. »Hier, ich hab's dir aufgeschrieben. Deine Anwältin wird dann schon wissen, was sie damit anfangen soll.«

Betty nickte ihr zu und blieb dann neben dem Bett stehen, als wüsste sie nicht, wie sie sich verabschieden sollte.

»Danke«, sagte Martha.

Betty ging zur Tür.

127

Bautz stand auf seiner Dachterrasse in Kreuzberg und sah zu, wie ein Schwarm Zugvögel über dem Viktoriapark kreiste.

Vor ein paar Minuten hatte ihn sein Anwalt angerufen, um ihm mitzuteilen, dass dieses Landei, das die Blumenfee juristisch vertrat, einen Schriftsatz gefaxt hatte. Dadurch wurde es sehr schwer, jetzt noch ohne das Einverständnis der Blumenfee die Rechte an dem Wolfshorn-Videomaterial an Meyerson zu verkaufen. Keiner in der Kanzlei konnte sich einen Reim darauf machen, wie diese Trulla aus Leipzig darauf gekommen war.

Bautz steckte sich eine Cohiba an und stieß Rauchwolken in den warmen Berliner Himmel.

Das hier war nur eine weitere Hürde, redete er sich ein. Am Ende würde er trotzdem zu den Siegern gehören. Und zwar schon deswegen, weil er immer daran geglaubt hatte, dass er ein Sieger war. Das war das Wichtigste überhaupt: an sich selbst und sein Glück zu glauben.

128

Martha stellte sich neben das Fenster in der Frauentoilette und wartete. Der alte Mann schlurfte pünktlich herein, stellte sich neben sie und zog zwei Joints aus der Tasche seines abgewetzten Bademantels.

»Was macht die Krabbe, Oldtimer?«, fragte Martha leise.

»Beißt, wie immer«, antwortete der alte Mann und steckte zuerst Marthas und dann seine eigene Tüte an.

Draußen fiel warmer, weicher Frühlingsregen.

Sie rauchten.

»Was machen die Albträume?«, fragte der alte Mann.

»Kommen und gehen. Sind aber besser als deine Krabbe, nehme ich an«, antwortete Martha.

»Hm, so hat jeder seine Last zu tragen, was, Prinzessin?«

Martha blies würzigen Grasrauch in den Regen hinaus. Seit zwei Wochen trafen sie sich hier immer pünktlich fünf Minuten vor Mitternacht. Sie hatte nie gefragt, woher er das Gras bekam, das er mit ihr teilte. Aber es war gutes Gras, das seinen Zweck erfüllte.

In zwei Monaten würde der alte Mann tot sein. Das hatte er ihr gesagt. Sie würde weiterleben. Die Albträume würden weniger werden, und eines Tages würde sie auch wissen, was sie mit dem Rest ihres Lebens anfangen sollte. Sie spürte plötzlich, dass es etwas Gutes sein würde.

DANKSAGUNG

Mein herzlicher Dank gilt Michael Meller und dem Piper Verlag, die für mich Bedingungen aushandelten, die dafür sorgten, dass ich unbehelligt von finanziellen Sorgen dieses für Künstler so schwierige Pest-Jahr überstehen und an »Escape Zone« arbeiten konnte.

Es ist leider unmöglich, all die Menschen aufzuzählen, die einem Autor beim Verfassen eines Romans halfen. Deswegen stellt diese Liste auch nur eine höchst unfair verkürzte Auswahl dar.

Ein ganz besonderer Dank gebührt den Technikern des Darkstream-Festivals: Dirko Goebel, Reiner Günther, Alex, Kevin Blase und Twenty, die mir bei allen Fragen zu Kameratechnik, Streaming und Videoclips unter die Arme griffen.

Ich kann Frau Elisabeth Torreck gar nicht genug dafür danken, weiterhin ihr Haus und den Inhalt ihres Kühlschranks mit mir geteilt zu haben und mir bei einer Menge an anfallender Bürokratie den Rücken freigehalten zu haben.

Meine Schwester Anja hat mich in allen Rechtsfragen beraten, die im Autorenalltag auftauchen. Der Hirsch gab mir Hinweise darauf, was Bautz und Kevin an strafrechtlichen Konsequenzen zu erwarten hätten. (Erstaunlich wenige nämlich!)

Stefan Braußе und Jana Neumann hatten immer genau dann, wenn ich es nötig hatte, ein Bier und Zeit für mich übrig.

Der angenehmste Teil einer Danksagung besteht darin, den Freunden meinen Respekt zu bekunden, die mir ihre Zeit, ihr Wissen, ihre Wohnungen oder Kontakte zur Verfügung stellten, um mir zu helfen, ein weiteres Buch fertigstellen zu können.

Stefan B. Meyer war wie immer *der* Mann, wenn es galt, Ideen und Figuren zu testen und zu verbessern. Er ist immer noch der beste völlig zu Unrecht nicht weltbekannte Krimiautor.

Die Doktoren Pascal Solignac, Ole Hensel und Max von Feilitzsch hatten für sämtliche medizinischen Fragen immer ein offenes Ohr. Dasselbe gilt für Herrn Sebastian Hauck.

Marcus Hünnebeck, Isa Theobald, Raquel Erdmann Simon und ganz viele Menschen mehr aus den weiteren oder engeren Literatenkreisen haben ebenfalls nie gezögert, mir ihre Expertise zur Verfügung zu stellen. Dasselbe gilt für Katharina Kraft, Designerin und Maskenbildnerin, die mir mit ihrem untrüglichen Geschmack für Settings und Kleider aushalf oder mir, ebenso wie Isa, Sabine Schmidt und Anja Torreck, erläuterte, wie Martha Benndorf ticken sollte, um glaubhaft weiblich rüberzukommen. (Ob ihre Bemühungen erfolgreich waren, steht auf einem ganz anderen Blatt. Aber keiner der genannten Freundinnen wäre das anzulasten.)

Auch Tilly Domian war stets da, um zu helfen. Und das war schon verdammt viel und nötig und dafür bin ich ihr außerordentlich dankbar. Einige der besonders sympathischen Aspekte hat meine Figur Martha Benndorf ihrem Vorbild zu verdanken.

Gregor Weber, Bundeswehroffizier, Schauspieler, Koch, Schriftsteller und Freund brachte mir die Denkweisen eines Soldaten näher, ohne diese dabei zu stilisieren.

Lars Zwickies war ein exzellenter Redakteur. Jeder Kollege, der mit ihm arbeiten darf, muss sich glücklich schätzen.

Tim Müller war ein fantastischer Lektor und Autorenbetreuer.

Michael Schweßinger, Reisender, Bäcker, Intellektueller und Literat hat mit mir in dunklere Ecken der Conditio Humana geleuchtet, als es für die meisten Leute gesund gewesen wäre.

Ein gewisser Herr M. Kruppe, Poet, Punk, Autor und Anarchist, half mir wie Michael über Motivationshänger hinweg und sorgte dafür, dass der Punk nie zu kurz kam. Der Punk hat uns wieder mal gerettet.

Ohne euch alle hätte ich das Buch niemals zu Ende bringen können.

Sämtliche Fehler im Text sind natürlich einzig auf mein Verschulden zurückzuführen und dürfen keineswegs den vielen Menschen zugerechnet werden, die mich während der Arbeit an diesem Roman unterstützt haben.